U0919094

爱情与阴影

Isabel Allende
[智利] 伊莎贝尔·阿连德 著
陈凯先 译

译林出版社

图书在版编目（CIP）数据
爱情与阴影／（智）伊莎贝尔·阿连德著；陈凯先译．—南京：译林出版社，2018.1
（阿连德作品）
ISBN 978-7-5447-5234-3

I.①爱… II.①伊… ②陈… III.①长篇小说－智利－现代 IV.①I784.45

中国版本图书馆 CIP 数据核字（2017）第 090591 号

著作权合同登记号　图字：10-2013-33 号

爱情与阴影［智利］伊莎贝尔·阿连德／著　陈凯先／译

责任编辑　金　薇
装帧设计　侯海屏
责任校对　张　萍
责任印制　董　虎

原文出版　2008, Debolsillo Random House Mondadori, España
出版发行　译林出版社
地　　址　南京市湖南路 1 号 A 楼
邮　　箱　yilin@yilin.com
网　　址　www.yilin.com
市场热线　025-86633278
排　　版　南京展望文化发展有限公司
印　　刷　江苏凤凰新华印务有限公司
开　　本　850 毫米 × 1168 毫米　1/32
印　　张　8.75
插　　页　4
版　　次　2018 年 1 月第 1 版　2018 年 1 月第 1 次印刷
书　　号　ISBN 978-7-5447-5234-3
定　　价　48.00 元

这是关于一对热恋中的男女的故事，爱情使他们的生活更有意义。我回忆起这个故事的目的，是不让它随着时间的流逝而消失。只有在寂静的夜晚，在我终于能讲述这个故事的时候，我才能做到这一点。为了他们，为了那些跟我推心置腹地谈了自己的身世并对我说“拿起笔来写吧，免得让风吹走”的人，我必须这样做。

伊莎贝尔·阿连德

目录

第一部

又一个春天

只有爱和爱的真知
才使我们变得天真无邪。

——比奥莱塔·帕拉[1]

漫漫长冬后的第一个晴天将几个月来在大地上积聚的潮气蒸发殆尽，灿烂的阳光照暖了在仿佛经过矫形的花园小径上散步的老年人那脆弱的筋骨。只有那些悲观失望的人才会赖在床上，让他们出来呼吸清新的空气真是谈何容易，因为他们只沉浸在自己的噩梦中，丝毫也听不见户外鸟雀的啼鸣。女演员何塞菲娜·比安奇穿着大约在半个世纪前用来朗诵契诃夫小说时穿过的丝织长裙，

1 比奥莱塔·帕拉（1917—1967），智利女诗人，著名诗人尼卡诺尔·帕拉（1914— ）的妹妹。——译者注，后同

为了保护她那白皙的皮肤,还撑着一把阳伞,悠闲地漫步于花坛之中。花坛里的鲜花即将盛开,将会招来许多蜜蜂。

“唉,瞧这些年轻人。”这位年逾八旬的老妇人微笑着,她感到勿忘我草在轻轻地摇曳,猜想那儿一定躲着她的崇拜者,这些人在她已隐名匿迹之时仍仰慕她,此刻正躲在花丛中窥视着她的一举一动。

上校拖着两条软弱无力的腿,扶着铝制栏杆,微微地往前挪动着步子。为了庆贺春天的来临,为了向国旗致敬,他每天早晨都要在自己的胸前挂满伊雷内用硬纸片和铁皮给他做的勋章。只要他还透得过气来,便会大声向军队发布命令,还会命令那些已当了曾祖父的颤悠悠的老人离开练兵场, 因为脚蹬漆皮靴列队而来的步兵们会将他们撞翻在地。旗帜就像停在电话线旁的一只扇动着翅膀的无形兀鹫在空中飘扬。他的士兵们直挺挺地站立着,目光注视着正前方,鼓乐齐鸣,雄壮的男高音唱着只有他自己才听得到的神圣国歌。这歌声被穿军装的女护理员打断了,她像所有这种类型的女人一样,沉默寡言,阴险狡诈。她用餐巾纸擦去他嘴角流下并弄湿了衬衣的口水,他正想给她颁发一枚勋章或给她晋升军衔,然而她却转身走了,让他愣在了那里。走前她还提醒上校,不要搞脏了衬裤,否则她就要打他的屁股,因为她再也不愿清洗别人被粪便弄脏的裤子了。这个不通情理的女人说的是谁?上校问着自己。他猜想她一定在说这儿最有钱的寡妇, 只有她才用尿布。在一次炮击中,她的消化系统受了重伤,她便永远坐上了轮椅。然而,即便如此,人们仍不尊重她,只要她稍有疏忽,她的发卡和丝带便会不翼而飞。这个世界上奸诈欺骗之徒实在太多了。

“抓小偷!我的鞋子给偷走了。”寡妇叫了起来。

“别嚷嚷,太太,邻居们会听见的。”照料她的女人说。她推着轮椅,让她晒晒太阳。

然而，这瘫女人仍在大叫大嚷，直叫得声嘶力竭。即使这样，她还有气力用患关节炎的手指指了指那个正在悄悄解开裤裆对着女人们展示他那恶心的阴茎的色情狂。女人们都不予理会，只有那位身着孝服的矮小妇人不无动情地望着那只干瘪的无花果。她曾经爱上了它的主人，每天晚上都让自己的房门敞开着，等待他的到来。

"婊子！"有钱的寡妇大叫一声，接着又露出了微笑，原来她突然想起了遥远的过去。那时，她丈夫还活着，他为了能将她搂在怀里，经常给她成盎司的黄金，她终于积攒了一口袋金币，沉得没有任何一个海员能扛得动。

"我的金币在什么地方？"

"您在说什么，太太？"女护理员推着轮椅漫不经心地问。

"是你偷走了我的金币！我要叫警察了。"

"别讨人厌了，太太。"护理员不动声色地说。

一位半身不遂的病人被安置在一条长凳上，他的双腿裹着一条披肩，半个脸面的肌肉已不能活动了，一只瘫痪的手插在口袋里，另一只手握着一只空烟斗。他静静地端坐着，外套的胳膊肘处贴着两块皮补丁，显示出英国绅士的风度。他一直在等待邮件，因此让人把他放在对着大门的地方，以便能见到伊雷内进门，一眼就能看到她给他带来了信件。在他身边还有一个忧郁的老人在晒着太阳，他从不与这位老人交谈，因为他们是仇人，尽管连他们自己也已经忘掉了当初争吵的原因。他们有时会忘记宿怨，向对方说上一句话，但往往得不到回答，这倒不是因为对方的敌视，而是因为耳聋。

贝阿特丽丝·阿尔坎塔拉·德贝尔特兰出现在二楼阳台上，那儿的九重葛尚未长出绿叶，更没有开花。她穿着一条豌豆色的羚羊皮裤和同样颜色的法国紧身衬衫，眨着眼皮，摆弄着孔雀石戒指。她刚刚做了一套东方式体操，想放松一下神经，清醒一下头脑。现在她抹好了胭脂和口红，显得轻松恬静。她手里端着一杯鲜果汁，那是用来帮助消化和滋润皮肤的。她深深地吸了一口温馨的空气，计算着还差多少天便能去休假旅行。这个冬天，天气很不好，她那被阳光晒得黝黑的皮肤又变白了。她神情严肃地望了望脚下已被春色打扮得十分艳丽的花园，但没有觉察到投射到石墙上的明媚阳光，也没有闻到潮湿的泥土散发的芳香。那些多年生的常春藤已经从严寒中复苏，房屋的瓦片上，清晨的露珠在闪闪发光。在那幢房客居住的楼房里，木质的天花嵌板和门厅已掉了颜色，显得冷落凄凉。贝阿特丽丝已决定将房子粉刷一下。她用目光扫视了一下屋里的老人，看看他们是否都按照她的吩咐行事。除了那个躺在床上半死不活的沮丧的老人以外，其他老人都出现在她的视线之内。她又瞥了一眼那些女护理人员，看见她们的围裙都洗烫得干干净净，头发梳理得整整齐齐，而且都穿着胶底鞋。她满意地笑了，因为一切都很正常。常常会诱发瘟疫的雨季已经过去，没有一位房客染上疾病。这样一来，几个月的房租收入是不成问题的了。即使是那位身体羸弱的病人也能活过这个夏天。

贝阿特丽丝在阳台上看到她的女儿伊雷内走进“上帝慈善之家”花园，她厌恶地看到女儿没有走侧门（从那儿可直接来到通向她们居住的二楼的楼梯）。这个侧门是她特意让人修的，因为她不愿进出家门时经过这个养老院，原因是见到这些龙钟老人她会心里难受。她宁愿站在一旁瞧着他们。她的女儿与她相反，从不放过任何机会和那些老年人接近，这似乎已成了她的一种乐趣。她仿佛已找到了一种能与这些耳聋和丧失记忆力的老人交谈的语言。此时，她正把又好吃又易消化的食物分发给那些装着假牙的老人。贝阿特丽丝看着她靠近了那位偏瘫老人，递给他一封信，接着又帮他把信打开，因为老人只用一只好手是拆不开信的。她还在他身边轻轻地说了些什么，然后，姑娘走到另一位老年绅士身旁。虽然母亲在阳台上听不见她说些什么，但她猜得出她是在对他谈他儿子、儿媳和孙子的事，因为这是那位老人唯一感兴趣的话题。伊雷内对每一位老人时而报以微笑，时而亲热地抚摸他们一下，走到每一位老人身边，总要待上几分钟。这时阳台上的贝阿特丽丝暗暗地想，她是永远也不会理解这个同她没有任何共同之处的古怪女儿的。突然，那位好色的老头走到伊雷内身边，双手捂住她的乳房，使劲地往下按。他这样做，与其说是出于淫念，毋宁说是出于好奇。伊雷内一动不动地站在那儿，足有好一会（对母亲来说，这个时间简直没有尽头），直到一位女护理员发现这一情况，赶紧跑来将老人拉开，但是伊雷内向她使了个眼色阻止了她。

"随他去吧，他不会伤害我的。"伊雷内笑着说。

贝阿特丽丝咬着嘴唇离开了她的瞭望站，朝厨房走去。女佣罗莎正在那里一边听着收音机里播放的小说，一边切着菜，准备做午饭。她长着一张圆圆的脸蛋，暗褐色的皮肤，又肥又粗的大腿，往外隆起的肚子，看不出有多大年纪。她长得太胖了，以致一条腿搁不到另一条腿上，想给自己的后背搔痒也办不到。"你怎么洗屁股呢，罗莎？"伊雷内小时候，看着这个每年都要增加一公斤的大肉团，总爱这么问她。"看你在想些什么，小宝贝！常言道，心宽体胖，越胖越好看嘛。"说起话来常爱用谚语的罗莎不动声色地说。

"伊雷内真让我担心。"女主人坐到一张板凳上，慢慢地吮吸着果汁。

罗莎没有答话，但她关了收音机，让女主人继续说下去。太太叹了口气，说："我要和我女儿好好谈谈了，我不知她在搞些什么鬼名堂，也不知那些常与她厮混的都是些什么样的人。为什么她不去俱乐部打网球，结识一些与她身份相当的年轻人？她总是以自己的职业为借口为所欲为，我总认为当记者不地道，是不三不四的人才干的职业。如果她的未婚夫知道这些事，肯定受不了，因为一个即将做军官妻子的人，怎么能干这样的事呢？我也不知跟她说过多少遍了！你们不要以为现在已不讲究名声了。不见得。眼下世道虽然不同了，但还没变得可以不讲究名声了。再说，罗莎，现在军人已和过去大不一样了，他们的社会地位大大提高啦，我实在讨厌伊雷内那古怪的脾气，我很为她担心。我的日子也不容易，这点你是再清楚不过的。打从欧塞比奥不辞而别，银行存款被冻结，家里的开支大得吓人。为了维持眼下这种体体面面的生活，我不知费了多大的劲儿。可这儿的事难着呢，这些老家伙简直是个包袱，依我看，说到底从他们身上不仅不能增加收入，反而会带来更多的开销和烦恼，让他们交纳房租不知要费多大的劲儿，特别是那个该死的寡妇，每月的房租总是迟交。这生意真不景气。说到我女儿，我也没有这个劲儿成天跟在她的后面监督着她往脸上涂脂抹粉，让她穿得体面一点，免得让她眼下的样子吓跑了她的未婚夫。她已到了该自己照顾自己的年龄了，你说呢？你瞧我，如果不是我注意保养自己，还不知成了个什么样子呢。那就会像我的女友们一样，满脸皱纹，一身肥肉，皮肤粗得像树皮。而我至今还保持着年轻时的身段，皮肤也相当光洁。自然，谁也不会说我整日无所事事，家里的事够我操心的了，烦死人了。”

“太太，您是脸上高高兴兴，心里郁闷难忍。”

“你为什么不找我女儿谈谈，罗莎？我看她更听你的。”

罗莎把菜刀放在桌子上，瞧着她的女主人，没有表露出同情。以往，她常常与她的女主人唱反调，特别是谈到伊雷内的事情。她不同意她对孩子的指责，但这次她却承认母亲是对的。她也很想见到伊雷内打扮得漂漂亮亮的，身上披着白纱，手捧着洁净的鲜花，挽着古斯塔沃·莫兰特的胳膊，在手举军刀的两排士兵中间，走出教堂的大门。但她仅从收音机和电视里获得的关于世俗的知识告诉她，人生在世，有着受不尽的苦难，要得到最后的幸福，需要经受许多次煎熬。

“太太，还是由她自己去吧。常言道，江山易改，本性难移。何况伊雷内是不会长寿的，这从她那漫不经心的眼神里可以看得出来。”

“哎呀，我的天，你胡说些什么呀！”

伊雷内穿着宽松的棉布裙子，披散着头发，旋风般地进了厨房。她吻了吻两个女人的面颊，打开冰箱，在里面搜寻着什么。她母亲差一点要教训她一番，可突然发现她说什么都没有用，因为这位左边乳房衣服上有一片手指印的少女此时离她是那么遥远，简直像是一颗遥远的星星。

“罗莎，春天到了，勿忘我草很快就要开花了。”伊雷内神秘地挤了一下眼睛，罗莎很快理解了它的含义，因为她们俩都在想着那个从天窗上掉下来的新生儿。

“有什么新的消息吗？”贝阿特丽丝问。

“我要写一篇报道，妈妈，我要去采访一个女圣徒，据说她会创造奇迹。”

“什么样的奇迹？”

“她能摘除肉瘤，治愈失眠症和打嗝，也能消除绝望，还能呼风唤雨。”她笑着说。

贝阿特丽丝叹了口气，她对女儿的幽默没有表现出丝毫兴趣。罗莎又在一边切起了胡萝卜，同时听着收音机里播出的小说，嘴里还在自言自语地说，只要世上出现了活圣徒，那些死圣徒就不会创造奇迹了。伊雷内离开厨房去换衣服，取录音机，她在等弗朗西斯科·雷阿尔的到来。雷阿尔是她的同事，帮她摄影。

迪格娜·兰吉雷奥望着田野，发现有许多迹象表明季节就要变了。

“牲口很快就要进入发情期了，依波利托又要跟马戏班走了。”她一边祈祷，一边自言自语地说。

她有与上帝对话的习惯。这天早晨，就在她忙着做早饭的时候，还没有忘记祈祷和忏悔。她的孩子们常常劝她说，她这样做会让人笑话的。您就不能闭上嘴默默祈祷吗？她没有理睬他们。她觉得上帝活生生地存在于她的生活中，比她的丈夫还要亲近，还要实际。因为她只有在冬天才能见到丈夫。迪格娜尽量不去祈求上帝的帮助，因为她清楚地知道，太多的请求最终会引起天上人们的厌烦。她只是祈求上帝给她忠告，帮她解开无穷无尽的疑团，原谅她和其他人犯下的罪过，同时，感谢上帝赐予他们的任何一个细小的福恩。例如，雨停了，哈辛托的烧退了，菜园子里的西红柿熟了。然而最近几周来，她常常为埃万赫利娜的事去麻烦救世主。

“将她的病给治好吧。”这天早上，她一边拨弄着柴火，用四块砖头垫好架在柴火上的小口罐，一边向上帝祈求道。“我的上帝，快将她的病给治好吧，可别让她进疯人院啊。”

她从来没有想到——甚至见到许多人在她女儿面前乞求神灵创造奇迹时也没有想到——她女儿阵发性的昏厥是神灵在显圣，她更不相信这是魔鬼附身，就像饶舌的村妇们在看了驱邪除魔的电影后说的那样。在电影里，那满嘴的唾沫和茫然的眼神就是魔鬼附身的象征。作为许多孩子的母亲，凭着她对大自然的直觉和经验，她认为这是一种既具有器质性又具有精神性的疾病，与魔鬼附身和神灵显圣毫不相干，她认为这与童年时接种的疫苗和月经初潮有关。她一贯反对医疗队走街串巷地把藏在菜园灌木丛中和躲在床底下的孩子拉出来，强迫他们打防疫针。不管孩子们如何跺脚，也不管她如何起誓，说孩子们已接种过疫苗，他们还是一把抓住孩子，毫不留情地将针头插进他们的手臂。她确信这些液体会滞留在血液中，引起机体的变化。此外，月经尽管是每个女人都有的一种生理现象，它有时也会使一些女人的脾气变坏，产生一些稀奇古怪的念头。这两件事中的任何一件都可能是这可怕疾病的起因。有一点她很明白，就是她女儿的病同最可怕的疾病一样，若不及时治愈，会使她变成白痴，甚至会让她因此死去。她的其他几个孩子在孩提时便夭折了，或死于瘟疫，或死于无法挽救的灾祸。这些事在所有家庭中都是屡见不鲜的。倘若孩子夭折，不必为他哭泣，因为天使会将他直接送进天堂，在那里他会为凡间的人们祈福。然而，失去埃万赫利娜她会更加痛苦，因为她得为此对埃万赫利娜的亲生母亲负责。她不愿给人以没有尽心照料埃万赫利娜的印象，因为人们会在她背后说三道四。

迪格娜在家里总是第一个起床，最后一个上床。清晨鸡叫时，她已在炉灶边利用头天晚上的余烬架起干柴生火了。每天，她从开始烧水做早饭起，就再也没有时间坐下来歇一歇。她总是忙这忙那，照料孩子，洗衣做饭，整理菜园，喂养牲口。她每天都像念玫瑰经一样干着完全一样的活儿，除了生孩子外，从来得不到休息。她不知什么是休息，她的生活除了季节带来的变化外，总是千篇一律。对于她来说，操劳一天后，最安逸的时间是傍晚。此时，她做着针线活，耳中听着半导体收音机，仿佛置身于一个遥远的、她并不理解的世界。她的命并不比别人好，但也不比别人差，她有时还觉得自己是个幸运的女人，因为依波利托至少不像是个粗鲁的庄稼汉，他在马戏团工作，是个艺人。他周游世界，见多识广，回来时总讲些令人吃惊的故事。他爱喝酒，这我不否认，但他心地善良，迪格娜想着。她在照料马驹、耕种和收割庄稼的时候特别感到缺少男人帮忙。但是，她这个丈夫也还有不少优点，可以弥补不足。他只是在喝醉酒时，而且只有当大儿子普拉德里奥不在身边时才敢打她。在普拉德里奥·兰吉雷奥面前，他是连手也不会向她抬一抬的。她比别的妇女享有更多的自由，她无需得到准许便可以去看望邻居大娘，也能去参加福音教会的宗教仪式，还能按照她的道德观念去教育孩子。她已习惯于单独拿主意做决定，只有在冬天，当丈夫回到家里时她才低下脑袋放低嗓门，在行动之前征求一下他的意见，以示尊重。这个季节，尽管雨下个不停，地里没有什么收获，但也有不少好处，因为这是个休息的季节，土地得到了休息，白天似乎也变得更短了，天亮得也更晚了。为了节省蜡烛，他们下午五点就上床了，在温暖的被窝里充分地感受到了夫妻的恩爱。

依波利托是个艺人，既没有参加农业工会，也没有参加上届政府搞的别的什么组织。这样，当一切都恢复到祖辈那个时代的样子时，并没有人找他的麻烦，也没有发生任何值得抱怨的事情。迪格娜这个祖祖辈辈都务农的农村妇女，为人谨慎，不轻信他人。她从来也不相信那些参议员的话，一开始进行土地改革时，她就知道不会有什么好结果。尽管她总是这么说，但没有任何人听她的话。她的家庭比埃万赫利娜亲生父母弗洛雷斯一家要幸运得多，也比当地其他许多把希望寄托在许诺上，最后引起了混乱的农户的命运要强得多。

依波利托·兰吉雷奥具有某些好丈夫的品性。他生性平和，不急不躁，迪格娜从未见到他与别的女人有过来往，也没有发现他有别的恶习。每年他都带点钱回家，还带礼物回来，尽管这些礼品并不实用，但总是受大家的欢迎，因为重要的是他有这一份心。总之，他很会体贴人，而且一贯如此，不像其他一些男人那样一结了婚便把老婆当牲畜对待。所以她常常说，她很乐意为他生儿育女。一想到他对她的爱，她就会感到脸红。她的丈夫从未见过她赤裸着身体，原因是她怕羞，但这并没有影响他们之间深厚的情谊。她爱听他讲娓娓动听的故事，决定在上帝面前，通过民事婚姻登记处，宣誓永远成为他的妻子。正因为这样，她才不允许他碰她，直到婚前她一直保持着处女的贞洁。她希望自己的女儿也这样做。只有这样，人们才会尊重她们，不会骂她们是轻骨头。然而，时代不同了，现在的女孩子越来越难看管了，只要你稍不注意，她们便会下河去游泳；你让她们去村上买糖，她们就会一去几个小时不回。我尽量让她们穿得正经点，她们却撩起裙子，敞开着衬衣扣子，还爱往脸上涂脂抹粉。啊，上帝，帮助我把她们养育成人吧，等到她们有了婆家，我便可以松口气了，不要让大女儿的悲剧在她们身上重演。上帝，饶恕她吧，她年幼无知，这可怜的小姑娘连她自己也不知干了些什么，她根本没有时间像正常人一样睡在床上与爱人亲密，却如狗一样靠在柳树旁干下了那勾当。上帝，请你保佑另外几个姑娘，不要再让哪个浑小子把她们给糟蹋了。这会儿倘使发生这样的事，普拉德里奥一定会把他杀死的，到那个时候，全家便要倒霉了。见到哈辛托我便感到难过和羞愧，可怜的孩子，他并没有过错。

在他们家，数哈辛托最小，实际上是她的外孙，是她大女儿和一个外乡人的私生子。有一年秋天，那家伙路过这里，乞求他们允许他在厨房里过一宿。孩子生得倒是时候，正好是在依波利托随马戏班出外演出，普拉德里奥则去服兵役的时光。事情往往就是这样巧，那时家里没有一个男人为她报仇。迪格娜知道她这时该做什么：她给婴儿做了衣衫，给他喂马奶，并打发孩子的母亲进城当用人。当男人们回来时，面对既成事实，只好不吭声了。以后，他们渐渐地习惯了孩子的存在，终于把他当作自己的孩子了。哈辛托并不是兰吉雷奥这家人收养的唯一的孩子，在他之前，他们还收养过几个敲他们家的门要求他们收养的孤儿。随着时间的推移，孩子与家里人之间的血缘关系渐渐淡漠了，取而代之的是习惯和感情。

每天清晨，每当晨曦初露山巅，迪格娜便给丈夫泡好了马黛茶，还把他的椅子放在空气新鲜的门边。然后，她拿了几块方糖，给每个铁茶罐里放上两块，给大孩子们煮薄荷茶。她闻了闻前一天烤的面包，把它放在炭火上烤了起来。她还给小孩子们过滤马奶，用一口已经用得发黑的平底锅炒鸡蛋和葱头。

已过去十五个年头了，对当时埃万赫利娜在洛斯利斯科斯医院出生时的情景，迪格娜记忆犹新。同前几次一样，她这次也生得很快。她像往常一样用胳膊肘支撑着身体，看着婴儿从自己肚子里出来，发现这个孩子同她以前的几个孩子长得很相像：同父亲一样的硬邦邦的黑头发，同母亲一样的白皙的皮肤（她对此深感自豪）。因此，当护士把包好的婴孩抱来给她时，她发现孩子光秃秃的头顶上盖着一层金黄的绒毛，便立即肯定这不是她的孩子。她推开了婴儿，提出了抗议。然而，此时护士有急事，不愿听她的解释，便将孩子放在她手臂里，扭身离开了。女孩哭了起来，迪格娜便只好“故技重演”，解开衬衣，把奶头塞到孩子嘴里。与此同时，她在产科病房大厅与其他产妇谈起此事，说医院肯定弄错了，这不是她的女儿。

给孩子喂完奶,她吃力地站起来,去向病房的护士长讲明情况。但是护士长却说一定是她自己搞错了,医院是从不会弄错的,还说医院十分注意这一点,决不允许随意交换孩子。她还说迪格娜肯定是神经有毛病了,并不由分说地强行在她胳膊上打了一针,就把她送回病床上去。几个小时以后,迪格娜·兰吉雷奥被大厅另一端的一个产妇的叫喊声吵醒了。

"有人换了我的孩子!"产妇大声叫喊着。

护士、医生,直至医院院长听到叫喊声都急忙跑来了。迪格娜抓住时机向他们提出了自己的问题。她语气十分委婉,因为不想得罪任何人。她解释说,她生下了一个黑头发的孩子,但护士给她抱来的却是个黄头发的婴儿,一点也不像她其他几个孩子,她丈夫要是看到这孩子,会怎么想呢?

院长一听发了火:你们这些无知的村妇,不知好歹,你们不但不感谢我们对你们的照料,反而在我面前大吵大闹。女人们只好把这事暂时搁下,等以后伺机再说了。迪格娜一个劲儿地埋怨自己,后悔不该来医院生孩子。在这之前,她所有的孩子都是在家里生的,由恩卡尔纳西翁大妈助产。恩卡尔纳西翁大妈早在妊娠的头几个月便开始注意孕妇的情况,分娩前夕她便会在孕妇家中出现,直到产妇能够操持家务才离去。她来时总带着催生的草药和神甫祝福过的剪刀,还有用沸水消过毒的尿布,止血带,用来涂抹奶头、腹股沟和阴户的药膏和缝合伤口的针线。她的聪明才智是毋庸置疑的。她一边准备接生,一边不停地同产妇说着话,用当地的趣闻和她自己编造的故事让产妇心情愉快,尽量使分娩的时间短一些,痛苦少一点。这个矮小的女人十分麻利,身上散发着薰衣草和烟草的混合香味。二十多年来,这个地区几乎所有的婴孩都是她接生的。她以接生为职业,却不取分文报酬。对她感激不尽的人们常把鸡蛋、水果、家禽或刚猎获的兔子或山鸡送到她家来。即使在庄稼颗粒无收、牲畜连饮水都成了问题的歉年，恩卡尔纳西翁大妈家里也不会缺吃少穿。她对妇产科的知识十分精通，还会准确无误地使用草药或蜡烛头来进行流产手术，但她只是在公认的合法情况下才这么做。倘若遇到她不熟悉的情况，便凭直觉行事。每当产妇临盆时，她便用那把能赋予婴孩力量和健康的神奇剪刀剪断脐带，然后从头到脚检查一遍，看看孩子有无异常之处。假如发现孩子身上有某种会给以后的生活带来痛苦，或会成为别人的累赘的缺陷，她就不去理会这新生儿了。但是，如果孩子长得一切正常，那她就会感谢苍天，先在婴儿身上轻轻拍上几下，接着便忙碌起来。她给产妇服用琉璃苣，以排出污血和羊水，还给产妇喝点蓖麻油清洗一下肠胃。此外，她还让产妇喝点拌有生蛋黄的啤酒，用来催奶。她会在产妇家里住上三四天，替人家打扫卫生、做饭、照看小孩。迪格娜·兰吉雷奥生前几个孩子时，情况都是这样的。在她快生埃万赫利娜时，恩卡尔纳西翁大妈因非法用药被抓进了监狱，无法帮她接生。正是因为这个原因，迪格娜才来到洛斯利斯科斯医院。她觉得医院里的人们对她比对一个犯人还不如。她一进医院，他们就在她手腕上挂了一个号牌，给她剃去了阴毛，并用消毒冷水给她洗了澡。他们这样做丝毫也不考虑会让她永远失去奶水。然后，让她和另一个同样情况的产妇睡在一张没有床单的床上。他们还在没有得到她允许的情况下就对她全身（五官和阴户）进行了检查，继而在一盏无影灯下当着众人的面为她接生（谁想来看都可以）。所有这一切，她都不吭一声地接受了。但当她抱着不是她的女儿出院时，她的脸羞得像旗子一样通红，她发誓在她有生之年再也不踏进医院大门了。

迪格娜做好了洋葱炒鸡蛋，便叫全家人来吃饭。每个人都拿着自己的一把椅子来了。在孩子们开始学会走路时，她就给每个人一把属于自己的椅子，这是在兰吉雷奥这个贫穷的家庭里唯一属于个人的东西，在这个家里，连床都是共用的。衣服都放在柳条大筐里，他们每天早上拿自己需要的衣服穿，没有任何东西是固定属于哪个人的。

依波利托·兰吉雷奥呼噜呼噜地吮吸着马黛茶。由于他掉了几颗牙齿，留下的牙齿便在牙床上摇来晃去，吃起面包来只能细嚼慢咽。尽管他看起来身体不很壮实，却也很少生病，只是现在他已显老了，仿佛衰老突然降临到他头上。迪格娜将此归咎于马戏班漂泊不定的生活。他们漫无目的地东奔西跑，吃得又不好，还要在脸上涂上只有娼妓才使用的对身体十分有害的劣质油彩。在不太长的时间里，她当年那个英俊的未婚夫便成了这样一个干瘪的小老头。由于过多地使用化妆品，他的脸皮显得十分干瘪，鼻子像一只长颈瓶，还常常咳嗽，话说到一半便会酣然入睡。在冬季不能出去演出的那几个月里，他常常化装成小丑逗孩子们玩耍。迪格娜透过丈夫戴的白色面具和大笑时张开的涂成红色的大嘴，发现了丈夫疲倦的面容。由于他已近暮年，找工作就越来越困难了。迪格娜期待着他留在农村，帮她干些农活。时代在前进，面对新的情况她感到压力很大，农民也要适应市场经济。土地和农产品都参加了自由竞争，每个人都能凭创造力和管理上的高效率发财致富，连没有文化的印第安人的情况也是如此。有钱的人占有许多优势，他们只花很少的钱就能买下或租下像兰吉雷奥一家这样的穷人的产业，租期为九十九年。然而，迪格娜不愿放弃在这里出生并在这里养育了她孩子的这块土地，搬迁到新建的农业村里去。在那个地方，每天早晨农场主们来挑选他们需要的劳力，这样可避免与佃农产生矛盾。但这样做却更加剧了贫穷。她希望他们家能继续耕种祖祖辈辈传下来的这六夸德拉[1]见方的土地，然而这样做是越来越困难了，因为土地很难避免被大企业所吞并，特别是在缺少一个能在这种困境中支持她、帮助她的男人的情况下。

迪格娜·兰吉雷奥十分心疼自己的丈夫，总把最好的菜、最大的鸡蛋留给他吃，用最柔软的毛线为他编织背心、长袜，还为他煎熬草药让他补肾、补脑、补血和安神，但是，尽管她对他这样精心照料，依波利托仍然在日渐衰老。这时，两个孩子为争吃剩下的炒鸡蛋打了起来，依波利托在一旁无动于衷地看着。在平时，他早就几巴掌将他们给打开了，而现在，他却全神贯注地看着埃万赫利娜，仿佛担心她会变成马戏班里的动物那样的怪物。此时，她正和一群头发乱蓬蓬的孩子在一起玩耍，从她的外表一点也看不出几个小时以后，确切地说，是在中午时分将要发生的事情。

“上帝，请你治好她的病吧。”迪格娜用围裙遮住脸面，不让别人看见她在自言自语。

早晨，天气并不十分寒冷，伊尔达提议在只靠炉灶余温取暖的厨房里用早餐，她丈夫曾提醒她不要着凉了，因为她小时候曾患过肺炎。从日历上看，现在仍是寒冬，但从清晨的气温和云雀的歌声看，似乎春天已经来临。由于燃料十分匮乏，他们现在必须节省煤油，但考虑到妻子虚弱的体质，雷阿尔教授仍然坚持生煤油炉。于是，这只已老掉牙的炉子便在各个房间里夜以继日地燃烧，陪伴着住在那里的人们。

在伊尔达清理瓦罐的时候，雷阿尔教授穿着大衣，戴着围巾，

1 长度单位。约合一百二十五米。

脚穿平底便鞋走到院子里。他打算把粮食搬到餐室里，顺便再给花盆浇点水。他发现树梢已绽露出幼芽，估摸着院子里的树木很快便会绿叶满枝，变成候鸟栖息的绿色屏障。他喜欢看着鸟儿们自由地飞翔，憎恨将鸟关在笼子里，他认为，把鸟关起来进行观赏是一桩不可饶恕的罪行。这就是说，他在生活细节上也注意贯彻他的无政府主义原则：既然自由是人类的首要权利，那么，长有翅膀的小鸟就更应享有这个权利了。

教授的儿子弗朗西斯科在厨房里叫他，告诉他茶已泡好了，还说何塞已经回家来了。教授急忙走了进去。何塞这阵子忙于救助穷人，星期天这么早就回来可是个例外。教授见何塞坐在桌前，第一次发现他的后脑勺已开始掉头发了。

“你好，孩子，有什么情况吗？”他拍了拍何塞的肩膀。

“没有什么，爸爸，我很想安安稳稳地吃一顿妈妈亲手准备的早餐。”

何塞是全家最壮实的一个（他不像雷阿尔家里的其他人那样身材修长），长着一个鹰钩鼻子。他活像南方的一个渔夫，从他的外表上丝毫也看不出他内心的柔弱。他中学一毕业就进了神学院，对他的这个决定，除了父亲以外谁也没有感到意外，因为他从小就爱模仿教士的举止，常常裹着浴巾装扮成主教的模样，主持弥撒。他的这些举动不知从何而来，很难得到解释，家里可没有人公开进行宗教活动。尽管他母亲信奉天主教，但她结婚以后再也没有做过弥撒。面对儿子的决定，雷阿尔教授感到欣慰的是他并不披教士服，却穿工装，也不进修道院，而居住在工人区。这样一来，他便能更了解无产者悲惨的命运，而无须让自己陷入神秘的宗教事务。何塞穿了一条他大哥穿过的裤子，上身穿一件褪了色的衬衫，外加一件母亲亲手织的粗羊毛背心。他的双手布满了老茧，这是他为维持生计当铅匠磨出来的。

“我正在举办宣讲基督教教义的讲习班。”何塞戏谑地说。

“我已经知道了。”弗朗西斯科知道哥哥话中的含义，他们同在教堂赞助的一个免费的诊疗所工作，因而很了解他哥哥的活动。

“唉，我说何塞啊，你别再问政治了，”伊尔达恳切地说，“你还想再进班房吗？”

何塞·雷阿尔对自身的安全并没有放在心上。他感到自己没有足够的勇气关心他人的不幸。民众的痛苦和社会的不公像一块难以承受的巨石一样压在他的背上。他常常指责造物主为什么使他的信仰受到如此严峻的考验。倘若存在上帝之爱的话，那么人类为什么还有这么多痛苦，这不就是对神的一种嘲弄吗？在他进行的大量济贫救孤工作中，他自己身上已失去了在神学院涂上的神秘色调，成了一个既急躁却又富有同情心的严厉的人。父亲很了解这个儿子，清楚他与其他几个孩子的不同之处。他发现自己的哲学理想与儿子那种被他称为野蛮的宗教信仰有相似之处，这减轻了他的痛苦，原谅了儿子皈依宗教的行为。这样一来，他就再也不需要怕孩子母亲难过而在夜间把头埋在枕头里暗暗哭泣了，也不再为家里出了个神甫而感到羞耻了。

“其实我是来找你的，弟弟，”何塞对弗朗西斯科说，“你应该去看看村里的一个女孩。她在一周前被人强奸了，打那以后她变成了哑巴，你可以上那儿去使用你的心理学知识，上帝管不了这么多问题了。”

“今天不可能去了，我要和伊雷内去拍几张照片，明天我一定去看她。她几岁了？”

“十岁。”

“我的上帝！这究竟是什么人，竟会对这么小的孩子干出这样的事情来?”伊尔达惊叫起来。

“是她父亲。”

“请你别说了!”雷阿尔教授厉声说道,“你们也不怕吓坏你们的母亲?”

弗朗西斯科给每个人倒了一杯茶。一时间,在座的人都沉默了,他们都想换一个话题让伊尔达平静下来。她是这个男性为主的家庭中唯一的女性,她的存在使这个家充满了柔情和谨慎。他们从来也没见她这么激动过。当着她的面,孩子们从不争吵,不说粗话,更不骂人。弗朗西斯科小时候老是害怕被生活的重担压得喘不过气来的母亲会突然像雾一样悄然离开他们。他常常跑到母亲身边,抱住她,拼命地拽住她的衣服,好像这样便可使母亲一直留在身边,留下她的温暖、她的声音和笑容,以及她围裙散发出来的气味。虽然已经过去了许多年,但对母亲的情意却一直埋在他的心间。

自从哈维尔成了家,何塞进了神学院,只有弗朗西斯科留在父母身边,他仍住在童年时住过的房间里,里面有松木家具和几个装满了书的书架。他曾几次想到在外面租一间房子单独过,但他内心仍很想同父母待在一起,同时他也不愿给他们带来任何痛苦。对于他们来说,孩子离家只有三种情况:战争、成家和当神甫。之后他们又加上了一条:逃避警察的追捕。

雷阿尔家的房子不大,古老而简朴,油漆已脱落,需要进行修缮。到了晚上,房子就活像一位患风湿的疲倦的老太太一样在呻吟。这房子是好多年以前由雷阿尔教授本人设计的,当时他只考虑到一间宽大的厨房是必不可少的,因为生活相当一部分时间是在那儿度过的,而在那儿还可放一架地下印刷机。他还设计了一个可以晾衣服、观看飞鸟的院子和几间卧室,足以安放儿子们的床铺。要是有人说房子设计得太窄小、太简陋,他便说房子不在大小,主要看你心胸是否开阔、思维是否活跃。他们在那里定居下来后，有足够的空间和意愿收容那些遭遇不幸的朋友和为躲避战争从欧洲来的亲戚。这是一个和睦的家庭。当孩子们即将长大成人留起胡须来的时候，还会在清晨闯进父母的卧室寻找报纸看，或让伊尔达给他们搔背。几个大孩子离家之后，老夫妇俩觉得房子变大了，角落里显得黑洞洞的，走廊里听见了回声。之后，孙子出世了，又恢复了旧有的喧闹。

“该整修一下屋顶，换一换各种管道了。”每当下雨漏水时，伊尔达就要这样提醒丈夫。

“有什么必要呢？我们在特鲁埃耳[1]不是有房子么，等佛朗哥死了，我们就回西班牙去。”她丈夫回答说。

自雷阿尔教授乘船远离欧洲海岸起，他做梦都想回祖国去，他对佛朗哥充满了仇恨，发誓在佛朗哥死前决不穿袜子，尽管他压根儿没有考虑过这个愿望的实现需要多长的时间。他的誓言使他的脚底粗糙得像鱼鳞，并使他在工作中出现尴尬局面。有时他要会见重要人物，有时要参加学院和中学生的考试，他总是光着脚穿一双宽大的胶底鞋，这招惹了不少非议。然而，他宁愿被人看成是性格古怪的外国人，或被看成是连袜子也买不起的穷光蛋，也不愿向别人解释个中缘由。就在他难得一次同家人一起上山赏雪时，由于双脚冻得发紫，像大西洋鲱鱼一样，他不得不待在旅馆里。

“你就穿上袜子吧，老头子，佛朗哥压根儿不会知道你的誓言。”伊尔达劝着他。

他瞪了她一眼，眼神中充满尊严，身子紧靠在壁炉旁一动不动地坐着。他的仇敌寿终正寝那天，他穿上了一双鲜红的袜子。这双袜子本身便包含了他生存的全部哲学意义。但是，他穿了不到半个

1 西班牙特鲁埃耳省省会。

小时，便不得不又脱了下来，他那么长时间没有穿袜子，已经穿不惯了。于是，他又自我解嘲地发誓说，要等到他第二祖国的这位将军的铁腕统治垮台之后再穿袜子。

“妈的，等我死了再穿吧！”他说，“我要穿着红袜子走进地狱。”

他并不相信人死后生命还会延续下去，但是他那高傲的秉性使他并不考虑这一点。西班牙民主的恢复既未使他穿上袜子，也未能让他回国，因为这儿有他的儿孙，他的根已扎在了美洲的土地上。他的家并没有进行必要的修葺，军事政变以后，几件要紧的事忙坏了全家。由于他的政治倾向，雷阿尔教授的名字出现在不受欢迎人的名单上，被迫退休。尽管他失去了工作，退休金也少得可怜，但他并没有失去乐观的情绪。他在厨房印刷了教授文学的广告，四处张贴。学生为数不多，但也弥补了家庭收入的不足。这样，他们的生活还能过得去，并能帮助哈维尔。长子要养活妻子和三个孩子，经济十分拮据。同他们这个阶层的许多人家一样，雷阿尔家的生活水平下降了，他们不得不放弃听音乐会、看戏、买书、买唱片和其他各种生活乐趣。后来，当他看到哈维尔也找不到工作，便决定在院子里盖上两间房和一间盥洗室，让大儿子全家居住。三兄弟每个周末都在雷阿尔教授的指挥下砌砖盖房，他在这方面的知识是从旧书摊上买的一本建筑学教材上学来的。但由于这本教材缺了几页，而他们谁都没有实践经验，当房子完工时，结果不甚理想，墙壁歪歪斜斜，他们只好种上常春藤将它遮盖住。哈维尔始终不同意靠父母生活，这高傲的性格是从他父亲那里继承来的。

“有三个人吃的就有八个人吃的。”伊尔达像往常一样，不慌不忙地说，只要她做出了决定，一般来说是不可更改的。

“现在是困难时期，孩子，我们必须互相帮助。”雷阿尔教授也说。

尽管有这样那样的问题，雷阿尔教授对自己的一生还是满意的。若不是青年时代决定了他的性格和生活道路的革命激情困扰着他，他的一生会非常幸福的。他把他的主要精力、时间和收入都用来宣传他的意识形态。他用自己的思想培育三个孩子，在他们很小的时候就教他们使用厨房里的那架非法印刷机，还带他们去工厂门口背着警察散发传单。在工会开会的时候，伊尔达总是坐在他身旁，手里不停地打着毛线，膝盖上放着装着毛线团的布袋。在丈夫与同志们谈话时，她沉浸在自己的天地中，以无限的柔情回忆着过去美好的时光。此时，她对周围人们热烈的政治讨论已完全置身事外，她的回忆经过无数次的重复，往日的辛酸已渐次在她的记忆中消失，留下的都是美好的往事。她再也不去谈论战争，谈论在战争中死去的人们，更不去谈论在那漫长的流亡过程中发生的一切。认识她的人都以为她目前这么健忘是年轻时头部受伤所致。但雷阿尔教授却能从她言谈的一些细枝末节上断定她什么也没有忘却，她只是不愿再为过去的苦难而忧伤，所以她不再提起往事，在沉默中忘却它。他的妻子在那么长的时间里一直伴随着他，他过去走过各种各样的道路，每一件往事都与她紧密联在一起。在游行示威时，她总是坚定地走在他身旁；在家庭生活中，他们一起紧密合作，抚养孩子。她帮助过那些最需要帮助的人。在罢工的夜晚，她也曾露宿街头，整夜地为别人缝补衣服，以弥补他微薄的薪金。她以同样的热情与他一起参加了内战，并与他一起流亡国外。在他被捕入狱时，她把热饭给他送到牢房；当他家的资产被查封时，她也没有惊慌失措；甚至当他们睡在难民们乘坐的三等舱的甲板上冻得发抖时，她的情绪仍然很好。伊尔达还忍受了她丈夫的种种古怪行为（他的这种行为还真不少），始终没有失去内心的平静，因为在他们的共同生活中，她对丈夫的爱与日俱增。

许多年以前，在西班牙位于陡峭的小山和葡萄园中的一座村庄里，他向她求婚了。她回答说她是天主教徒，并不愿放弃自己的宗教信仰；还说她个人没有什么原因要反对马克思，但是，她受不了在床头的墙上贴上他的画像。她又说，她的孩子要接受宗教洗礼，免得他们像摩尔人一样死后留在净界[1]。雷阿尔这位逻辑学和文学教授是位虔诚的共产主义者、无神论者。他凭着直觉感到，要改变这个面色红润、两眼炯炯有神的弱女子的看法已不可能，他已完完全全地爱上了她，那么最好还是同她达成某种协议。他们同意到教堂去举行婚礼，这是那时结婚的唯一合法形式；孩子将接受圣礼，但要上非教会学校念书；生男孩子由他取名，而她将为女孩命名；孩子们若死去，墓上不放十字架，仅竖一块由他起草刻写的墓志铭。伊尔达对此表示同意，因为这个瘦瘦的、长有一双钢琴家之手的热血青年正是她心目中的理想伴侣。他以他特有的诚实履行了他的诺言，而伊尔达却未能像他那样恪守承诺。第一个儿子出生的那天，他正在打仗。当他回去看望母子俩时，孩子已经像他的祖父那样名叫哈维尔了。当时妻子的身体不好，他不打算与她争吵，但他决定用列宁的第一个名字弗拉基米尔来作为长子的别名。然而，他一直未能这样做，因为每当他这么叫儿子时，他妻子总是问他是在叫谁呀，而那孩子也用吃惊的表情望着他，不搭理他。在生第二胎之前的一天早晨，伊尔达醒来向他讲了她做的一个梦：她生了一个男孩，应该叫他何塞。他们激烈地争论了好几个星期，最后找到了一个解决办法：叫何塞或伊里奇。然后他们将一枚硬币抛到空中，用这个办法来决定究竟用哪一个名字。结果伊尔达赢了。但这并不是伊尔达的缘故，这是命中注定，因为命运不喜欢革命领袖的这个名字。几年以后，最后一个儿子出世了。那时，雷阿尔教授已

1 地狱和天国间，圣人和未受洗礼的婴儿死后的居所。

失去了昔日对苏联人的热情，也就不给孩子取名为乌里扬诺夫了。伊尔达给他取名为弗朗西斯科，以纪念阿希斯的圣徒[1]、穷人和动物的诗人。或许是由于这个原因，或许是由于他最小，并酷似其父，伊尔达对弗朗西斯科特别偏爱；孩子对母亲给予的爱则报以俄狄浦斯式的深情。这种感情一直持续到他进入青春期。那时，由于性激素的关系，他明白了世界上除了母亲外，还存在着其他女人。

这个星期六的上午，弗朗西斯科喝完茶，背上装着照相器材的挎包，向全家人告别。

"穿暖和一点，骑摩托车风大。"妈妈说。

"随他去吧，他已经不是个孩子了。"丈夫说。儿子们都笑了。

在埃万赫利娜出世后的头几个月里，迪格娜·兰吉雷奥总是哀叹自己的不幸，以为这是老天爷对她不留在家里而去医院生产的惩罚。《圣经》上说得很清楚，生育必有痛苦。尊敬的主教大人正是这样对她说的。但是她后来才明白，上帝的想法是多么深不可测。这个长着一双明亮的眼睛、金色头发的姑娘来到她家，也许是她命该如此。她在路德—加尔文教会的启示下，接受了既成事实，并准备好好抚养埃万赫利娜，尽管这孩子有不少毛病。她时常想起弗洛雷斯大妈带去的那个女孩，那孩子理所当然是属于她的。她丈夫安慰她说，那孩子看起来更健壮些，给另一家人抚养一定会更好些。

"弗洛雷斯家拥有一块很好的土地，据当地人说，他们还要买拖拉机，他们对土地精耕细作，还参加了农业工会。"几年前，依波利托在弗洛雷斯家遭受不幸之前曾这么说。

1 圣方济各会的创始人，纪念日为十月四日。

两位母亲在分娩以后都向院方提出归还自己女儿的要求。她们说，她们是亲眼看着自己的孩子出生的，从孩子头发的颜色便可发现院方的错误。但是，院长却不愿听她们谈这个问题，他威胁她们说，要以诽谤医院的罪名把她们关到监狱里去。两个孩子的父亲提出只管把孩子换了算了，不要闹了。但她们不愿不通过法律手续就这么换了，她们决定在向当局说明事实真相前暂时各人抚养手中的孩子。然而，在医院职工的罢工和户籍管理所的一次火灾之后，医院的人员换掉了，档案材料化为灰烬，她们想诉诸法律弄清事实的希望也就破灭了。于是，她们决定把别人的孩子当作自己的亲生女儿来抚养。尽管她们两家相距并不遥远，但见面的机会却很少，因为她们在日常生活中与外界联系甚微。从一开始，她们就同意互相以干亲相称，她们还商定给孩子取相同的教名，以便有朝一日孩子们重新获得自己的合法姓氏时不必去适应一个新的名字。而且，在孩子们刚懂事时，两个母亲便把真相告诉了她们，因为不管怎么说，她们迟早会知道这一切的。这个地区几乎所有的人都知道两个埃万赫利娜错换了的事情，难免有人会在她们面前提起此事。

埃万赫利娜·弗洛雷斯长成了一个皮肤黝黑的地道的农村姑娘。她两眼炯炯有神，臀部宽大，胸脯丰满，双腿粗壮有力，身体健壮，性格活泼开朗。而兰吉雷奥家的这个孩子却是个弱不禁风的爱哭的姑娘，精神也不够正常，实在很难抚养。依波利托看到这姑娘有着在这一家子女中见不到的红色皮肤和浅色头发，不由产生敬慕之情，给予她特殊的照顾。他在家的时候，总是提防着不让男孩子们对这个不属同一血统的姑娘有任何越轨行为。有几次，他撞见普拉德里奥在给她挠痒痒，还偷偷地摸她，一个劲儿地亲吻她。为了不让普拉德里奥再戏弄她，他狠狠地揍了他一顿，差一点要了他的命。他认为,在上帝面前,埃万赫利娜应该是他们的妹妹。然而,依波利托只在家里待几个月,其他时间他就无法让他们遵守家规了。

依波利托自十三岁那年跟一个马戏班子出走以来, 一直从事这个职业,再也没从事过别的营生。每当春暖花开,遍地都是带补丁的帐篷的时候, 妻子和孩子们就送走了他。他们的足迹遍及全国,在穷人们举行的狂歌狂舞中尽情地表演他们的技艺。他在马戏班里演过许多节目,先是玩吊杆和杂耍,但随着年龄的增长,平衡失调,动作也不那么稳了,便干驯兽。但干了一段时间,他又可怜这些动物,神经太紧张了,最后只好演小丑。他和农民一样,靠天吃饭,晴天干雨天歇。在寒冷潮湿的季节,那些穷困潦倒的马戏班是不会走好运的,他便只好在家里过冬。春天一到,他又告别家人,坚定地上路了,把照料孩子和农活全留给他妻子去干。操持这一切她比他强,因为她是祖祖辈辈农家出身。一生中他只有一次,拿着用地里种的东西换来的钱去镇上买衣物和供全年吃用的油盐酱醋。但就在这一次,他喝醉了,钱被偷了个精光,之后整整几个月兰吉雷奥家的餐桌上没有糖,一家人谁也没有新鞋穿。从此,他便把经济大权交给了妻子。她也很希望这样做。从结婚那天起,她便把家务和农活这两副重担挑在自己肩上。人们经常看见她弯着腰在喂牲口、犁地,身边围着一群不同年龄的孩子,拽着她的衣裙。后来普拉德里奥长大了,她想他可以在这么多的家务事上帮她一把了,但她的儿子仅十五岁便长成了那个地区从未见到过的又高又壮的小伙子。因而他服完了兵役就当上了警察,在众人眼中也就再自然不过了。

天下起雨来, 迪格娜·兰吉雷奥把她的椅子挪到走廊里去,坐在那里,目不转睛地望着门外那条路的拐弯处。她双手总是忙个不停，时而编着柳条筐，时而缝补孩子们的破衣衫，而她的双眼总是不停地看着前面那条小路。有时，依波利托提着纸板箱的矮小身影会突然在她眼前出现。她思念中的他终于又出现了，尽管他朝她走来的脚步越来越缓慢，但他还是那么温顺，那么风趣。这时，迪格娜的心会猛烈地跳起来，就像许多年以前第一次见到他时那样。她是在一个流动马戏班的售票处前见到他的。那时，他穿着一身黄绿色演出服，一双黑眼睛里流露出满腔热情，他正在招徕观众去观看演出。他那时的脸庞可亲可爱，脸上还没有套上小丑的面具。她见到他时总抑制不住内心的激情，年轻时的那股炽烈的情意又在她的胸中荡漾。她向他扑过去，搂住他的脖子，喜悦的泪珠不停地滚落下来。然而几个月不见面使她变得羞涩了，她红着脸，低下头，控制着自己的感情向他问好。她的男人就在那里，他已经回来了。他一回来一切都变了样，因为他善于将他不在的时光弥补过来。在之后的几个月里，她向《圣经》中的保护神祈求，盼望不停地下雨，日历永远停留在冬天。

而对孩子们来说，父亲回来并没有什么了不得。当他们有一天从学校或从牧马场回来，见他坐在门边的藤椅上，手里端着他的马黛茶茶罐，欣赏着门外的秋色时，仿佛以为他从未离开过这块土地和这个家，从未离开过挂着一串串成熟的葡萄的葡萄藤和躺在院子里的狗。孩子们从母亲手忙脚乱地照料父亲时流露出的眼神中，从她那兴高采烈的脸部表情中，领略到母亲的心情。他们心神不定地注视着他俩会面的情景，生怕两人做出某些不合时宜的事来。尊敬父亲是家庭兴旺的基石，《旧约》里就是这么说的，因此家中严禁叫父亲为托尼·恰鲁巴，也不能议论他当小丑的事。他们不能向他随意提问题，只能等他高兴时给他们讲点什么。依波利托年轻时，当他轰的一声从炮筒里被射出来，在惊奇的观众们的一片笑声中，从帐篷的一端被射到另一端，而后又落到网上时，孩子们先是一阵害怕，过后便为他能像雀鹰一样飞翔而感到自豪。后来，迪格娜不许孩子们去马戏团看父亲翻得越来越糟糕的筋斗了，她希望在他们的记忆中永远保留着父亲那潇洒的形象，免得他们见到他穿着小丑的破旧演出服，遭人哄笑、羞辱，操着假嗓子说话，强颜欢笑的情景而感到羞耻。一次一个马戏团来洛斯利斯科斯时带来了一头掉了毛的大狗熊，他们用高音喇叭大声喧嚷，让居民们都去看被观众们誉为具有国际水准的精彩表演。迪格娜没有带孩子去，她怕见到小丑，因为他们都是一个模样，都像依波利托。然而，依波利托在家时，也常常戴上面具或在脸上涂上油彩，但这样做并不是为了翻跟头，丢人现眼，也不是为了说些粗话，逗人笑，而是讲一些滑稽的故事让他们高兴高兴。他时而讲一个女人满脸长了胡子的故事；时而又讲一个力大无穷的男人能用牙齿咬住一根绳子拖动一辆卡车；还说一个吞火者能吞下燃烧着汽油的火炬，却不会用手指掐灭一支蜡烛；一个患白化病的侏儒骑在一只羊的屁股上飞快地奔跑；一个吊杆演员从一根高竿上头朝下栽了下来，脑浆溅到尊敬的观众身上。

“原来人脑和牛脑是一回事。”依波利托在结束那些悲剧故事时说。

孩子们围坐在父亲周围，不厌其烦地一遍又一遍地听着那些相同的故事。依波利托·兰吉雷奥从全家在听他讲故事时露出的惊异目光中，重新得到了在那些质量低劣的演出中失去的尊严，在那样的演出中，他是人们嘲弄的对象。

冬天的夜晚，当孩子们熟睡时，迪格娜从床底下取出那只硬纸箱，在烛光下查看着丈夫的演出服，替他钉上已掉下来的红色大纽扣，这儿给补上一块碎布，那儿又给打上一个补丁，还将那双特大号的黄皮鞋打上蜡，又默默地编织着化装用的条纹长袜。她的一举一动都满含了只有在那短暂的做爱过程中才有的柔情。在夜阑人静之际，细微的声音都能听得一清二楚，连雨点打在瓦片上，孩子们睡在旁边床上的呼吸声都听得如此清楚，以致母亲都可以猜到他们所做的梦。夫妻俩在被窝里搂抱着，他们屏住呼吸，沉浸在爱的热流中。与其他农民不同的是，他们是相爱后才结婚的，孩子是他们相爱的产物。正因为这样，即使在干旱、地震或水灾的最艰难岁月里，家里穷得连锅也揭不开了，他们也没有抱怨孩子的出生。他们说，孩子就像是鲜花和面包，是上帝赐予的。

依波利托·兰吉雷奥利用他在家的时间修筑围墙、打柴、修理农具，在雨停的时候翻修屋顶。他们用他去各地演出积攒下来的钱和卖蜂蜜和猪猡的钱省吃俭用地过着日子。在收成好的年份，吃饭是不成问题的，但是即使是最好的年景，零用钱也少得可怜。家里的什么东西都舍不得扔掉，小孩子穿大孩子留下来的衣服，一直要穿到破烂得不能再打补丁，连打上的补丁也一块一块地脱下来为止。穿旧了的毛线背心就拆散、洗净后再织。父亲给每个孩子做了一双草鞋，母亲则不停地打着毛线，踩着缝纫机。他们并不像其他农民那样感到贫困，因为他们有一块祖辈传下来的土地，有家畜和农具。以前他们还曾得到过一笔农业贷款，还以为这个家会兴旺起来，但好景不长，一切又都恢复到了旧有的节奏。全国曾有过一阵虚假繁荣，但他们的生活并没有得到改善。

“喂，依波利托，你别再老盯着埃万赫利娜了。”迪格娜轻声地对丈夫说。

“也许今天她不会犯病了。”他说。

“她随时都会犯病，我们真没法子。”

全家人吃完了早饭，都拿着自己的椅子散开了。从星期一到星期五，最小的几个孩子去上学，他们走得快也要半个小时才能到学校。天冷时，母亲给每个小孩的口袋里放上一块在炭火里烧热了的石块，好暖暖他们的手。她还给他们每人一块面包和两小块方糖。以前，当学校给学生们分牛奶的时候，他们把糖放到牛奶里。但是几年前他们就不得不在课间休息时将糖块当糖果吮吸着吃。回家这半小时的路程对孩子们来说倒是件大好事，因为当他们回到家的时候，姐姐的病已发过了，前来朝拜她的人也已离去。但这一天是星期天，他们都会在家目击这一切，哈辛托晚上一定会做噩梦尿床的。埃万赫利娜自有了那病的征兆后，便不去上学了。母亲清楚地记得孩子开始发病时的情景，就在许多青蛙聚集在一起的那一天。不过，她肯定这个现象与孩子的病没有任何联系。

一天清晨，人们很早便发现两只肥大高傲的青蛙在两条铁路交叉处张大着双眼瞧着周围的动静。不一会儿，又有许多青蛙从四面八方聚集拢来，小的来自池塘，中等个儿的来自水井；白色的来自水渠，灰色的来自河畔。有人惊愕地嚷了起来，人们便都跑来观看。这时，这些两栖动物组成了密密的队列，秩序井然地向前行进，一路上更多的青蛙加入了这个行列。不久，一大群绿色的青蛙朝公路进发。消息不胫而走，于是，好奇的人或步行，或骑马，或乘车来到这里，评论着自古未见的奇观。这一块各种色彩拼成的巨大活动地板占据了通往洛斯利斯科斯那条主要公路的一大段柏油路面，阻塞了这个时候来往行驶的车辆。一辆卡车冒冒失失地试图强行通过，但它在碾出肠子来的青蛙尸体上滑行了一段后便翻倒了，孩子们兴奋地跑去捡散落在灌木丛中的货物。警察乘着直升机来到这个地区，证实了二百七十米长的公路上布满了青蛙。它们紧紧地挤在一起，远看活像是一块闪闪发亮的苔藓地毯。电台很快报道了这个消息，首都的记者们在联合国的一名中国专家的陪同下，在很短的时间里便赶到了。这位中国专家说，他小时候在北京也见到过类似的场面。这外国人从挂着官方牌照的深色汽车上下来，向在左右两边对他欢呼的人群挥手致意。人们自然而然地把他当成了一个无伴奏合唱队的指挥。东方人朝那一大堆滑溜溜的东西看了几分钟，说没有必要如此大惊小怪，这只是一大群青蛙聚集在一起而已，以后报刊就这么解释了。由于当时国内贫穷，失业者很多，人们便嘲讽说，由于缺少吗哪[1]，上帝从天上送来了青蛙，给他所钟爱的子民用大蒜和芫荽炒着吃。

埃万赫利娜发病的时候，观看青蛙的人已经散去，电视台的摄像师们正在把他们的器材从树上搬下来。那时正是中午十二点，雨后的空气清新洁净。埃万赫利娜一个人待在家里，迪格娜和孙子哈辛托在院子里用残羹剩饭喂猪，他们看了那个场面后，觉得没有什么意思，这只是一群小动物令人恶心的聚会而已，便回家忙自己的事了。陶瓷器皿打碎的响声和一阵尖叫告诉他们屋里出了什么事情。他们见埃万赫利娜仰面躺在地上，只有后脑勺和脚跟支撑地面，像弓一样弯曲着，口吐白沫，身旁是一大堆碗碟的碎片。

母亲吓坏了，手足无措地赶紧朝埃万赫利娜身上泼了一盆冷水，但这不仅不能使她安静下来，反而更糟糕了。埃万赫利娜咬破了舌头，白沫变成了玫瑰色，她双眼直向后翻，目光呆滞，全身痉挛，房间里一片悲戚的景象，充斥着粪便的臭味。姑娘颤动得如此厉害，使得厚实的土坯墙都在晃动，好像她的五脏六腑也都在震动。迪格娜·兰吉雷奥紧紧地抱住哈辛托，用手遮住他的眼睛，免得让他看见这个妖魔附身的场面。这次发病只持续了几分钟，却把埃万赫利娜弄得筋疲力尽，使得母亲和弟弟惊慌失措，把房间折腾得乱七八糟。当依波利托和几个观看青蛙聚会的孩子回到家里的时

1《圣经》中以色列人在经过旷野时得到的神赐的食物。

候，一切都已经过去了，女孩子坐在椅子上休息，母亲在收拾着碗碟碎片。

“她准是让红蜘蛛给咬了。”父亲听了他们的叙述后推测说。

“我已经从头到脚查看了一遍，没有发现伤口……”

“那一定是癫痫病了。”

但迪格娜听说过这种病，知道病发起来并不会殃及家具。这一天晚上，他们决定带埃万赫利娜到江湖郎中堂西蒙那里去看病。

“最好还是带她去找个医生看看。”依波利托说道。

“你是清楚我对医院和医生的看法的。”妻子回答说。她知道，若孩子的病还有办法治的话，堂西蒙是一定能治好的。

到这个星期六，第一次发病已经过去五个星期了，但还没有任何办法能减轻她的病痛。这时埃万赫利娜正在帮母亲洗盘子和瓦罐，上午就这样过去了，可怕的中午临近了。

“孩子，你去洗一下盘子，在盘子里放上炒面。”迪格娜对她说。

埃万赫利娜一边唱着歌，一边把一个个铝质和铁质的盘子放在桌子上，她在每一个容器里舀上两勺炒面和一点蜂蜜，然后又加上一些冷水，准备以此来招待前来观看神灵显圣的场面，并期望通过某种奇迹求得神灵庇护的人。

“从明天起我什么也不给他们吃了。”迪格娜抱怨说，“我家东西都给吃光了。”

“别这么说，孩子他妈，人家到这儿来是对我们的关心，招待点面食也不会把我们给吃穷的。”依波利托回答说。她低下了头，他是男人，总得听他的。

迪格娜禁不住哭了。她知道，她的神经都快要承受不了啦，她找来了一些椴树花制成镇静剂。这几个星期，对她来说，日子真够难熬的。这位经受过无数苦难和艰辛的强壮农妇，毫无怨言地承担了作为一个母亲的全部辛劳，但在将全家折磨得筋疲力尽的巫术面前，她却感到郁闷难忍。她确信她已经尽到了责任，为了治好女儿的病，她甚至都违背了自己永远不再踏进医院大门的誓言，带她去了医院。然而，一切努力都付诸东流。

弗朗西斯科揿门铃时，希望出来开门的不是贝阿特丽丝·阿尔坎塔拉。因为在她面前，他感到很不自在。

"妈妈，这就是弗朗西斯科·雷阿尔，是我的同志[1]。"几个月前伊雷内第一次把他介绍给她的母亲。

"是同事吧？"母亲对含有某种革命含义的"同志"一词十分反感，反问了一句。

从那次见面以后，他们便知道了对方的底细。

然而，他们却极力做出友好的样子，虽然并不想取悦对方。贝阿特丽丝很快便打听到弗朗西斯科是个没有产业的西班牙移民的后裔，其父辈是靠薪水为生的中产阶级知识分子。于是，她立即从他那摄影师的职业、他的装束和摩托车，推测出他并不是放荡的公子哥儿，他有明确的思想，但与她的想法完全不同。她女儿伊雷内常与非同一般的人交往，她并没有去指责她，因为那样做是无济于事的。但她却极力反对女儿与弗朗西斯科的友谊，她不愿看见伊雷内与弗朗西斯科由于合作共事而产生同事情谊，更不愿想这会给女儿与上尉未来的婚事带来什么样的后果。她觉得弗朗西斯科确实很危险，因为甚至她本人都被摄影师深沉的眼睛、长长的手臂和平静的语音吸引住了。

至于弗朗西斯科，第一次见面，他便发现贝阿特丽丝对他存有

1 这里用的是西班牙语"compañero"一词，有同伴、同事、同志的含义。

阶级偏见。他已明白她的想法，他对她只是敬而远之，对她是自己最好的女友的母亲深感遗憾。

一看到这座房子，他便被用鹅卵石堆砌起来的宽大围墙吸引住了。围墙外面爬满了一簇簇在潮湿的冬天生长起来的矮小植物。门口是一块金属牌，上面写着“老人之家”，下面还有一行与伊雷内的幽默感颇为相符的小字“上帝慈善之家”，当他看到这精心打理的花园里含苞欲放的大丽花、紫藤花、玫瑰花、香蒲花姹紫嫣红、争奇斗艳的情景，再与居住在这幢房子一楼房间（现已变为老年病患者的寓所）里的那些老态龙钟的老人的情况进行对比时，总感到十分惊奇。然而，楼上的陈设十分和谐，令人赏心悦目，有东方式的地毯、精美的家具和欧塞比奥·贝尔特兰先生出走前买下的许多艺术品。这幢房子与这个地区的其他房子十分相似，只是贝阿特丽丝根据需要做了一些翻新，但尽可能地让房子保持原来的样子，这样从街上看就可以见到它和其他邻近的房子一样体面。从这个意义上看，她是个十分细心的人，她不愿给人以她在与老人们做交易的印象，而是以慈善家的面目出现。这些可怜的老头儿啊，要不是我照顾他们，他们会落个什么样的下场呢。

谈到她丈夫的时候，她也很谨慎，她只说他与一个不三不四的女人走了，不知上哪儿去了，却没有说出她在别的方面的猜疑。其实她是怀疑她丈夫并不是去干风流韵事，而是被秘密警察错杀了，或者是出于某种误会，把他投进了监狱，就像最近几年人们纷纷传说的许许多多案例一样。有这种不祥感觉的并非只有她一人。一开始，她的朋友们用怀疑的眼光看着她，并在她背后窃窃私语，说欧塞比奥·贝尔特兰已被当局抓了起来，他一定是犯了罪，可能和另外一些人一样是个混迹于正经人中的共党分子。贝阿特丽丝不愿再去回忆那些人在电话里对她进行的威胁和嘲讽，以及那些从门缝里塞进来的匿名信，更不愿回忆有人在她床上倒垃圾那件令她永远也忘不了的事情。那天晚上，家里没有留人，连罗莎也出去了。当她和女儿从剧院回到家的时候，看起来好像一切都井井有条，奇怪的只是那只母狗怎么一点声音也没有了。伊雷内呼叫着找它，贝阿特丽丝跟在后面开灯，当她们看见床上满是残渣剩饭、空罐头盒、烂果皮、沾有粪便的纸片时，都惊呆了。她们发现克莱奥被关在一个柜子里，看样子似乎已经死了，十五个小时以后才醒过来。那天夜里，贝阿特丽丝坐在那里呆呆地望着床上的污物，怎么也弄不明白这究竟是为了什么，猜不透究竟是什么人将这么多肮脏不堪的东西带到她家，撬开了大门，对狗注射了麻醉剂，将她家弄成这副样子。在那个时候，一楼还没有成为老人之家，只住着罗莎和花匠。

“孩子，你别跟任何人提这件事，这是对我们的侮辱，太不光彩了。”她哭着说。

“你别再去想这件事了，妈妈，你没有看到这是疯子干的?你别再把这件事放在心上了。”

但是，贝阿特丽丝·阿尔坎塔拉知道这件事肯定与她丈夫有关，为此，她又一次诅咒起他来。她还清楚地记得欧塞比奥·贝尔特兰离她而去的那天下午的情景。那些日子，他像着了魔似的做着羊的买卖，结果使他破了产。他们结婚已经二十多年了，贝阿特丽丝对他的耐心已被耗尽，她忍受不了丈夫的冷漠，对于他的不忠、花钱大手大脚、驾乘轻型飞机、参加赛马、购买淫秽雕像、在饭店大吃大喝、赌博、给女人大送礼品等做法感到难以容忍。他虽已步入中年，但并未因此有所收敛，相反，随着两鬓白发的增加和额头皱纹的加深，他的恶习更重了，冒险精神更强了。他把资金胡乱地投到毫无意义的事业中去，一连几个星期地到国外旅行，有时会跟一个北欧的女生态学家到南美大陆的尽头，甚至还会一个人乘帆船漂洋过海。他为人热情，赢得了除他妻子外所有人的好感。一次，他俩吵得很凶，她失去了自制力，对他破口大骂。欧塞比奥·贝尔特兰举止文雅，他讨厌粗暴的行为。他举起一只手请她不要再骂了，然后，笑着对她说，他去找香烟。他就这样悄悄地走了，以后再也没有听到他的消息。

“他出去躲债了。”贝阿特丽丝每当找不到充分的理由说他与另一个女人出走时便这么想。

他销声匿迹了，也没有人发现他的尸体。在以后的几年里，她做出了令人难以想象的努力，在朋友面前极力装出一切正常的样子，并适应了新的情况。她独自一人不声不响地跑遍了所有的医院、看守所和领事馆，四处打听他的下落；她也向一些有地位的朋友打听过，还秘密地与私人侦探进行了联系。最后，当她跑遍了许多机构而一无所获时，便决定求助于教会。然而，在她这个社会阶层的人们心目中，这样做是会被人看不起的。她甚至都没有敢告诉伊雷内，因为她所属的这个大主教辖区被认为是现政府的敌人——马克思主义神甫和危险分子们——的藏身之地。这是唯一公开反对现政府的组织，它在红衣主教的领导下，用教会至高无上的权力来为被迫害的人(不管他们的政治态度如何)服务。贝阿特丽丝在寻求教会帮助之前，一直高傲地认为当局应该把这个机构从地图上抹掉，并把红衣主教和他属下的那些反叛的教士抓进监狱。然而，找教会仍是徒劳的，因为它也未能向她提供失踪者的消息。她的丈夫像是被一阵忘却的狂风卷得无影无踪了。

由于焦虑不安，贝阿特丽丝的神经系统也遭到了损坏。她的女友们劝她去学柔道和东方气功以放松不间断的紧张心情。当她费力地做到了头朝下脚朝天，进行腹式呼吸，意守丹田的时候，她得以忘掉她的问题。但她总不能整天都保持这个姿势啊。每当她想到自己的时候,便会对命运对自己的嘲弄感到心惊胆战。她已确信自己成了一名失踪者的妻子。可是她以往曾不止一次地说过,谁也不会在自己的国家失踪,那只是卖国者的一派谎言。当她看到那些脸色苍白的妇女把自己亲人的照片别在胸前,每个星期四在广场上游行的时候,她曾说她们是被莫斯科用金钱收买的。她从来也没有想到自己也会落到这个地步,与那些母亲和妻子一样在寻找自己的亲人。从法律上讲,她不是遗孀,而且在十年之内也不会如此,除非法院给她开具丈夫的死亡证明。因此,她不能支配欧塞比奥·贝尔特兰留下的财产,也无法对付那些将丈夫的企业股票攫为己有并逃之夭夭的掮客。她只有待在这幢房子里,摆出一副公爵夫人的架势,却没有足够的钱财来维持这个富人区阔太太的日常生活。由于入不敷出,她几乎想把房子倒上汽油,付之一炬,以获取保险金。但就在这个时候,伊雷内想出了把一楼的房间出租的主意。

“现在有许多家庭到国外去了,他们不能把老人带走,我想我们可以做点好事,帮助他们照顾老人,这样做我们还能有一笔小小的收入。”伊雷内说。

于是,她们便这么做了。一楼原来的房间被分隔成了若干个小房间,还增建了洗脸间,走廊上建起了栏杆,以便让那些腿脚不便的老人能扶着走。此外,还在台阶一边建起滑坡,让轮椅通行。为了消除老人的烦恼,她们还安装了播送音乐的喇叭,但她们并没有考虑到老人们听觉不灵的情况。

贝阿特丽丝和她女儿还有罗莎都住到了楼上。罗莎很早以前就在她们家干活了。贝阿特丽丝拿出她的积蓄把楼房装饰一新,使它显得超凡脱俗。从这时起,她便开始靠居住在“上帝慈善之家”的那些老人的房租来生活了,在经济特别拮据时,她便斟酌再三,十分小心地卖掉一幅画，一件银器或一件她丈夫用来送给他的情人们的首饰。

伊雷内看不惯母亲为这些鸡毛蒜皮的小事忧心忡忡的样子。她主张搬到一个更简朴的地方居住，让这幢房子居住更多的房客，这样便能让日子过得宽裕些。但是贝阿特丽丝宁可累死累活地干，还遮遮掩掩地不让家庭衰败的境况显露出来。把房子让出来出租就等于公开承认自己贫穷。母女俩对生活的看法迥然不同，对欧塞比奥·贝尔特兰的看法也不一样。贝阿特丽丝认为他是个专干诈骗、姘居和其他坏事的无赖，他是出于无奈才不得不夹着尾巴逃走的。每当她这么说的时候，伊雷内便会暴跳如雷，与她据理力争。姑娘敬仰自己的父亲，她不相信他已经死去，更不承认他的这些缺点。父亲为什么要从他熟悉的这个环境中消失对她来说并不重要。她对父亲的爱是无条件的。父亲那翩翩的风度、高贵的侧影、和蔼可亲的性格和使他成为纨绔子弟的那种倜傥风流，都珍藏在她的记忆中。父亲那种使贝阿特丽丝感到害怕的古怪个性，伊雷内回忆起来却备感亲切。

欧塞比奥·贝尔特兰是一户富裕农家的小儿子，他的兄长都将他看成是无可救药的败家子，因为他一反家里其他人吝啬忧郁的秉性，花起钱来大手大脚，还爱及时行乐。父母亲刚去世不久，兄弟们就分了家，兄长们分给了他一份产业后，便再也不想见到他了。欧塞比奥变卖了他的土地，去国外待了几年，骄奢淫逸，很快花完了带去的钱财，于是只好乘货船回到了祖国。这一事实本身便足以使他在已达婚龄的任何一位姑娘面前威信扫地，但是贝阿特丽丝·

阿尔坎塔拉却因他那高雅的风度、他的姓氏和他那良好的社会关系而爱上了他。她出身于中产阶级家庭,从小便一心想往上爬,攀上高一级的社会阶梯。她颇有几分姿色,举止矫揉造作,能胡乱说几句英语和法语(看起来仿佛说得十分流利),这便是她的资本。她凭借那一点浅薄的文化知识便在文化沙龙中扮演了重要角色,她那彬彬有礼的举止和整洁的衣着使她赢得了作为一个体面女人的威望。当时欧塞比奥·贝尔特兰实际上已破了产,吃了不少苦头,但他相信这只是暂时的危机,确信出身名门的人总会出人头地。此外他还是个激进派,那个时候激进派的思想可归纳成这么几句话:助友铲敌,伸张正义。在朋友们的帮助下,他很快便在上流社会俱乐部里玩高尔夫球,还弄到了剧院的一张长期票,并在跑马厅里订了一个包厢。凭借着他那英国贵族式的风度和魅力,他找到了与他合伙的人,干起了赚钱的买卖。他的生活又阔绰起来,因为他觉得不这样干太傻了。他与贝阿特丽丝·阿尔坎塔拉结了婚,因为他经不起美貌女人的诱惑。就在他第二次邀请她出去时,她就直截了当地问他请她的目的,因为她不愿浪费时间。她已经二十五岁了,不能再漫无目的地调情逗趣了,而她感兴趣的只是找一个丈夫。他对她的坦率感到好笑,但当她表示不想再同他待在一起时,他才明白,她不是在开玩笑,他只考虑了一分钟便草率地同意了婚事,为此他抱憾终身。他们生了个女儿伊雷内,她从祖母那儿继承了无忧无虑的个性,从父亲那儿继承了从不发火的好脾气。随着孩子渐渐长大,欧塞比奥·贝尔特兰做了好几桩买卖,有的赚,有的栽。他脑子里充满着幻想。他搞的那架摘椰子的机器便是这方面的明证。一天,他从杂志上获悉人工收割椰子会大大增加成本,因为当地人要爬到椰子树上摘下椰子,然后再爬下来,上上下下要浪费许多时间,有些人还会从树上摔下,产生意想不到的损失。于是他决定寻找一个解决办法。他在办公室里关了三天，苦思冥想。顺便交代一下，他对此问题并未实地考察过，因为他旅行时从未去过热带地区，而且他在家里也从未尝过异乡的食物，但他从书本上获得了这方面的知识。他研究了果实的直径和重量，以及适宜种植椰子树的气候和土壤，还研究了果实的成熟期、收获季节和其他一些细节。之后，人们看见他连续几个小时在那里画着草图。经过许多不眠之夜，他终于发明了一台可以在一小时内收割大量椰子的机器。他去专利局，为那架有一只伸缩性长臂和长爪的塔形机器申请了专利。他的亲人和朋友们都嘲笑他。他们也从未见过椰子树，只见过跳曼波舞的女郎头上戴的椰叶帽和结婚蛋糕上的椰丝。欧塞比奥·贝尔特兰则预言，他的摘椰子机总有一天会有用的，而时间证明他是有道理的。

婚后，无论贝阿特丽丝，还是她的丈夫，都极其痛苦。欧塞比奥希望心平气和地与妻子分手，希望永远与这个困扰着他、令他厌烦的喋喋不休的妻子分开，但她就是不同意，也没有什么特别的理由，就是想折磨他，不让他那么便当地同她的任何一个情敌联姻。她的借口就是要给伊雷内一个完整的家庭。她说，你要想让我的女儿遭受这个痛苦，那就得先从我的尸体上走过去。她的丈夫几乎都要这么干了，但他还是喜欢用金钱来换取自由。他曾三次出大价钱，请她同意他平平和和地离去。她每次都同意，但是到了最后一刻，当律师们准备好了一切文件让她签字的时候，她又后悔了。他们之间频繁的争吵更加深了彼此的仇恨，正因为这个原因，再加上其他许多原因，伊雷内对父亲的失踪并不感到伤心。毫无疑问，他是为了摆脱各种羁绊，摆脱债务和他的妻子才出走的。

弗朗西斯科敲门后，伊雷内出来迎接他，脚边跟着汪汪叫着的克莱奥。伊雷内为出门带了件背心，搭在肩上，头上包着头巾，还带了她的录音机。

“你知道那圣女住在哪儿吗？”他问。

“在洛斯利斯科斯，走一个小时就到了。”

他们把狗留在家里，合骑一辆摩托车走了。这是一个明亮温馨的早晨，万里无云。

他们穿过整个市区，走过树木繁茂、豪华小楼林立的富人区里的林荫大道，越过中产阶级聚居的喧闹的灰色街区和一大片贫民区。摩托车飞驰着，弗朗西斯科·雷阿尔感到伊雷内依伏在他的背上，想着他第一次见到她的情景。那是在这个令人讨厌的春天来临的十一个月以前，他那时好像是人们讲的海盗和公主的故事中的一个人物，遇到了谁也不会感受到的奇迹。那些日子，他一直在找与他专业无关的工作。他开的私人诊所无人问津，开销很大，收入甚微。他在大学兼的职位也被取消了，因为心理学院被撤销了，学院被认为是传播有害思想的温床。几个月来他跑遍了学校、医院和工厂，却毫无结果，这使他越来越感到灰心。到最后他确信，读了那么多年的书，还在国外取得博士学位，这一切在这个新的社会里竟毫无用处。这并不是说人们在一夜之间已解除了贫困和忧愁，也不是说国内的人们生活已很舒坦，而是因为富人们没有了生活上的忧虑，而其他人虽然有迫切的需要，但他们付不起心理咨询费用。他们只能咬紧牙关，默默地忍受着病痛。

弗朗西斯科·雷阿尔在少年时代显得很有出息，但当他年过二十，在不公正的旁观者看来，他好像已失败，而他自己更认为如此。有一段时间，他干的地下工作使他得到安慰和力量，但是他必须分担家庭生活的重担。雷阿尔家本来就经济拮据，现在已变得十分贫穷了。尽管他发觉所有的大门都已向他关死，他仍然竭力控制着自己。但一天晚上，他失去了平静，在厨房里失声痛哭起来。那时他母亲正在准备晚饭，见他那个样子，赶紧用围裙擦干了手，把调料从烤箱中取了出来，然后像他在孩提时代那样搂着他。

“搞心理学不是唯一的出路，孩子，擦干眼泪，到别的地方找工作去。”

直到那时，弗朗西斯科还没有想过要改变职业，伊尔达的话为他指出了新的前景，他很快振作起精神，衡量了一下自己的特长，为自己挑选一个既能挣钱，又富有一定情趣的职业。一开始他就选择了摄影，这个行业没有多少人来竞争。几年前他曾买了一架带有全套附件的日本照相机，他认为现在是掸掉上面的灰尘来使用它的时候了。他把他拍的几张照片放进公文夹里，在电话簿上寻找他可能去毛遂自荐的地方。就这样，他来到了一家妇女杂志社。

编辑部在一幢老房子的最高层，大门上用镏金大字书写着杂志社创办人的名字。在文化繁荣的时代，为了让人们都参加文化活动以获得信息，印刷品的销路比面包还要好。于是杂志社的老板们便决定把大楼装饰一新，以便与震撼全国的文化高潮保持一致。他们从底层开始，每间房子的墙上都挂上了壁毯，室内放上上等木料制成的茶几，用铝和玻璃制的写字台替代过时的家具，把窗子改为天窗，还把楼梯去掉，改装上电梯。此外，他们还在门上装上能魔术般地自动开关的电子装置。于是大楼变成了一座迷宫。在这时，经营计划突然改变了，装饰工们再也没有上到五层楼，那里还保留着已说不清是什么颜色的家具、古老的机器和档案柜，天花板上还能看到漏雨的地方。这些普通的设备似乎与在那儿出版的豪华的周刊没有什么关系，亮光光的道林纸上印上了彩虹般的颜色，封面上是身着薄薄的时装、微笑着的选美冠军，里面登载的是大胆报道女权主义的文章。但是由于最近几年实行了新闻审查，袒胸露肩的照片不见了，连诸如“流产”“屁股”“自由”等禁用的字眼也改用了委婉的说法。

弗朗西斯科·雷阿尔知道这本杂志，因为他曾给他母亲买过一本。他只记得伊雷内·贝尔特兰的名字，她是一位在这本刊物上撰文、笔锋颇为辛辣的女记者，这在那个时候是难能可贵的。因此当他来到接待处时，便要求同她谈谈。人们把他带到一间宽敞明亮的房间，透过那扇落地窗可以看到远处一座高高的山丘，仿佛是城市威严的卫士。他看见四张办公桌上放着四架打字机，房间一端的衣帽架上挂着用闪闪发光的衣料做成的衣服。一个身穿白色衣服的娘娘腔男人在给一个姑娘梳头，另一个姑娘坐在那里像座雕像一样一动不动地等待着，全神贯注地欣赏着自己的美貌。人们给他指了指伊雷内·贝尔特兰。他从远处一看见她，便被她脸上的表情和披散在肩上的头发吸引住了。她嫣然一笑，同他打了招呼。光凭这点足以使他得出结论，这姑娘完全有本领窥探出他内心的隐秘，因为他仿佛觉得在他童年时看的书中，在他少年时代的睡梦中，都见到过她。他朝她走去，身体几乎失去了平衡。他站在她面前，茫然不知所措，目光无法从她那用画笔描过眼睑的眼睛上移开。他终于清了清嗓子，做了自我介绍。

“我是来找工作的。”他突然这么说了一句，把夹着照片的夹子放在桌上。

“你是黑名单上的人吗？”她公开地这样问他，并没有放低嗓门。

“不是的。”

“那么我们就可以谈谈了。你先在外面等一下，我干完手里的活就去找你。”

弗朗西斯科绕过写字台和地上打开盖子的箱子，走了出去。那些箱子里放着毛皮大衣和围巾，像是狩猎队的猎获物。弗朗西斯科碰到了理发师马里奥，他正在一旁用刷子刷着浅色的假发。当弗朗西斯科走过时，理发师告诉他今年金发女郎最时髦了。他在接待室里等着，看着一排排已闲置不用的身穿内衣的模特儿，还看到孩子们拿着故事书去参加比赛。一位发明家决定将他的计尿器公之于世，这是用来测算小便的方向和强度的仪器；一对感情紊乱的夫妻在寻找爱情诊所；一位黑头发的太太宣称自己是占星术、预卜术的发明者。时间很快就过去了，那太太一见到他，便吃惊地站住了，仿佛从他身上看到了某种预兆。

“只要看看你的前额便可知道，你必将找到一个理想的情人。”她大声地说。

几个月前，弗朗西斯科结束了与最后一位女朋友的关系。他决定再也不谈那种没有把握的恋爱了。此时，他端坐在那里，像一个正在认错的小学生那样，不知说什么才好，只感到很不自在。她用富有经验的手指摸了摸他的脑袋，并察看起他的手掌来。她自然将他说成是射手座，尽管他实际上是天蝎座，因为他的手相里有两性的标志，也有死亡的标志，尤其是后者。

占卜女士终于走了，弗朗西斯科松了一口气。他一点也不懂星相术，既不相信手相，也不相信算命和其他各种谵妄之语。不一会儿，伊雷内·贝尔特兰来了，他终于可以将她看个仔细了。她长得正像他想象的那个样子，穿一条特别长的手织布料制的裙子，上身穿一件粗棉布的紧身衬衫，腰上束着一条用几种颜色织成的腰带，挎着一个像邮递员的背包那样塞得满满的皮包。她向他伸过手去，纤细的手指，短短的指甲，每根手指上都戴着戒指，手腕上还套着一个黄铜和白银制成的带铃铛的手镯。

“你喜欢素食吗?”她问道,不等他回答便拉着他的胳膊,把他带下楼去。电梯坏了,就像杂志社的其他许多事情一样运转不灵了。

他们走到街上,阳光照耀在伊雷内的头发上。弗朗西斯科看了心里想,他从来没有看见过这么美的头发,便情不自禁地伸出手指触摸了一下。她笑了,她对自己这种颜色的头发常常在这个地区的人们中引起惊叹已经习以为常了。到了街角她停下来,取出一只已经贴好邮票的信封,把它放进了邮筒。

“这是寄给那位没有人给他写信的人的。”她神秘地说道。

过了两个街区,他们来到一个小餐馆,那是长寿者、信招魂术者、吉卜赛人、大学生和胃溃疡患者聚会的地方。在这个时候总是顾客满座,但她是这里的老主顾。店主呼着她的名字,向她问好,把他们带到一个角落,安置在一张铺着格子桌布的桌子旁坐下,并很快给他们送上了午饭,有果汁和一个夹着葡萄干和核桃仁的黑面包。伊雷内和弗朗西斯科慢慢地品尝着,互相在用目光打量着对方。他们很快便相互信任了。她谈起了她在杂志社的工作,说她写过关于像子弹一样射到胳膊上用来避孕的奇异荷尔蒙的文章,报道过用来去掉中老年人皮肤上皱纹的海藻薄膜,还跟他谈起欧洲王室中王子公主们的风流韵事,巴黎各个时期展出的奇异时装和其他一些不同情趣的话题。对她自己,她只谈到了她和她的母亲,还有一个老保姆生活在一起,家里还有一只叫克莱奥的母狗。她还说,她父亲四年前出去买香烟,便一去不复返了。对她的未婚夫,陆军上尉古斯塔沃·莫兰特却只字未提。弗朗西斯科是很久以后才知道此人的存在的。

饭后甜食是糖汁香木瓜,这是在北方温带地区收获的水果。她看了一眼，用勺子拨弄着，饶有兴味地品尝着。弗朗西斯科知道伊雷内和他一样，颇懂生活的情趣。伊雷内没有将甜食吃完，还剩了一块在盘子里。

“留下一点儿等会儿回忆起来就有味儿了，”她解释道，“现在你来谈谈你自己吧……”

他只是三言两语地（由于他天性如此，加之他的职业需要他言简意赅，并细心听取患者述说）告诉她，他找了好久也没有找到心理学方面的工作，现在他需要另外找一个过得去的工作，干摄影看来有较大的可能，但他不愿成为像乞讨一样在婚礼或命名日上替人拍照以取得酬劳的照相师，所以他来到了杂志社。

“明天我要去采访几名妓女，你愿意同我一起去试一试吗？”伊雷内问。

弗朗西斯科立即答应了。当他看到揿揿快门便能这么容易地养活自己，而用那么多年学得的知识为他人服务却那么困难时，头脑里不由得闪过忧郁的阴影。

付款的时候，她打开提包取钱。但是弗朗西斯科（从他父亲那儿受到过严格的教育，注意礼节并不会失去革命性）却赶紧取过账单付了款。此时他完全忘记了妇女在争取平等的运动中取得的进展，这使得年轻的女记者处于尴尬的地位。

“你没有工作，还是让我来付吧。”她说。在往后的几个月中，他们虽很少争吵，但为这件事却有过口角。

弗朗西斯科·雷阿尔很快就发觉新的工作有不少不合适之处。第二天，他陪伊雷内去城里的旧城区，他本以为她已经事先联系好了，谁知事情并非如此。他们在天黑时来到妓院连片的这个城区，像迷路人一样在街道上东跑西颠，不少嫖客将她看成妓女，询问她的身价。伊雷内观察了一会儿，走近一位站在街角五颜六色的霓虹灯广告下的黑皮肤姑娘。

“对不起，小姐，您是妓女吗？”

弗朗西斯科立即做好了准备，等那姑娘用皮包打伊雷内的时候，上去保护她，结果却什么事也没有发生，相反，那黑皮肤姑娘挺起了她那两只裹在紧身胸衣内像即将爆炸的气球那样的乳房，微笑着，嘴里露出一颗在黑夜中闪闪发光的金牙。

“愿为您效劳，姑娘。”她说。

伊雷内向她说明了来意，她像一般人一样表示愿意与报刊合作。这时，出于好奇，她的几个女伴和一些行人聚拢了过来，不一会儿就围上了一大群人，引起了交通阻塞。弗朗西斯科建议在巡逻队来到之前离开马路，因为没有得到警备司令部的批准是不允许三个以上的人聚会的。黑皮肤姑娘把他们带到“会馆”。到了那里，伊雷内同老鸨和其他几个妓女攀谈起来，嫖客们则耐心地等在那里，他们甚至同意参加交谈，只要不披露他们的姓名。

弗朗西斯科不习惯在他的诊所以外的地方毫无治疗目的地询问别人，因此，当他看到伊雷内·贝尔特兰提出那么一大堆问题的时候，不由得红了脸。伊雷内问她们每晚接几位客人，共有多少收入，对学生和老年人的特价又是如何；询问了她们的疾病、忧愁和遭受到的虐待；她问她们到什么年龄才退休，在她们的收入中警方提成达百分之几。这些问题从她的嘴里说出来，显得那么自然，毫无恶意。当她结束采访时，她同那些妓女已经相处得很好了，她的朋友甚至担心她会决定搬到“会馆”来住了。以后他才知道，她采访时一贯这样全心全意，把整个身心都放在了她的事业上。在以后的几个月里，有一次他看到她在调查孤儿的情况时，都快准备收养一个孩子了；为了追踪采访几名伞兵，她几乎跟着他们从飞机上跳下去；一次她在一家死过人、正在闹鬼的房子里采访时吓得昏了过去。

从那天晚上开始，他几乎在她所有的采访活动中都陪伴着她。他拍照的收入改善了全家的生活，同时，工作也丰富了他本人的生活。他在哥哥何塞的诊所那儿见到的严酷现实与杂志上报道的那种轻浮、及时行乐的生活形成鲜明的对照。他每周要去何塞的诊所三次，为那些已完全绝望的人治病。他感到自己也帮不了他们多少忙，因为对那些极为贫困的人来说，安慰几乎是无济于事的。杂志社里没有人对这位新来的摄影师有什么怀疑，他看起来是那么文静，连伊雷内也不了解他内心的秘密，尽管有一些蛛丝马迹曾引起过她的好奇。只是过了好久，当他们已进入更深一层的关系时，她才了解到她这位性情温和、寡言少语的朋友的内心。在以后的几个月里，他们之间的关系变得更密切了，谁也离不开谁了。他们已习惯于在一起工作，在一起度过业余时间，为了不分开，他们找了各种借口。他们经常在一起，喜爱同一支乐曲，爱读同样的诗人的诗作，也都爱喝不带甜味的白葡萄酒。他们为同一件事而一起欢笑，为不公正现象而同样义愤填膺，也为令人羞愧的事而同样感到脸红。弗朗西斯科若有一天或几天不露面，伊雷内便会感到奇怪，但他总是不肯解释其中的原因，而她也就不再去追问。当她与她的未婚夫在一起时，弗朗西斯科也有同样的感觉，但是，弗朗西斯科和她的未婚夫谁也不承认对另一方产生了醋意。

迪格娜·兰吉雷奥去找了堂西蒙，他在那个地区以诊断准确而闻名，比医院里医生的医术要高明多了。他常说，疾病有两种，一种是能治愈的，另一种是不治之症。就第一种情况而言，他能办的事是减轻症状，缩短康复期，而遇到无法医治的病人他就送他去见洛斯利斯科斯的医生，以维护他自己的威信，减少人们对传统医学的怀疑。迪格娜去找他时，他正坐在自己家门口的藤椅上休息。这里离城镇广场只有三个街区。他正用手缓慢地揉着肚皮，一边大声地同站在椅背上的鹦鹉说着话。

“我把我家的孩子带来了。”迪格娜红着脸说。

“这就是那个错换了的埃万赫利娜？”江湖郎中冷冷地说。

迪格娜点了点头。那人慢吞吞地站起身来，请她们到屋子里去。他们走进一间半明半暗的宽大房间，里面堆满了药瓶子和干树枝，天花板上挂着草药，墙上贴着印好的经文。这个地方与其说是他标榜的诊所，还不如说是个避难所。他曾肯定地说，他是在巴西毕业的医生，若有人对此表示怀疑，他便会取出那张满是污垢的印有金色天使和花体签字的文凭。一块油布作为帘子将房间的一角隔开，在迪格娜详细地叙述她女儿的病状时，他眯着眼睛，像是专心地听着。他还不时地朝埃万赫利娜瞥上几眼，发现了她皮肤上抓伤的痕迹。他见她脸色苍白，眼睛下发紫，面颊被冻得歪斜了。他见过这样的症状，但为了确诊，他让姑娘到帘子那边，脱光了衣服。

“我要检查一下这小姑娘，兰吉雷奥太太。”说着，他把鹦鹉放在桌子上，跟着埃万赫利娜进去了。

他对她细细地察看了一番，又让她在一只便盆内小便，以便检查小便是否顺畅。最后，堂西蒙确定了他的猜疑。

“有一只毒眼瞧过她了。”

“这有治吗，先生？”迪格娜·兰吉雷奥惊愕地问。

“治是可以治好的，但我们先要弄清楚是谁干的。您懂吗？”

“我不懂。”

“您先打听一下谁恨这小姑娘，然后来告诉我，我再来治她的病。”

“没有人恨埃万赫利娜呀，堂西蒙，她是个天真的孩子，谁会伤害她呢？”

“或许是某个绝望的男人或某个好嫉妒的女人。”江湖郎中一边启发她，一边注视着病人两只很小的乳房。

埃万赫利娜伤心地哭了起来，迪格娜勃然大怒了。她一直在女儿的身边，可以肯定她没有同任何人有过性爱，更不可能设想有什么人会伤害她。此外，打从迪格娜知道堂西蒙的女人欺骗了他那个时候起，就部分地失去了对他的信任。他是村子里唯一不知道自己已当了王八的人，仅此一点，就足以说明他并不像他说的那样聪明。她开始怀疑这诊断，但她不愿显出不礼貌的样子，她转弯抹角地对他说请他开点药，因为她不愿空手而归。

“您就给孩子开几片维生素吧，先生，也许会有点好处，是不是除了坏人搞鬼以外，还可能是得了瘟病……”

堂西蒙递给她一把自制的药片，和一些在石臼里捣碎并磨成了粉的草药。

“您把这药在酒里化开，每天给她喝两次。另外，您再给她敷上芥末，让她用冷水洗澡，别忘了用甜栗树煎汤给她喝，这对她这样的病很有好处。”

“就这样能治好她的病？”

“这样能降低她腹部的温度，但只要那只毒眼还在瞧着她，她的病是好不了的。如果她再犯病，您再带她来这儿，我给她施点巫术。”

三天以后，母女俩又回来找医生进行治疗，因为埃万赫利娜每天中午都犯病。这次，江湖医生要大干了。他把她带到帘子后面，亲自动手给她脱光衣服，并用樟脑、甲蓝和圣水的混合剂擦洗她的全身，特别仔细地擦洗了受毒眼危害最严重的部位：脚跟、乳房、背部和肚脐。他那两只手掌的用力摩擦和挤压使姑娘的皮肤发蓝，全身剧烈抽搐，她都要昏厥过去了。幸亏他备有欧龙牙草糖浆，能使病人镇静下来，让她打着寒战瘫软在地。施过巫术后，他递给迪格娜一张药方和几味草药：有驱邪安神用的欧洲山杨和菊苣、防止气馁用的龙胆、预防自杀和哭泣用的荆豆、避免仇恨与嫉妒用的枸骨叶冬青、治疗后悔和恐惧用的雪松。他还对迪格娜说，将水池放满泉水，放上树叶和鲜花，让它们在日光下照射四个小时，然后用文火煮沸。他还提醒她，为了消除姑娘的淫念，应该在食物中放入明矾，还不能让她与家庭的其他成员同睡一床，因为情感的冲动同麻疹一样会传染。最后，他还给了她一瓶钙片和一块用来每天洗澡的消毒肥皂。

一个星期以后，姑娘更消瘦了。她目光混浊，双手发抖，感到胃部在搅动翻腾，发病仍未中止。这时，迪格娜·兰吉雷奥撤销了不去医院的决定，把埃万赫利娜带到洛斯利斯科斯医院去看病。在那里，一位刚从首都来的青年医生说起话来满嘴科学名词，他从未听说过有什么羞赧症，也没有听说过痉挛寒热症，更没有听说过有什么毒眼。他肯定地说埃万赫利娜患的是歇斯底里症。他对此病的病因尚未查清，他希望过了青春期她紧张的神经会平静下来。他给她开了一种足以使一头公牛倒地睡去的镇静剂，还警告说，倘若这疯癫病继续发作下去，一定要送她去首都的精神病医院诊治，在那里，医生将会用电疗使她恢复神志。迪格娜想了解一下歇斯底里症会不会使橱柜里的餐具飞舞，会不会使狗凄惨地吠叫，使屋檐上洒下一阵肉眼看不见的石雨，使家具震动不停。然而，医生不愿深谈这个问题，他只是劝她把餐具放在平稳的地方，把牲口在院子里拴好。

开始的时候，药物使埃万赫利娜处于昏睡之中，就像死了一般，要费很大的劲才能让她睁开眼睛吃饭。他们得先给她喂一口饭，然后用冷水洒到她脸上，让她醒过来咀嚼、吞咽。还要有人陪她去厕所，因为人们担心她会在厕所里睡着摔倒了。她总是躺在那里，当她的父母让她站起来的时候，她迈着醉汉一样的步子，打着呼噜又倒在了地上。这种昏昏欲睡的状况只有中午她发病的时候才会中断，这个时候是她唯一清醒的时刻，表现出了一点活力。但是，一个星期还没有过去，在医院里开的那些药片便不起作用了，她又得了失语症和抑郁症，不论是白天还是夜晚，她都不觉得困倦，不想睡觉。于是，迪格娜就决定把所有的药片都埋在菜园里的一个深洞里，不让任何人找到。

绝望之余，迪格娜·兰吉雷奥便去找恩卡尔纳西翁太太。后者先是声明自己的专长是接生，别的病一概治不了，说完，她又答应去看看这个姑娘。一天早晨，她来到迪格娜家，正好遇上埃万赫利娜歇斯底里大发作。她亲眼看见家具在跳动、牲畜的行为失常，她证实了这不是流言蜚语，而是实实在在的事实。

“这姑娘需要一个男人。”她说。

这一说法惹恼了兰吉雷奥家里的人，他们不能接受这样的看法。他们像对待亲生女儿一样精心照料（甚至不让她的兄弟们碰她一下）的正正经经的女孩子，决不会像母狗一样卖弄风骚。接生婆摇了摇头，她不愿听他们的解释，只相信她自己的诊断。她建议要让姑娘成天忙个不停，用这个办法避免病情加重。

“不让她做事又不让她与男人接触，这样便会得抑郁症。不管怎么说，你们还得为她找个男人，否则，她身边若没有一个男人，这病是好不了的。”

母亲听了惊愕不已，但她没有听从接生婆的话，不过她倒是接受了要让姑娘忙个不停的忠告，这样一来，埃万赫利娜重新有了欢乐，并能睡得着觉了，但她的病痛并未减轻。

邻居们很快知道了这些事情，他们开始在房前屋后窥视着他们家发生的事。有些胆子大一点的一早就在附近转悠，想就近看个明白，并试图以此达到某种实用的目的。一些人建议埃万赫利娜在发病的时候与炼狱中的鬼魂对话，以卜算未来或中止淫雨。迪格娜知道，倘若事情公开，各地的人们都会纷至沓来，这不仅会踏坏她的菜园，弄脏她的庭院，还会吓坏她的女儿。这样一来，埃万赫利娜就再也没有足够的勇气去找一个男子结婚了，再也不可能为她生育她多么想得到的外孙了。由于不可能从医学上得到帮助，她便去找新教的牧师。他住在一间权充耶和华信徒的教堂的深蓝色棚屋里，她是这个小小的新教组织中一名积极的成员。牧师亲切地接待了她，她向他详细地叙述了她的家庭遭遇到的巨大不幸，她特别强调从不让自己的女儿与异性接触，甚至她都不让姑娘的兄弟和她的养父多看她几眼。

这位可敬的牧师非常认真地听取了她的叙述，他双膝跪在地上，进行了长时间的祈祷，请求上帝明鉴。然后，他信手翻开《圣经》，念起了映入他眼帘的这一章节：“何乐弗尼[1]见到她十分高兴，开怀畅饮，他一生中在一天之内还从未饮过这么多酒。”（《犹滴传》[2]第十二节第二十段）他很满意地领会了上帝对其子民兰吉雷奥的

1 何乐佛尼，将军，在睡梦中被犹太女英雄犹滴所杀。

2《犹滴传》，该书叙述犹太侠烈女子犹滴杀死敌将，让同胞免于在政治上和军事上遭受失败之事。

启示。

“您丈夫戒酒了吗，女教友？”

“您知道，这是不可能的。”

“我劝他戒酒已经有多少年了？”

“他戒不了，酒都渗透到他的血液里了。”

“您告诉他，请他到新教的教堂来，我们会帮助他的，您在我们这里见到过醉鬼吗？”

迪格娜已经对牧师说过多次她丈夫为什么会有这个弱点。事情还要从他们第三个儿子出生时（他一生下来便死去了）说起。那时，他们没有钱买棺材，依波利托便将婴儿放在鞋盒里，挟在腋下，走向墓地。在路上，他借酒浇愁，喝得酩酊大醉，不省人事，等他苏醒过来，发现自己躺在泥潭里，鞋盒也不见了。他找遍了整个地区，再也没能找到那只盒子。

“请您想一想他是多么痛苦，尊敬的牧师。他至今在梦中还常见到我那可怜的小依波利托，他常常从梦中惊醒，因为他的儿子在净界呼唤着他。每当他想起这件事，便去找酒瓶喝酒。他是为了这件事才喝醉的，这既非恶习，也非恶行。”

“想喝酒何愁找不到借口，埃万赫利娜是上帝的传声筒，上帝通过她的病告诉您丈夫，亡羊补牢，犹未为晚。”

“尊敬的牧师，我诚心诚意地告诉您，倘若上帝让我从二者中加以选择的话，我宁愿看着我丈夫喝得酩酊大醉，也不愿看到我女儿像狗一样狂吠，操着男人的声腔说话。”

“这太狂妄了，罪过呀，女教友！你是什么样的人，怎么能对耶和华指手画脚地叫他如何来决定我们不幸的命运呢？”

从这一天开始，牧师便十分卖力地带着他的几位虔诚的教徒来为姑娘祈祷治病。然而又一个星期过去了，埃万赫利娜的病没有任何好转的迹象。一个跑来看热闹的人在埃万赫利娜发病的时候，意外地发现了从中得益的方法，他被椅子绊了一跤，无意中用手撑在了姑娘痉挛发作时躺着的那张床上，第二天他手上的那些肉赘全都消失了。这个消息不胫而走，来访者人数顿时猛增。人们都以为在姑娘发病时能治好自己的病。有人又将两个埃万赫利娜在医院里换错了的事来一番添油加醋，这更增添了此事的神奇性。这时，牧师认为此事已非他的能力所及，便建议将孩子送到天主教神甫那里去，因为天主教历史悠久，对于处理圣徒和他们的功绩这样的事有着更为丰富的经验。

希利洛神甫在教堂里倾听了兰吉雷奥一家人对病史的叙述，他回想起埃万赫利娜是他主持的小学里的教义课上唯一一位没有去领第一次圣餐的女孩子，因为她的母亲信奉新教，是个异教徒。她是被新教那蛊惑人心、大吹大擂的说教引入歧途的羊群中的一只羔羊，但是不管怎么说，他不能拒绝给她以忠告。

“我会为孩子祈祷的，上帝的仁慈是无限的，他可能会帮助我们，不管你们是不是天主教徒。”

“谢谢您，神甫，您除了祈祷外，还能为我驱魔吗？”迪格娜问道。

神甫惊奇地画了画十字，这个主意一定来自他的对手新教，因为像她这样的农妇是不可能有这样的想法的。最近一个时期来，梵蒂冈很讨厌这种驱魔术，甚至都避免提及魔鬼，似乎有意回避它。他有充足的证据证明吞食灵魂的撒旦魔王的存在，因此他不想举行即兴宗教仪式来驱魔。此外，倘若这些事传到他上司的耳中，这件丑闻便会永远断送他这个老年人的前途。但是，根据常理，他又认为催眠术往往会产生无法解释的奇迹，或许念念天主经，洒洒圣水会使病人镇静下来。于是，他对病孩的母亲说，魔鬼附身的可能性不太大，因此，念念天主经，洒洒圣水就够了，用不着驱魔了。即使承认这种势力就是埃万赫利娜疾病的根子，驱魔的意思是要战胜魔鬼，而像这样一个处身于边远乡村、身体羸弱、身孤力单的教区神甫又如何是邪恶势力的对手呢。他奉劝他们要皈依神圣的天主教，因为这样的不幸常常降临到那些因信奉异教而亵渎我们上帝的人的头上。然而，迪格娜以前曾看到工头们在教堂的忏悔室里和神甫勾结在一起，监视农民的行动，告他们的密，正因为如此，她才不相信天主教，认为它是富人的盟友，穷人的敌人，它公开背叛耶稣的训谕，与它宣扬的教义完全相反。

从那个时候起，希利洛神甫只要能从繁忙的教务中抽得出身来，只要他那双疲劳的腿能走得动，便到兰吉雷奥的家中，他第一次看到姑娘被那种怪病折磨得痛苦不堪的景象时，他那坚定的信念动摇了。由于圣水和圣礼既没有减轻病人的痛苦症状，也没有加重病情，他推测并非魔鬼附身，于是他同新教的牧师一样主张采取精神疗法。他们俩一致同意要用治疗精神病的方法来治疗此病，而此病的症状也绝不是神灵在显圣，因为女孩子所创造的这些“奇迹”都是微不足道的。他们还一致谴责了迷信思想。研究了上面说到的“奇迹”后，他们断言，那些肉赘的消失，完全可能是不治自愈，至于天气变化，在这样的季节里也属正常，还有赌博，本来就有输有赢，因而均难以证明这是神灵在显圣。然而，神甫和牧师的这些强有力的论述并不能阻止人们的顶礼膜拜。来朝拜的人也有各种各样的看法，一些人认为这病是神灵显圣，而另一些人则认为是魔鬼附身。教徒、牧师、神甫、产婆和洛斯利斯科斯的医生则异口同声地说是歇斯底里症，但谁也不相信他们的说法，人们只是对那些微不足道的奇迹津津乐道。

伊雷内双手搂着弗朗西斯科的腰，脸贴在他那粗布外套上，头发随风飘扬，她想象着自己仿佛骑在一条长翅膀的龙身上，在迎风飞翔。城市边缘地区的最后的那些房子也被甩在了身后，公路蜿蜒于田野中，两旁耸立着一棵棵白杨树，枝叶间射进缕缕阳光。远方，雾茫茫的山峦隐约可见。她骑在摩托车的后座上，沉浸在对奇妙的童年的沉思遐想中，仿佛自己是个东方传说中的骑士那样在山丘中纵马疾驰。车行如飞，两腿之间感受着剧烈的颤动，耳际响着震耳欲聋的马达轰鸣声，这一切都使她兴奋不已。她又想着她即将去采访的那位圣女，想着她的这篇报道的标题，它将整整占四版，并附有彩色照片。自从好几年以前那位走南闯北替人医治伤病的，能使死人还阳的圣人出现以来，已有很长时间没有听说过能创造奇迹的神灵了。那些蛊惑人心、专营欺骗的江湖骗子倒是比比皆是，例如有一女孩口中能吐出蝌蚪，一老头能预报地震，还有一聋哑人能用目光使机器停止运转。但后来，她在采访时便弄明白了，这完全是通过某种暗号进行的，不用暗号，他们竟连手表也无法让它不走。除了上面讲到的这位圣人外，已有好长时间没有圣人出来为人类创造奇迹了。她感到为杂志寻找有吸引力的消息越来越困难了，仿佛国内没有发生过任何有趣的事情，即使有时发生也被查禁了。伊雷内把冷得麻木了的手指放到弗朗西斯科的衣襟里，触摸到了他瘦削的胸部、他的神经和骨骼，这一切与古斯塔沃那常从事击剑、柔道、体操等运动而练就的发达的肌肉完全不一样。古斯塔沃每天早晨还要与他的士兵一起做五十次俯卧撑，因为他自己不能做的动作从不要求他的士兵做。“我就像是他们的父亲，一个严厉但公正的父亲。”他常常这样说。当他们在旅馆的暗处做爱时，他总是为他的体形感到自豪而脱下衣服，露出赤裸的身躯。她喜欢这经过风吹日晒和海水浴晒黑了的并经过体育锻炼变得结实、和谐、富有弹性的身体。她愉快地端详着他的身躯，虽有点漫不经心，却极为欣赏地抚摸着。他现在会在什么地方呢？也许这时正在某个女人的怀抱里呢，尽管他在信中总是一再保证对她忠诚，但她了解他的秉性，她可以想象他正与一些穆拉托[1]女人鬼混的情景。他在南极圈时，情况有所不同，因为在那天寒地冻的地方，只有企鹅和七个训练有素的男人做伴。在这样的情况下，他必须忘掉爱情，不得不过那种没有性爱的日子。但是，伊雷内肯定，上尉到热带后生活就不一样了。当她想到这一切对她来说已没有多大关系时，不由得笑了。她试图回忆起自己最后一次为未婚夫吃醋时的情景，但始终没能做到。

摩托车的嘈杂声使她想起了一首古斯塔沃·莫兰特常常哼唱的西班牙军团的军歌：

我是一个男子汉，
命运用它的利爪把我打伤；
我是死神的新郎，
我紧紧地拥抱它，
它的爱就是我的旗帜。

在弗朗西斯科面前唱这支歌，是她的失策，因为从那时起，他就称古斯塔沃为“死神的新郎”了，伊雷内并不因此而生气。实际上，她很少想到对他的爱情，也不去思考她为什么与上尉保持如此长时间的关系，因为她接受这爱情就好像从童年时起命中注定了一样。古斯塔沃·莫兰特是她理想的丈夫，这句话她不知听了多少遍了，最后，她没有考虑他们间的感情便予以承认了。他在她眼中

1 黑人与白人生下的混血儿。

是个身强力壮、富有男子气概的人，她把自己看作是一只随风飘荡的风筝，常常为内心的激情所驱使，难以左右自己。她有时真想应该有个人来帮她控制一下自己，但这种情绪很快就会过去，想到她的未来时，她会变得忧郁起来。因此，她在可能的条件下，总爱痛痛快快地生活。

在弗朗西斯科看来，伊雷内和她未婚夫的关系只是两个孤独者在一起，并伴随着长时间的离别。他总是说，他们有机会在一起的时候，就会明白把他们维系在一起的只是一种习惯的力量。他们没有感到爱的迫切性，他们相见时平平淡淡，分别的时间又太长。他认为伊雷内的内心是想一辈子只维持这种未婚夫妇的关系，这样，她就能取得相对的自由，既可以与他相好，也能无拘无束地过日子。显而易见，她害怕结婚，因而便寻找借口推迟婚期，好像她已预感到她一旦与那位有可能成为将军的白马王子结婚，便要放弃她那种不修边幅、放荡不羁、自由自在的生活了。

这天早晨，当摩托车翻山越岭朝洛斯利斯科斯飞驰而去的时候，弗朗西斯科想着“死神的新郎”很快就要回来了。他一来，一切都要变了，他就要失去这几个月来伊雷内在他身边的快乐与情趣，还有那些美妙的幻想。每天渴望见到她，见到她全力投身于事业的那种欢愉的心情也不会再有了。到那时，他必须谨慎行事，平时只能谈些无关紧要的事情，以免引起对方的猜疑。直到此时，他们俩都保持不干预对方的私事。从表面看，他的女友似乎显得无忧无虑，从来也不去探询他的私人生活的另一面，至少没有向他问起过什么，在她面前，不用过于小心，但是古斯塔沃·莫兰特一来，就要谨慎点了。然而，他是如此地需要保持他同伊雷内的关系，他总希望这种关系不受什么影响。他不愿在他们的友谊中掺进任何虚假的欺骗。然而他知道，这一切都已经不可避免了。他一边驾驶着摩托车，一边想就这样让伊雷内抱着自己的腰一直走到天边，走到上尉的影子永远也不能到达的地方，越过国境，越过大陆，跨过大洋。这段路对他来说太短了，转过一条狭窄的道路，便看到一望无垠的麦田，在这个季节，小麦就像覆盖在田野上的一顶绿色假发。他惆怅地叹了口气，因为已经到了目的地，他们毫不困难地就找到了“圣女”住的地方，他们奇怪的是，为什么这儿会那么寂静，那么冷清，他们原以为这里至少有一大群好奇的人在围观呢。

“你能肯定就在这儿吗？”

“当然啦。”

“这么说，这一定是个冒牌货了，周围连人影儿也没有。”

展现在他们眼前的是一座穷苦农民的房舍，四周是用石灰粉刷过的土墙，瓦已经褪了颜色，门前有一条走廊，整座房子只有一扇窗子。房子正面是一个宽敞的院子，院子的四周都是掉了叶子的葡萄藤架，像一座布满干枯藤条的阿拉伯式建筑，上面绽露的嫩枝绿叶预示着夏天的临近，院子里还有一口水井和一间像是厕所的木板小房。稍远一点，还有一间用作厨房的简陋的四方形小屋。

几只大小不同、毛色各异的狗狂吠着，朝采访者奔了过来。伊雷内习惯于与动物打交道，她站在狗群中对它们说着话，就好像早就认识它们似的。弗朗西斯科则相反，他惊恐地在心里默诵着儿时用来驱散危险的神秘诗句：“站住，凶恶的畜生，夹起你的尾巴，上帝早就先于你诞生，你这只大狼狗。”不过，他女友的办法显然比较灵，她平安无事地向前走去，而他却被几只露出獠牙的狗包围着。他正准备用脚去踢那些喷着热气的狗鼻子时，屋里出来了一个拿着一根棍棒的小孩，他嚷了几声，吓跑了看门狗。随着叫喊声又出来了几个人：一个是外貌粗犷、看样子颇具忍耐力的粗壮女人，另一个是满脸布满像冬天的核桃那样深的皱纹的男人，还有几个不同年龄的孩子。

“埃万赫利娜·兰吉雷奥住在这里吗?”伊雷内问。

“是的,但是奇迹出现在中午。”

她解释说,他们是听了传言而来的记者。主人不那么胆怯了,便按照当地居民多年不变的好客传统把他们让进了屋里。

不一会儿,来了第一批来访的人,走到兰吉雷奥家的院子里。弗朗西斯科利用上午的阳光,在伊雷内同他们谈话时,把镜头对准了她,准备在她不留意时拍下照片,因为她不喜欢摆好姿势照相。她常说,拍照片浪费时间,会将时间给白白地消磨在几张相纸上。清新的空气和工作热情使她像山区的孩子那样活泼可爱。就像出生在那里一般,她自由自在地出入于兰吉雷奥家,谈笑自若,帮着主人端送汽水,看门狗摇着尾巴在她大腿边转来转去。孩子们跟随着她,吃惊地望着她,他们都被她那奇特的发型、怪异的服装、和蔼的笑容和那具有魅力的表情吸引住了。

一些新教徒带着吉他、笛子和大鼓来了,在牧师的指挥下,他们唱起了赞美诗。牧师原来是个身着亮晶晶的外套、头戴丧礼时用的帽子的小个子男人。合唱队的歌声和乐器的演奏声都走了调,但是好像除了伊雷内和弗朗西斯科,谁也没有注意到这一点。他们几个星期以来一直听着这个调子,都已经习以为常了。

希利洛神甫气喘吁吁地出现了。他是从教堂骑自行车来到兰吉雷奥家的,一路上累得他不轻。他坐在葡萄架下,时而谈一些与正事无关的事,时而背诵着经文,说起话来,他那晃动着的白色山羊胡子,远看就像是挂在胸前的一串百合花。或许他早已明白,由教皇亲手授予的圣赫米达玫瑰经在这个场合与他的新教同事的赞美诗或洛斯利斯科斯医生的五颜六色的药片一样无济于事。为了看看是不是会准时发病,他不时地看着怀表。另外一些前来观看奇迹的人默默地坐在屋檐下的椅子上，有的在谈论着很快就要进行的播种，有的议论着从收音机里听来的在远处进行的一场足球赛。他们或是为了尊重主人，或是因为害羞，谁也没有提到吸引他们来到这里的原因。

埃万赫利娜和她母亲用拌有蜂蜜的炒面和凉水招待客人。从姑娘的外表看，没有任何不正常的迹象，她看起来很宁静，苹果似的脸蛋两颊绯红，还挂着一丝憨厚的微笑。她为自己成为这群人的注意中心而感到高兴。

依波利托·兰吉雷奥花了很长时间才把那些狗赶到一起，然后将它们拴在树旁，它们吠叫得太厉害了。然后他走近弗朗西斯科，向他解释需要宰杀其中一只母狗的必要性，因为它把自己前一天产下的狗崽都吞食了，这就像母鸡学公鸡啼鸣一样糟糕，这些大自然的变态真该连根铲除才好，以免传染给其他动物。他在这些事情上颇为敏感。

在这当儿，新教牧师站到了院子的中央，开始大声地、慷慨激昂地说起话来。在场的人为了不使他过不去，都装作在听他讲话，但除了新教教徒外，人们听了都感到茫然。“物价上涨，生活用品奇缺，这是人所共知的问题，如何解决?有不少办法:监狱、罚款、罢工等等。然而，问题的关键在哪里?原因何在?是什么激起了人们的贪婪之心?在这个问题的背后，存在着淫欲、盲目追求凡间的欢乐等罪恶的念头，这使人们远离了上帝，引起人们在人道、道德、经济、精神等方面的不平衡，并激怒了万能的上帝，我们就好像生活在所多玛和蛾摩拉[1]时代，人们已堕入错误的深渊，现在由于不听上帝的忠告，正在自食其果，受到惩罚。耶和华已向我们发出警告，要我们进行反思，忏悔我们令人作呕的罪孽……”

1 巴勒斯坦两座古城，以其恶习闻名，同时被天火焚毁。

“对不起，主教大人，您喝汽水吗？”他正要一一列举罪孽的名称时，埃万赫利娜打断了他的思路。

这时，一名斜眼跛腿的新教女教徒走到伊雷内身边，将她关于兰吉雷奥家女孩的病的理论告诉她：“她是贝尔塞布魔鬼[1]附身，您就这样写在您的杂志上吧，小姐，这魔鬼喜欢戏弄凡人，但是，邪不压正，救世大军比它更强大，定会战胜它。您就这样写到杂志上去，请您别忘了。”

希利洛神甫听了这最后两句话，便拽着伊雷内的胳膊，把她拉到一旁。

“别理她，这些新教徒十分无知，孩子。他们的信仰不虔诚，当然，他们也有不少优点，这也不能否认。您知道吗，他们都戒酒，就连那些嗜酒成性的酒徒进了这个教派也滴酒不沾，因此我十分敬佩他们。但是，魔鬼与这一切没有任何关系，这女孩子是有点儿疯疯癫癫，情况就是这样。”

“那么，那些奇迹又如何解释呢？”

“您指的是些什么样的奇迹？您别相信那些胡言乱语。”

十二点差几分，埃万赫利娜离开院子，走进屋里。她脱去背心，解开辫子，在屋里三张床中的一张床上坐了下来。屋外的人都停止了言谈，走到走廊上，有的在门边，有的在窗边往里面观看。伊雷内和弗朗西斯科随着姑娘走到屋子里，他站在暗处把照相机对好光，而她则准备好录音机。

兰吉雷奥家的地是泥地，但经过反复踩踏，坚实得就像水泥地一样。寥寥无几的几件家具都是用粗木制成的，十分粗糙，另外还有几张用藤条制成的椅子和凳子，一张自制的桌子，墙上挂着一张耶稣受难图，图中耶稣的胸口被火烧灼，这是家中唯一的装饰品。

1 《圣经》中代表邪恶的魔鬼。

房中挂了一道帘子,另一边是女孩子们的卧室。男孩子们睡在旁边的一个套间里,地上有几个垫子作地铺,这套间有自己进出的门,这样,兄弟姐妹间就免得混杂在一起了。家中的一切都十分整洁,散发出薄荷和百里香的芳香,花盆里的那株红天竺葵给房间增添了欢乐的气氛,桌上铺着一块亚麻布做成的绿色桌布。弗朗西斯科发现这些简陋的陈设中含有某种意味深长的美,他决定以后再来拍摄几张照片,放在他的影集里,但他始终未能拍成。

中午十二点,埃万赫利娜倒在床上,她的身体颤抖着,口中发出一阵深沉、可怕的长长的叹息声,犹如在呼唤她的情人。这声音使她全身抖动,她开始痉挛起来,身躯令人难以置信地往后仰,弯曲成弓形,她那扭曲了的面部已失去了刚才天真的小姑娘所特有的表情,面貌突然变得苍老了许多。脸上呈现出一种陶醉了的或者可以说有点神魂颠倒的表情,她身下的那张床也摇晃起来。惊魂未定的伊雷内感到离她两公尺远的那张桌子也在没有外力的推动下自己晃动。她十分害怕,恐惧已压倒了她的好奇。她靠近弗朗西斯科,寻求他的保护。她抓住他的一只胳膊,紧紧地依偎着他,目光始终没有离开床上那疯疯癫癫的姑娘。她的朋友轻轻推开她,端起了照相机。门外那几只狗在不停地吠叫,仿佛发生了巨大的灾难。犬吠声与唱赞美诗的声音和祈祷声连成了一片,橱柜里的白铁罐头也在跳动,房顶上发出奇异的噼啪声,像是无数鹅卵石从天上掉了下来。又是一阵持续的震动,使储藏着粮食、种子、农具的那间房子的大梁上的挡板也晃动起来,麻袋里撒出来的玉米粒像雨点一样落了下来,更增添了恐怖气氛。埃万赫利娜·兰吉雷奥在床上翻腾,此时已成为人们无法理解的幻觉和神秘力量的牺牲品。父亲脸色灰暗，瘪着嘴巴，脸上流露出他这个心情忧郁的小丑的悲切表情，站在门槛上颓丧地望着，不敢走进屋里。母亲眯缝着眼站在床边，似乎试图听清上帝那没有发出的声音。屋内外朝拜者都在期待着，他们一个接一个地走到埃万赫利娜身边，乞求她为他们创造一个小小的奇迹。

“请治好我这几个疖子吧，小圣女。”

“请帮帮忙，别让他们将我的胡安抓去当兵。”

“愿上帝救你摆脱苦海，埃万赫利娜，你是那么可爱，求你治好我丈夫的痔疮吧。”

“请你告诉我，我该买多少号的彩票？”

“求你别再让雨下了吧，上帝的奴仆，再这么下下去，春播就要完蛋了。”

前来朝拜的人或是出于虔诚的信仰，或是出于走投无路，排着队每人在姑娘面前停留一会儿，向她提出请求。然后，他们满怀着上帝会通过她给他们赐福的希望离去了。

谁也没有听到宪警卡车的到来。

这时，人们听到了命令声，还没有等大家反应过来，荷枪实弹的军人们已经一拥而入，占领了院子，闯进了房门。他们连推带搡地把人们赶出门外，还大声地吆喝着，将孩子们赶走，用枪托敲打站在他们前面的人，满屋子都是他们的声音。

“脸朝墙站着！把手放到后脑勺上！”指挥这群军人的是一个脖子像公牛一般壮实的粗壮汉子。

所有的人都照办了，只有埃万赫利娜仍在床上翻滚，伊雷内则一动不动地待在原地，她惊愕得不知如何是好了。

“拿出证件来！”一个长着一张土著人脸庞的军曹咆哮着。

"我是记者,他是摄影师。"伊雷内语气坚定地说,并指了指她的朋友。

他们粗暴地搜查了弗朗西斯科的两肋、两腋、裤裆和鞋子。

"转过身去!"他们命令他说。

那个军官(以后他们知道他是胡安·德·迪约斯·拉米雷斯中尉)走近了弗朗西斯科,用冲锋枪的枪口对准了他的肋部。

"你的名字?"

"弗朗西斯科·雷阿尔。"

"你们到这儿来干什么鸟事?"

"什么鸟事,我们是来采访的。"伊雷内打断他说。

"我没有同你说话!"

"但我是在同你说话,我的上尉。"她有意给他晋升了一级,以示嘲讽。

军官犹豫了一下,因为他不太习惯于对付一个平民的无礼举动。

"兰吉雷奥!"他喊道。

从军人中立即走出一个皮肤黝黑的巨人,他神情呆滞,手拿一支步枪,来到上司面前立正敬礼。

"这就是你的妹妹吗?"中尉指了指尚身处于另一个世界、此时仿佛正在与精灵们做爱的埃万赫利娜说。

"是的,我的中尉。"他把脚后跟并拢,胸脯挺得笔直,目光直视前方,面无表情地说。

就在这时,一阵更密集的、看不见的石雨落到了屋顶上。军官立即俯卧在地,他手下的士兵也照他的样子做,其他的人迷惑不解地看着他们匍匐前进到院子里,然后立即站起身来,慌乱地跑向他们各自的阵地。中尉跑到洗衣池边,用枪朝房子里射击起来,宪警们早已等待着这一信号了。他们按捺不住使用暴力的欲望，扣动了扳机。庭院中顿时响起了各种各样的声音，喊叫声、哭声、犬吠声、鸡叫声，空气中充满了火药味。新教徒们赶紧收好他们的乐器，希利洛神甫钻到桌子下面紧紧地攥着圣赫米达念珠，大声地祈求万军之主保佑他。

弗朗西斯科·雷阿尔看见子弹从窗子旁边飞过，有的打在厚厚的土墙上，一时难以明白这到底意味着什么。他用手抱住伊雷内的腰，将她按倒在地，用自己的身体护着她。他感到她在自己的双臂下抖动着，不知是因为被他压得喘不过气来了呢，还是因为她害怕了。

喊声刚刚消失，他便站起来，跑到门口。他以为一定会看到半打被枪弹击毙的尸体，谁知他见到的唯一一具尸体，是一只被子弹打出了肠子的母鸡。宪警们一个个露出气急败坏却又趾高气扬的样子，村民们和前来围观的人满身是土地躺在地上。孩子们号哭着，几只被绳子拴着的狗在挣扎着，绝望地吠叫着。弗朗西斯科见到伊雷内从他身旁一闪而过。他还没有来得及拉住她，只见她站在中尉面前，双手叉腰，大声地嚷嚷起来，这声音好像都不是她的了。

"你们这些土匪，畜生！你们难道一点也不尊重人权？你们难道不知道这样会打死人吗？"

弗朗西斯科朝她跑去，他以为他们肯定会朝她脑袋开一枪，但他吃惊地看到军官正在微笑。

"你用不着这么激动嘛，美人，我们是朝天开的枪。"

"您为什么要与我用'你'相称？再说首先您得告诉我你们来这里是干什么的？"伊雷内控制不住自己愤怒的情绪训斥他说。

"兰吉雷奥对我说了他妹妹的事情，我便对他说，神甫和医生无能为力的地方，我们武装部队都能取胜。就这样，我们到这里来了。现在，我们来看看这小丫头，她已成了我们的俘虏，看她还会不会再踢腿顿脚的。”

他大踏步地朝屋里走去，伊雷内和弗朗西斯科像机器人一样跟着他，接下去发生的这一切将永远铭刻在他们的记忆中，那是一系列激烈的却又不连贯的画面。

胡安·德·迪约斯·拉米雷斯走向埃万赫利娜的床边，迪格娜走过去想挡住他，但他把她推到一边。“您别碰她！”迪格娜刚刚喊出这句话，却已经晚了，中尉已经伸出手，拉住了病人的一只胳膊。

在谁也没有注意到的那一瞬间，埃万赫利娜的拳头朝军官那红脸膛猛击过去，用力打在他的鼻子上，把他四仰八叉地击倒在地，就像一只已报废的皮球，滚到了桌子下面。姑娘的身躯立即不那么僵直了，她的双眼也不那么失神无光了，嘴里也不吐白沫了。这位刚才还在葡萄架下用蜂蜜拌的炒面招待大家的年仅十五岁的体弱的姑娘，竟然毫不费力地抓住拉米雷斯中尉的军装，将他拎在半空，像提一把稻草一样，将他摇晃着提到屋外。她看来已一切复原，只有她如此大的力量说明她还处在不正常的状况之下。伊雷内很快便反应过来了，她想尽管屋内阴暗的光线和中午户外的阳光反差很大，但总能拍出几张有用的照片。

伊雷内透过镜头看到埃万赫利娜一直将中尉拎到院子中央，然后露出不高兴的样子，把他扔到距离新教徒们几米远的地方。他们仍伏在地上，全身打着哆嗦。那军官试图站起身来，但她又在他的后脑勺敲了几下，让他跌坐在地上，继而她又随意地踢了他几脚。她丝毫也没有觉察到宪警们此时正包围着她，用他们的武器对准了她。他们都惊呆了，没有敢向她开枪。姑娘又一把抓住拉米雷斯抱在胸前的自动步枪，把它远远地扔了出去。枪掉到了一堆稀泥里，落在一头猪的面前，在枪滑落进猪粪池之前，猪无动于衷地用鼻子闻了一闻。

弗朗西斯科·雷阿尔看清了这一切，他回忆起他学过的心理学知识。于是，他走近埃万赫利娜·兰吉雷奥，轻轻地却坚定地在姑娘的肩上拍了两下，又叫了声她的名字。姑娘像是从一次漫长的梦游中醒过来了。她低下头，羞涩地笑了笑，坐到了葡萄架下。这时，军人们跑去捞出自动步枪，清洗了污垢，又去找回钢盔，扶起他们的中尉。他们让他站了起来，给他掸掉衣服上的尘土："您怎么样，我的中尉？"军官脸色苍白，全身还在颤抖着。他一把将他们推开，自己戴上钢盔，拿起武器。他再也想不起在这样的场合该采用什么样的暴力行动才好。

在场的人们吓得呆若木鸡，一动也不动，他们都等待着发生某种残忍、疯狂甚至是灾难性的行动来结果他们的性命。他们想可能会让他们并排靠墙站立，不履行任何法律手续便把他们统统枪毙，或者至少会用枪托把他们赶上卡车，然后将他们从悬崖上推下山去。但是，胡安·德·迪约斯·拉米雷斯犹豫了好一会儿，然后向后转过身去，朝门口走去。

"往回撤！你们这群废物！"他咆哮着，他的士兵跟着他走出去。

埃万赫利娜的大哥普拉德里奥·兰吉雷奥脸色苍白，他原来那黝黑的脸上露出无可奈何的表情，他是最后一个服从命令撤走的。当听到卡车马达声时，他才醒悟过来。他跑出门，爬上了卡车的尾部，与他的同伴会合。这时，军官才想起了那些照片，便下了命令，军曹下车转过身来便朝伊雷内跑去。他夺过相机，取出底片，曝了光，然后他手一挥像是扔一个空啤酒罐一样，把相机从肩上扔了过去。

宪警们走了，兰吉雷奥家的院子里显得异常寂静，人们就像在噩梦中经常发生的那样，正在想着该怎么办。突然，埃万赫利娜的声音打破了寂静。

“我给您再拿一瓶汽水来好吗,主教大人?”

这时,人们终于轻松地舒了一口气,可以走动了。他们捡起自己的东西,满脸羞愧地散开了。

“愿上帝保佑我们!”希利洛神甫拍打着沾满了尘土的斗篷叹道。

“愿上帝保佑!”新教牧师面色苍白得像一只兔子。

伊雷内捡回了照相机。只有她一个人在笑,惊骇过去之后,她只记得刚才发生的事件中令人发笑的那个场面。她筹划着那篇报道的标题,并在想监察机关会不会同意让她提到狠狠挨了一顿揍的那个军官的名字。

“我儿子出了个馊主意,竟把宪警给引来了。”依波利托·兰吉雷奥说。

“真够糟的。”他妻子说。

不一会儿,伊雷内和弗朗西斯科已回到了城里。女记者把一大束鲜花紧紧地抱在胸前,这是兰吉雷奥家的孩子们送给她的礼物。她的情绪很好,似乎已经忘掉了刚才发生的不愉快的事情,好像她一点也没有意识到刚才的危险。表面上看,使她唯一感到不快的是那卷胶卷报废了,没有了照片就不可能报道那件事了,因为没有人会相信这样的事情。她又自我安慰地想道,星期日他俩还可以再去拍上一些埃万赫利娜发病的照片。兰吉雷奥家曾邀请他们再去做客,因为他们已准备宰一头猪,邀请左邻右舍举行每年一次的聚会,并痛痛快快地吃喝一顿。弗朗西斯科与伊雷内相反,他一路上越想越来气,当他把伊雷内送到她家门口的时候,他几乎都控制不住自己了。

“你为什么发这么大的火,弗朗西斯科?又没出什么事,他们只不过是朝天开了几枪，打死了一只母鸡，仅此而已。”她与他告别时这么说。

在这之前，他总是力图让她不要看到这些无法改变的贫困、社会的不公正和暴力行为。而这些问题，都是他每天能亲身体验到的，也是雷阿尔家经常谈论的内容。他觉得有一点非同寻常，伊雷内在举国上下沉浸在一片愁苦的汪洋之中时，却仍那么无忧无虑，眼中看到的只是美好的富有情趣的事物。见到她未受周围环境的影响，心地仍如此善良，他真感到惊奇。他女友这种盲目的乐观情绪和清新而充沛的活力，对由于无力改变现状而深感痛苦的他来说，是很好的安慰。但是，这一天，他真想抓住她的双肩，用劲地晃动她，让她能脚踏实地，睁开眼睛看清现实。然而，当他看见她站在她家石墙旁边，双臂抱着一大把准备送给住在她家的老人们的野花时，看见她由于乘摩托车而刮得纷乱的秀发时，他暗自揣摩，这姑娘生来就是这么纯洁。他尽量在靠近嘴巴的面颊上吻了她，满怀激情地期望自己能永远待在她身旁，保护她免受黑暗势力的侵扰。她身上散发出一股青草的清香，她的皮肤是凉冰冰的。他明白，他已注定要与她相爱了。

第二部 阴影

温和的大地仍保留着最后的秘密。

——维森特·维多夫罗[1]

弗朗西斯科在杂志社工作后，总感到他的生活动荡不定，城市被一条无形的边界分隔开来，而他必须在这个边界经常穿来穿去。就在他为那些用麦斯林纱制的带花边的精美服装拍照的那天，他又去看了在他哥哥何塞住的村庄里被亲生父亲强奸了的女孩，他还去了机场，在对了接头暗语后，把最新的一份受害者的名单交给了一个他不认识的送信人。他的一只脚踩在虚假的幻想中，另一只脚放在秘密的现实中。他每次都要使自己的情绪适应当时的要求，每当一天工作结束，他待在寂静的房间里，回想起一天发生的事

1 维多夫罗(1893—1948)，智利诗人。

情，最后的结论是面对每天的挑战，最好还是少思考一些问题，不然恐惧或仇恨会使他不能动弹。每当这时，伊雷内的形象便会在阴影中逐渐扩大，直至占据他周围的整个空间。

星期三晚上，他梦见了一片雏菊园。一般来说，他记不起做过的梦，而这些花十分鲜艳，他醒来时觉得自己好像刚刚吸了一阵清新的空气。上午，他在杂志社遇到了一位女占星学家，这位有一头深褐色头发的太太一直坚持要给他卜算未来。

“从你的眼睛里我可以看出：你过了一个充满爱情的夜晚。”在第五层的楼梯上，她刚刚碰上他就这么说。

弗朗西斯科请她喝啤酒。他对她讲述了夜里做的梦。她告诉他，雏菊是好运的征兆，在以后的几个小时里，他一定会遇到愉快的事情。

“这是安慰安慰你的，孩子，因为你会有灭顶之灾。”她又补充说。她这句话已经说了好多遍了，以致失去了对他的威胁作用。

不一会儿，女星相家的预言成了现实，因而他对她怀有某种敬意。伊雷内打来电话，叫弗朗西斯科到她家去，请他带她回家去吃晚饭，她想见见雷阿尔家的人。他们几乎都有一个星期没有见面了。时装部女编辑想让他到军事学院去拍一系列照片，因而，弗朗西斯科这几天整天忙个不停。这个季节，人们都穿着轻飘飘的富有浪漫色彩的服装，编辑便别出心裁地来一个逆潮流而动，想让姑娘们穿上沉甸甸的戎装，让男士们也穿上军服，而军队司令官正想利用这个机会树立武装部队可敬可亲的形象，便在采取了许多安全措施后，向他们敞开了大门。弗朗西斯科和摄影组的其他成员在军事学院里待了几天。摄影结束时，连弗朗西斯科自己也搞不清究竟是爱国歌曲、军事仪式，还是站在他镜头前让他拍照的三个美女令他感到厌恶了，他们出出进进都要经过仔细的搜查，在乱腾腾的搜查中，门卫们把手提箱翻了个个儿，还检查了衣服、鞋子和假发。他们用手到处乱摸，还用电子仪器探测任何可疑迹象。女模特在开始拍照时，就流露出一副厌恶的表情，之后一直嘟嘟囔囔地发牢骚。马里奥是个颇有风度、行动稳重的造型师。他一直穿着白色工作服，每拍一张照，便为模特改换一次发型。两个才开始学艺的助手跟着他转来转去，就像是两只围在他身边飞来飞去的蝙蝠。弗朗西斯科专心致志地摆弄着照相机和胶卷，尽力让自己保持镇静，以免一时疏忽造成图像模糊不清，使一天的辛劳化为乌有。

这一群像演活报剧一样的人扰乱了军事学院的正常秩序，使不习惯这些场面的人茫然失措。面对那些女郎而并未动情的士兵们倒是对那两个助手十分感兴趣。因为他们在士兵面前不停地逗趣，引起了他们那理发师傅的不满。马里奥对这些俗不可耐的举动没有任何兴致，他早已克服了乱搞两性关系的毛病。他出生在一个有十一个孩子的矿工家庭里，他是在一个灰色小镇出生、长大的。矿上的尘土覆盖着一切，夹杂着触摸不到却能置人于死地的尘埃，进入居民的肺部，沾在上面，使肺部布满阴影。按他的命运来说，他应该继续走他祖父、父亲和哥哥的道路，但他却没有充足的力气爬进地层深处挖煤，也无法忍受矿工的艰辛。他小时候手指纤细，富于幻想，为此，父兄经常用鞭子抽打他。但体罚并不能改变他的女性化的举止和行为，也不能改变他的本性。这孩子只要父兄稍一管教不严，便会独自一人玩耍，自得其乐，这引起了周围邻居的耻笑。他收集河滩里的石头，把它们磨光，欣赏着这些亮晶晶的五彩石；他也会在一片秋色中采集干树叶，经过加工，将它们变成艺术品；他会面对夕阳激动得热泪盈眶，希望能想出一句诗或作上一幅画来赞美它，却又觉得力不从心。只有他的母亲不把他的这些癖好看作是堕落的征兆，她只是认为他的生性与众不同。为了使他免遭父亲毫不留情的鞭打，母亲把他带到教堂去当教堂司事的助手，希望弥撒的铃声和香火以及祭品能掩盖住他女人般的柔情。但是，这孩子不专心，记不住拉丁语，眼睛老是看着从窗外射进来的一缕缕阳光中飘浮着的金色微粒。神甫对他的心不在焉并不在意，教会了他算术、阅读、写字和其他必不可少的文化知识。十五岁那年，他实际上就背下了教堂圣器室那有限的几本书和商店里的土耳其人借给他的一些书。这土耳其人是用书把他引诱到店堂后面，去看那些男人之间的勾当的。他父亲得知他的这些事情后，便与他的两个哥哥一起，连拖带拉地把他拽到附近的妓院里去。他们与其他十几个迫不及待的嫖客一起排队等候，把他们的辛苦钱花了个精光。马里奥只感到那些帘子又脏又旧，里面散发着氨水和小便的臭味，空气令人窒息。只有他对那些被糟蹋的缺乏爱情的女人的痛苦深表同情。在兄长们的威胁下，他也曾试图像一个男子汉那样对待接待他的妓女，但她一眼就看出这个小伙子将来要过孤独、受屈辱的日子。他看见自己裸露的身体厌恶得发起抖来时，她十分怜悯他。她要人们让他们单独在一起待一会儿，平平静静地干他们的事。当其他的人离开以后，她关上门，插上插销，坐在他身边的床上，拿起他的一只手。

“这事可不能勉强，”她对害怕得直哭的马里奥说，“你快远远地离开这儿，孩子，到谁也不认识你的地方去。再在这儿待下去，你会让他们给折腾死的。”

这是他一生中听到的最好的忠告。他擦干眼泪，答应作为一个男子汉他再也不淌眼泪了，其实他内心深处并不想当男子汉。

“倘若你还没有恋人的话，你可以走得远远的。”那女人告别的时候这么说，她还劝说了他的父亲，使小伙子免受一次毒打。

这天晚上，马里奥把发生的一切都告诉了母亲，她在柜子的最底层翻出了一捆皱巴巴的钞票,塞到儿子手里。用这笔钱,他乘上了去首都的火车。到了那里,他在一家理发店找到了工作,是清洁工,除了混碗饭吃外,晚上还能在那里打个地铺过夜。周围的一切使他眼花缭乱,他不能想象居然还有这样一个世界:周围的一切色调明快,香气四溢,人们欢声笑语,也有的人举止轻佻,更有些人浑浑噩噩,无所事事。他在镜子里见到理发师双手摆弄着顾客的头发,感到十分新奇。他学会了如何通过观察女人的外表洞察女人的心灵。夜晚,当他一个人留在理发厅里的时候,他用假发套练习做发型,并用白粉和画笔在自己脸上练习化妆,就这样,他学会了运用颜色和画笔来美化面容。店主很快就让他来为新的女顾客初试自己的手艺,短短几个月后,他剪的头发式样超过了所有的人,连最挑剔的女士也要请他来做发型了。他能用烫发的发型和精巧的化妆手法改变一位外表极其一般的女人的形象。他特别善于赋予每位女士自己特有的魅力,因为说到底,美貌还是由每个人的气质决定的。他开始不断地钻研,大胆地实践,他那准确无误的天性使他不断取得成功。他成了新娘、模特、女演员和外交官夫人欢迎的造型师。城里一些有钱有势的太太向他敞开了自家的大门。这样,这个矿工的儿子,第一次踏在波斯地毯上,喝上了薄胎瓷器里的茶,看到了闪闪发光的银器,精美的木器,玲珑剔透的玻璃。他很快便学会认清物品的真正价值,但他毫不以此为满足,因为任何无所作为的想法都会令他内心不安。他一踏进艺术和文化的圣殿便明白了,他是再也不能后退了。他充分发挥了他的创造力和经商的才能,短短几年,他就成了首都最有名气的美容厅的主人,他还开了一家小小的古玩店,倒卖起稀世珍宝来。他成了鉴别艺术品、精致家具和奢侈品的专家,有地位的人都来请教他。他总是忙忙碌碌,来去匆匆,但他始终不忘伊雷内·贝尔特兰工作的那家杂志社曾首先为他提供了胜利的机会。因此，当他们请他为时装美容报道帮忙的时候，他便放下了其他的工作，带着他那有名的装着他的化妆美容用品的手提箱来到这里。他的名气已经非常大了，在重大的社交场合，那些由他化妆打扮的大胆的女士甚至骄傲地在她们左边面颊上写上他的签名，就像贝都因人[1]身上的黥染一样。

马里奥认识弗朗西斯科·雷阿尔的时候，已经是中年人了，他的鼻子经过外科整容后显得笔直细腻，因控制饮食，又坚持做操按摩，身体显得消瘦，腰板笔直，皮肤因受紫外线的照射变得黝黑。他衣着讲究，穿着最时髦的英国和意大利制的衣服。他彬彬有礼，温文尔雅，已经很有名气了。他的活动范围很广，常常为了购买古玩到十分偏僻的地区去旅行。他日子过得像一个贵族，但他并不嫌恶自己卑微的出身，每当有机会谈到他在那个矿区度过的日子时，他总是显得又潇洒又幽默。他的朴实赢得了人们的好感，倘若他编造出一个高贵的出身，人们反而不会原谅他。他以自己高雅的情趣和交际能力，在那只有出身名门的人和腰缠万贯的人出没的上层社会站稳了脚跟。没有他在场，任何一次重要的聚会都难以成功。他再也没有回过自己的家乡，也没再去看望过他的父兄，但他每个月都给母亲寄去一笔款，让她安度晚年，并资助他的几个姐妹学手艺、开商店，或给她们置办嫁妆。他在情感的流露上很有节制，从不过分，就像他生活的其他方面一样。当伊雷内将弗朗西斯科·雷阿尔介绍给他的时候，他的眸子只是微微地亮了一下，表露了他对弗朗西斯科的印象。伊雷内觉察到了这一点，之后，她曾对她的朋友开玩笑地说，他要当心点，要不了多久，造型师便会给他两耳戴上耳环，还会像女人一样尖声尖气地与他说话。两个星期以后，当他们正在工作室里研究这一季新的妆容时，古斯塔沃·莫兰特上尉来

1 阿拉伯半岛和北非的土著居民。

找伊雷内。见到马里奥时，他脸色为之一变，因为上尉对女性化的人十分反感，他对未婚妻与被他称为堕落的人厮混在一起十分恼火。由于马里奥正专心地在一个漂亮的女模特的面颊上涂黄色的香脂，没有意识到自己会遭到他人如此的厌恶，他微笑着朝上尉伸过手去。古斯塔沃把两只胳膊交叉抱在胸前，用无比鄙夷的神情望着他，说他不同女人气十足的人交往。工作室里顿时鸦雀无声。伊雷内、助手们、女模特们，所有的人都不知所措地愣在那里。马里奥的脸色霎时间变得苍白，眼中流露出痛苦的神色。这时，弗朗西斯科·雷阿尔放下相机，慢慢地走上前去，把一只手放在造型师的肩上。

“您知道您为什么不愿碰他吗，上尉？因为您害怕控制不了自己的感情，也许您军营的同伴中有不少同性恋吧。”他用他平常惯用的不紧不慢的亲切口吻说道。

在古斯塔沃·莫兰特尚未觉察出这话的严重性并作出相应的反应前，伊雷内走上前去，挽住未婚夫的胳膊，把他拉出了大厅。马里奥永远也忘不了这件事。几天后，他请弗朗西斯科吃晚饭。他住在一幢豪华公寓的最高一层，他的房间布置得黑白相间，显得既俭朴，又富有现代特色。在富有几何线条的各种钢制和玻璃制的陈设中，有三四件年代久远的巴洛克式家具和几块中国丝绸壁毯。铺在一部分楼板上的松软的地毯上，躺卧着两只安哥拉猫，在燃烧着松木的壁炉旁，睡着一只皮毛油光发亮的黑狗。我喜欢动物，马里奥在迎接他时这么说。弗朗西斯科看见一只盛着冰块的银桶里，冰着一瓶香槟酒，旁边放着两只高脚酒杯。他发现屋内光线柔和，散发着木材的香味，青铜香炉内焚燃着香，青烟缭绕。他听见了音箱中的爵士乐声，他明白了，他是唯一的来宾。他转念间想回身走出去，免得主人对自己产生某种奢望，但不一会儿，不愿伤害他而要赢得他的友谊的想法占了上风。他们相互对视了一阵，一种对马里奥既同情又感到可亲的情感攫住了他，弗朗西斯科在他最美好的情感中寻找最合适的方式回报这个腼腆地向他表示真挚情意的男人。他在马里奥旁边的一张以生丝为面料的沙发上坐了下来，接过香槟酒酒杯，借助他的社交经验，像个水手一样，在他并不熟悉的水面上航行，极力避免出丑。这个夜晚，对他们俩都是难以忘怀的。马里奥向他叙述了自己的身世，并用极其微妙的方式向他暗示了隐藏在自己内心的激情。他预感到会遭到拒绝，但他太激动了，实难隐瞒自己的激情，因为在此之前还从未有一个男人这样攫住过他。弗朗西斯科在言行中将男性的力度和自信心与罕见的柔情紧密地结合在一起。马里奥不轻易爱上一个人，对过去产生过的、引起如此不愉快的一时感情冲动，他并不认为是爱情，这一次，他准备全力以赴了。弗朗西斯科也谈了他自己的经历，他无需直截了当地说便让马里奥明白，他们之间可以建立起牢固、深厚的友谊，但爱情却绝对不行。整个夜晚的交谈使他们发现他们有着共同的情趣，他们谈笑风生，听着音乐，喝了整整一大瓶香槟酒。出于对朋友的信任，马里奥竟一反平时为人谨慎的常态，谈了他对独裁统治的仇恨和他要与之进行战斗的意愿。这时，善于从对方的眼神中看出别人心灵的这位新朋友，也向他剖露了自己的秘密。戒严时间快到了，他们告别时，紧紧地握了握手，表明了他们亲密无间的关系。

这次晚餐以后，马里奥和弗朗西斯科不仅在杂志社共事，而且还在一起从事秘密工作。造型师从此以后，再也没有向他旁敲侧击地表露会损坏同志关系的隐情。他为人态度明朗，这反倒使弗朗西斯科怀疑起对方在那个难忘的夜晚对自己表露的情意是不是真的。伊雷内也成了他们这个成员为数不多的集团中的一员。尽管他们不让她参加任何秘密工作,因为从她的出身和受的教育看,她仍属于对立的集团,而且她从未表露出任何政治倾向,此外,她还是一名军人的未婚妻。

那一天,在军事学院,马里奥实在沉不住气了。学院里那没完没了的保安措施、闷热的天气、众人不佳的心境和他两名助手在士兵面前的种种丑态使他再也忍耐不住了。

"我一定要解雇他们,弗朗西斯科,这两个白痴既无教养,也不想使自己成为有教养的人。想当初,我在杂志社的厕所里见到他们拥抱在一起的时候,真该把他们赶出去。"

弗朗西斯科·雷阿尔也心烦意乱,主要是因为有好些天没有见到伊雷内了。在整整一个星期里,他们的活动时间都不相同,所以,当她打电话告诉他要去他家吃晚饭时,他想见到她都快想疯了。

雷阿尔一家认真地进行了准备,以迎接客人。伊尔达使出她的拿手好戏,烧了他们最爱吃的菜。教授买了一瓶葡萄酒,还买了一束最时鲜的鲜花,因为他很敬重这个姑娘,觉得她的到来就像是一阵洁净的春风吹走了他心中的郁闷和烦恼。他们还邀请了已分开居住的两个儿子——何塞和哈维尔,以及他们的全家,因为他们喜欢聚会,每周至少聚一次。

弗朗西斯科听到伊雷内来到的汽车声时,正好在当作暗室的洗澡间冲洗好一卷胶卷。他挂好底片,擦干双手,锁好门(免得让他好奇的侄子们毁了他的成果),便急急忙忙地走出去迎接她。厨房里散发出来的阵阵香味使他心情舒畅。他听到孩子们的嚷嚷声,猜想人们已都在餐室里了。他看见了他的女友,感到他的命真被看相的说中了,因为她穿着一身印着雏菊花的衣衫,同时在头上的发辫上也戴着同样的鲜花。这就是说,他的梦中所见和女星相家的一切美好的预言都应验了。

伊尔达手里端着一个热气腾腾的大盘子走进了餐室，大家为她的到来齐声欢呼。

“炒猪肚!”弗朗西斯科毫不思索地大声说,就是让他躲在海底深处,只要让他闻到西红柿和桂皮的香味,他也能认出这道菜来。

“我讨厌吃猪肚,模样儿像条毛巾!”一个小孩抱怨说。

弗朗西斯科取了一块面包,抹上可口的调料,放到嘴里去。在这同时,母亲在儿媳妇的帮助下上着菜。只有哈维尔对这一切像个旁观者。这位大哥一直沉默无语,心不在焉地摆弄着一根绳子。最近一个时期来,他一直拿绳打结解闷。什么海员扣、渔民扣、牧人结、向导结、钓鱼扣、马镫扣、钩针结、钥匙结、绳索扣,他都会打。打了又解,解了又打,那一股劲儿实在令人费解。开始时,他的孩子们出神地望着他,但是慢慢地他们也学会了,也就完全失去了对绳子的兴趣。他们对父亲的这个怪癖已经习以为常了。这是个一点儿也不妨碍他人的嗜好,唯一抱怨他的是他的妻子。她看到他那被绳子磨出老茧的双手和像蛇一样蜷伏在床边的那根讨厌的绳子就感到难以忍受。

“我不喜欢吃猪肚!”孩子又叫嚷道。

“那你就吃沙丁鱼吧。”祖母说。

“不,那上面有眼睛!”

神甫用拳头猛击了一下桌子,将餐具震得发出响声。人们一时都愣住了。

“太不像话了!有什么你就该吃什么!你知道有多少人每天只能啃一块硬面包加一杯茶度日吗?我那个教区,有的孩子在上课的时候就饿得晕了过去。”何塞大声说。

伊尔达拍了一下他的胳膊,让他息怒,并请他不要再提他教区那些忍饥挨饿的人,因为这样会破坏这次家宴的气氛,也会损害父亲的肝脏。何塞低下了头，他对自己为什么会发这么大的火也感到困惑不解。多年的生活经历并未能完全改变他易冲动的习性和对人与人之间的平等的执着追求。伊雷内为了改变这紧张的气氛，提议为美味的菜肴干杯。大家纷纷举杯，赞美菜肴的色香味，还特别赞扬这是无产者的食品。

“遗憾的是聂鲁达没有写过赞美猪肚的颂歌。”弗朗西斯科说。

“但他写过一首关于康吉鳗鱼汤的诗，你们想听我朗诵吗？”父亲兴致很高地说，但一阵短促的嘘声使他沉默不语了。

雷阿尔教授已不会因这样的玩笑而大动肝火了。他的几个儿子就是成天听他背诵诗歌成长起来的。他们都会大声朗诵古典名诗，但是只有小儿子受到他的文学激情的熏陶。弗朗西斯科的性格比较内向，他喜欢通过暗地里写诗以表达自己的喜怒哀乐。因此，他总是默默地听父亲朗读他感兴趣的一切。但现在教授的儿子和孙子都听腻了，只有伊尔达在他俩单独在一起的某个晚上请他背诵一段。这时，她会放下手中正在打的毛衣，出神地听着，就像他们第一次见面时那样，心里数着她同这个男人一起度过的情长意深的岁月。西班牙内战爆发时，他们还很年轻，他们刚刚结婚。尽管雷阿尔教授认为战争是可憎的，他还是同共和主义者一起上了前线。他的妻子带上一捆衣服，锁上了房门，头也不回地跟随着他的足迹从一个村子走到另一个村子。无论是胜利、失败还是死亡，他们都希望永远在一起。过了两个春秋，他们的大儿子在一座修道院废墟旁的临时防空洞里出生了。直到三个星期后，孩子的父亲才终于将他抱在怀里。这一年的十二月，快到圣诞节的时候，一枚炸弹摧毁了伊尔达母子俩居住的地方。听到灾难降临之前炸弹的呼啸声，伊尔达便赶紧将儿子紧抱在怀里，像一本合起来的书一样裹着他。房顶塌了下来，压在她背上，孩子得救了。人们救出了孩子，他安然无恙，但母亲的头盖骨受了重伤，还被压断了一只胳膊。在一段时间里，丈夫不知道她的下落，但经过不断打听，终于在一家战地医院找到了她。她那时躺在病床上，身体虚弱，记忆力消失了，甚至记不起自己的名字，更记不起过去，也不知未来，只是将孩子紧紧地抱在怀里。战争结束后，雷阿尔教授决定去法国，但人们不让他把正在康复的病人从收容所里带走。于是，他不得不借着夜色，偷偷将她背了出来，将她安置在下面装有四只轮子的两块木板上，将婴儿放在她那只健康的胳膊上，然后，用一条被单将他俩捆扎在一起。他便这样拉着母子俩，走上了流亡异乡他国的崎岖道路。他同这个尚未能认出他的女人（她唯一的灵性是能为她的孩子唱儿歌）一起越过了国境。他身无分文，又没有朋友，大腿上又有枪伤，走起路来一瘸一拐，但为了尽早地解救他的亲人，他不得不走得快些。他身上带的唯一的物品是父亲留给他的一把旧计算尺。他曾用它建造过房子，在战场上丈量过战壕。在边界的另一侧，法国警察正等候着处理数不清的战败者的人流。他们把男人们集中在一起，将他们抓了起来。雷阿尔教授像疯了一般试图解释他的情况，于是，警察便只好用枪托把他同另外一些人赶到集中营。

一个法国邮差在路边见到了这辆四轮小推车。当他听见婴孩的哭声时，便好奇地走上前去，揭开被单，看见一个头上缠满绷带、一只胳膊吊着三角绷带、另一只胳膊抱着一个不足月的婴儿的年轻女子，孩子冻得直哭。他把他们带回家中，同妻子一道极力帮助他们。他们依靠一个从事慈善事业的英国公谊会教徒组织和流亡者救济会的帮助，在一个被铁丝网围起来的海滩边找到了她的丈夫。圈在那里的男人们白天无所事事，呆呆地望着地平线，晚上则睡在沙滩上，等待着好时光的到来。雷阿尔想伊尔达和儿子几乎都要想疯了。因此，当他从邮差的嘴里得知母子俩平安无事时，便低下了头，成年后第一次长时间地哭泣着。法国人望着大海等着他，他找不出任何合适的言语来安慰雷阿尔。告别时，他见他冷得发抖，便脱下大衣，不好意思地递给了他，就这样，开始了他们长达半个世纪的友谊。邮差帮他弄到了护照，获得了合法身份，走出了难民营。与此同时，他的妻子精心照料着伊尔达。她很有治病的经验，用她自创的土法治疗遗忘症。由于她不懂西班牙语，便用字典给她一个一个地说出用来表明物品和情感的词语。她在病人身边一坐就是几个小时，耐心地从字典内的字母“A”下的条目一直教到“Z”下的条目，反复地读着每一个词，直到病人的眼睛露出了已理解词义的神情为止。伊尔达慢慢地恢复了记忆。在她的脑海中，隐隐约约浮现出的第一张脸就是她丈夫的脸，以后她又记起了她儿子的名字。最后，过去发生的种种事件——爱情、欢声笑语、美好的事情，像一股令人头晕目眩的激流一样出现在她的脑海中。也许就在这个时候，她决定有选择地保留她的记忆，在她开始的新生活里，抹去一切丑恶的往事。她感到必须用她的全部力量来开始她作为移民的新生活。因此，最好还是忘掉那些痛苦的往事，忘记祖国、亲人和旧友故交。之后，她再也不去谈论他们。她似乎也忘记了自家那幢石头房子。在往后的岁月中，她丈夫提起这房子时，她也一无所知，似乎这房子同其他许多往事一样都在她的记忆中消失了。相反，她对于当前和未来的感觉却特别敏锐，她以一种明确无误的热情面对新的生活。

在雷阿尔一家乘船去远航地球的另一边的那一天，邮差和他的妻子身穿假日服装，到码头为他们送行。当航船驶进大海时，最后在法国人的视线中消失的是他们瘦小的身影。在欧洲大陆即将在远方消失时，所有的乘客都站在船尾，边哭边唱着共和国的歌曲。只有伊尔达一个人坚定地站在船头，抱着孩子，展望着未来。

雷阿尔一家走过了漫长的流亡道路。他们习惯过贫困的生活，他们寻找工作，结识朋友，战胜了失去自己的根以后遇到的种种困难，终于在世界的另一端安下身来，经过千辛万苦，建立起新的家庭。为了在艰难困苦中站稳脚跟，他们的爱经受了比别的家庭还要多的一切考验。四十年以后，他们同那个法国邮差和他的妻子仍保持着通信联系，因为这两对夫妇都心地善良，慷慨无私。

这一天晚上，在餐桌上，教授的心情特别好，伊雷内·贝尔特兰的在场使他更加健谈。姑娘就像孩子看木偶剧那样出神地聆听他讲述着人们如何团结互助的事情，因为那些令人激动的话题距离她的世界实在太远了。教授确信，只要具备必要的条件，经过一代人的努力，一定能创造出一个更好的社会和更高的觉悟，他只希望看到人类最崇高的美德，却没有看到几千年的历史证明了完全相反的情况。伊雷内全神贯注地倾听着，结果盘子里的饭菜都凉了。教授认为，权力是邪恶之物，它被人类的渣滓非法占有着，因为在权力之争中，只有最野蛮最凶狠的人才会获胜。因此，就必须反对一切形式的政府，让人们自由地生活在平等的社会中。

“所有的政府在本质上都是腐败不堪的，都应该予以解体，它们保护建立在私有制基础上的富人们的自由，同时奴役那些一无所有的穷人。”教授侃侃而谈，而伊雷内则惊得目瞪口呆。

“对于一个从独裁政权下潜逃出来、现在又生活在另一个独裁政权下的人来说，仇恨权威未免太荒唐了。”何塞显得有些不耐烦地说，这同样的说教他已经听了好多年了。

随着时间的推移，孩子们已不把雷阿尔教授的话当真了。他们只是注意尽量不使他干出什么荒唐的事情来。童年时他们不止一次地帮助过父亲，但是一旦他们长大成人，便再也不去听他那一套长篇大论了，也不再去摆弄厨房里的那架印刷机，更不去参加政治集会了。自一九五六年苏联入侵匈牙利后，连父亲也没有再参加过党的会议，因为他完全失望了。一连好几天，他都显得十分沮丧，心灰意懒，但过不了几天，对人类未来的信心使他克服了失望情绪，消除了折磨他的犹豫和彷徨。一方面，他并没有抛弃正义和平等的理想，另一方面，他把自由视为人的首要权利。他从客厅墙上取下了列宁和马克思的画像，放上了一张米哈伊尔·巴枯宁的照片。从现在起，我是个无政府主义者了，他这样宣布道。他的儿子们谁也不知道其中的含义，在很长一段时间里，他们还以为这是一个宗教派别或是一些神经有毛病的人的组织。他们对这种被战后的风暴吹散了的、已经过了时的思潮不以为意，他们称父亲是全国唯一的一个无政府主义者，也许他们有一定的道理。军事政变以后，弗朗西斯科为了不让父亲鲁莽行事，拿走了印刷机上的一个必不可少的零件。他必须用一切办法阻止他继续印制阐明他观点的传单，在城里散发，就像以往做的那样。后来，何塞又说服父亲放弃这架老掉牙的机器，并把它拿到他住的村镇里去。他把机器加以修理，上好油后，白天为学校印制教材，晚上用来印刷声援斗争的小册子。这一做法救了雷阿尔教授的命，因为在一次搜捕中警察包围了这个居民区，挨家挨户地进行了搜查。倘若在厨房里查到了印刷机，他将有口难辩。儿子们尽力让父亲相信，像他这样单独胡来，不仅不会有利于民主事业，反而会有损于它。而他由于心怀炽烈的理想，孩子们稍一疏忽，他便又会冒险。

“要当心啊，爸爸。”当他们得知他从邮电大楼的阳台上向下抛撒反对军政府的传单后乞求他道。

“我老了，不会夹着尾巴做人了。”教授无动于衷地说。

“你要是出了事，我就把头放到炉子里将自己憋死。”伊尔达提醒他说。她既没有提高声音，也没有放下汤匙。她丈夫猜想她可能真的会这样做，因此，行动稍微谨慎了一点，但要做到充分的谨慎，怕永远也办不到。

至于伊尔达，她反对独裁统治的办法与众不同，她把矛头直指“将军”。在她看来，将军已被罪恶的化身——撒旦魔王占有了。她想，只有通过系统的祈祷和对自己事业的坚信才能推翻他。为达到这个目的，她每星期参加两次宗教晚间聚会。在那里，她遇到越来越多的善良的人们，他们都怀着推翻暴君的坚定信念。这是一个全国性的连环套式的祈祷运动。人们在规定的日子和时间里，全国所有的城市、最边远的村落、被进步遗忘了的村庄、监狱，甚至航行于公海上的船只上的信徒们都聚集起来，进行一次精神上的努力。用这种方式释放出来的能量将把“将军”和他的同党压为齑粉。何塞不同意这种危险的做法，并认为这是违反神的旨意的胡思乱想。但弗朗西斯科却不排斥这个颇具特色的方法产生某种良好结果的可能性，因为这样做会产生某种奇迹——倘若将军知道人们要用这个强大的武器来消灭他，也许会吓得晕厥过去，甚至会产生更严重的后果。他把母亲参加的活动与兰吉雷奥家中发生的事情相比较，认为在独裁统治时期，那些最棘手的问题往往会神奇地得到解决。

“你别祈祷了，伊尔达，倒不如去皈依伏都教[1]吧，那倒还有点科学根据。”雷阿尔教授常常开玩笑说。

鉴于全家都这样嘲笑她，她只好穿上球鞋和球裤，将经书藏在衣服里去参加聚会。对家里的人她只说去公园跑步，而实际上她继续在念着《玫瑰经》，与当局进行着斗争。

在雷阿尔家的餐桌上，伊雷内继续专心地听主人讲话。她被他那一口浓重的西班牙口音吸引住了，侨居美洲这么多年，也未能改变他的口音。看着他激动地比画着，两眼闪闪发光，被自己的信念

1 原为西非土著宗教，后传往美洲。伏都原意为“精灵”。精灵崇拜和巫术皆由巫师主持。

激奋的模样，她感到自己仿佛回到了上个世纪，见到无政府主义者聚集在阴暗的地下室里摆弄着一枚原始的炸弹，准备放到一辆皇家马车的必经之地。这时候，弗朗西斯科和何塞在一旁谈论着那个被强奸后变成了哑巴的女孩的事情，而伊尔达和儿媳妇则忙着上菜，照料孩子们。哈维尔吃得很少，也不参加人们的谈话。一年以前，他失了业，这几个月来，他的性格完全变了，变得阴沉忧郁，闷闷不乐。家里人对他长时间的沉默、对一切漠不关心的眼神和胡乱刮了几下的胡须已经习以为常了，也不再对他表示同情和关心了，因为这是他所不愿意的。只有伊尔达仍不时地关心他，询问他在想些什么。

最后，弗朗西斯科终于打断了他父亲的长篇独白，向全家讲述了在洛斯利斯科斯发生的事情，述说了埃万赫利娜是如何像拿一只鸡毛掸帚一样摇晃着那个军官的。伊尔达说，她必定受到了上帝或魔鬼的保护，才能创造这样的业绩。但雷阿尔教授则认为那个姑娘只是这个畸形社会的变态产物。贫困、犯罪感、被压抑的性欲和孤独都会产生罪恶。伊雷内笑了，她相信只有恩卡尔纳西翁太太开的药方最正确，最实际的做法就是给她找个对象，把他们放到山上，让他们像兔子一样为所欲为。何塞表示同意这个想法。当孩子们问到兔子的事情时，伊尔达端来了饭后甜食——才上市的布拉斯李子，转移了他们的注意力，并说在世界任何一个国家都没有比这更鲜美的水果了。这是雷阿尔家中唯一能被人们容忍的一种民族主义情绪的流露，而雷阿尔教授总不失时机地要把这种概念申述得淋漓尽致。

“人类应该生活在一个统一的世界里，不同的种族、不同的语言、不同的习惯和人们不同的思想都融合在一起。民族主义与理性是相悖的，它对各国民众毫无好处，在它的名义下会干出最坏的事情来。”

“可这与布拉斯李子又有什么关系呢?”伊雷内问道,她完全被这些话弄糊涂了。

在场的人都笑了起来。任何一个话题都会变成宣扬某一思想意识的机会,幸喜雷阿尔一家尚未失去幽默感。饭后甜食之后,喝了伊雷内带来的香味扑鼻的咖啡。饭后,伊雷内叫弗朗西斯科别忘了第二天在兰吉雷奥家宰猪的事情。她告别走了。她走后,人们的兴致都很高,只有沉默寡言的哈维尔此时仍一个劲儿地在打绳结,脸上露出绝望的神情,似乎他完全没有注意到她的存在。

“你娶了她吧,弗朗西斯科。”

“她已经有未婚夫了,妈妈。”

“你肯定比他强得多。”伊尔达回答说。做父母的一谈到自己的孩子,谁能不偏心呢。

在认识古斯塔沃·莫兰特上尉的时候,弗朗西斯科已深深地爱上了伊雷内,因而他几乎很难掩饰对他的不快。但在那时,他并未意识到这种感情就是爱情。每当想到她时,他完全是怀着真挚的友情。从第一次与莫兰特见面开始,他们虽装着彬彬有礼,却互相鄙视着对方。一个是出于知识分子对穿军服的人的鄙夷,另一个则是军人对知识分子的仇视。军官向弗朗西斯科问好时仅仅微微点了点头,没有伸出手来。弗朗西斯科则一开始就注意到军官高傲的语气,立即对他敬而远之。莫兰特对未婚妻说话时则换了一副甜蜜的腔调。上尉没有爱过别的女人,很早以前,他就把她看成了自己的终身伴侣。他爱慕她,在她身上看到了许多美德。他从未有过任何儿女情长，也没有任何风流韵事（这对像他这样因职业需要而不得不与未婚妻长期分离的人来说，往往是不可避免的），与任何别的女人的接触都未能在他的精神上或肉体上留下印记。他一直爱着伊雷内，他们青梅竹马，两小无猜，在祖父的家里一起玩耍，还一起经历了青春期感情的冲动。弗朗西斯科只要想起这表兄妹俩当年一起玩耍的情景，就会不由自主地颤抖起来。

莫兰特对女人说话时总是轻言细语，以示对粗野的男性世界的区别。他在社交场合总爱卖弄学问，举止彬彬有礼。这与他在他的军官同仁中那粗野随便的举动形成了鲜明的对照。他作为泳坛冠军的外表十分迷人。一次，他去编辑部找伊雷内，他那黝黑的皮肤、发达的肌肉和高傲自尊的表情使杂志社五楼的所有打字机声都戛然而止，这是绝无仅有的事。他具有武士的翩翩风度，在场的女记者、女编辑、女模特，甚至那些女人气十足的男人都抬起头来，目不转睛地注视着他。他神情严肃地走了进去，仿佛历史上所有的杰出武将（诸如亚历山大、恺撒、拿破仑）和战争题材影片中的军队都走在他的身旁，气氛显得凝重深沉，令人叹为观止。弗朗西斯科这是第一次见到他，也不由自主地被他那威武的容颜慑服了。然而转瞬间，他又感到十分厌恶，对此他归因于对军人的反感，他不愿承认这是出于人们常有的妒意。在一般情况下，他是不愿暴露这种卑劣的感情的，他会为此而感到羞愧。但他在伊雷内面前，却不能抑制住自己想使她也对莫兰特产生反感的情绪。在以后的几个月里，他经常向她述说自从军队离开军营篡夺政权以来全国的灾难性局面，而他的女友总是用从未婚夫那里听来的道理为政变进行辩解。弗朗西斯科反驳说，独裁政权不但没有解决任何问题，反使现存的问题变得更加严重，还制造出新的问题。高压政策使人们不能了解事实真相。他们把现实情况严严实实地封闭起来，任它在其中发酵，产生巨大的压力，以致当它一旦爆发，便没有任何战争机器、没有任何数量的士兵能控制得了。伊雷内心不在焉地听着。她同古斯塔沃的矛盾是另一种性质的，她不适于做一个高级军官的模范妻子，她确信她永远也做不到这一点，即使把她像袜子一样翻转过来也办不到。她知道，倘若不是他俩自幼相识，她是不会爱上他的，甚至都没有相见的机会，因为军人生活在他们封闭的圈子里，总想同上司的女儿或同事的姐妹联姻，因为她们受到了要成为纯洁的未婚妻和忠贞的妻子的教育，尽管事实上并非完全如此。这样，军官们曾有过默契，倘若发现伙伴的妻子欺骗了他，必须把实情告诉他，让他采取措施，免得让此事传到司令部，坏了名声，断送了自己的前程。她认为他们这样做实在太可怕了。开始的时候，古斯塔沃认为用同样的尺度来衡量男人和女人的举止是不可取的，不论是从军队的道德观念看，还是从任何一个正经人家家教的角度看，都是如此，因为男女之间存在着不可否认的生理差异，还有历史和宗教的传统这方面的原因，这是任何一次妇女解放运动都无法改变的。倘若对男女一视同仁，那将会给社会带来巨大的危害，他说。尽管如此，古斯塔沃却自以为自己同他的多数同伴一样，不是个大男子主义者。然而，与她的相处，加之他在南极待的那一年净化了他的思想，改变了他粗鲁的秉性，使他懂得了那个双重道德观没有道理。他让伊雷内去选择表示忠贞的方式，在他看来，让男女双方都拥有性自由只是北欧诸国的一种使社会产生混乱的创造。他对自己就像对别人一样，要求严格，恪守诺言，在正常情况下，他总是履行自己应尽的责任。长时间分离时，他总是牢记诺言，用精神上的力量来抑制肉体上的冲动。他每干一次风流事，总会受到良心的谴责。让他长时间不近女色是不可能的，但他内心却一直保持着对未婚妻的钟情。

对于古斯塔沃·莫兰特来说，军人是个颇具吸引力的职业，他选择了这个职业是因为他喜欢严格的军事生活，军队中有一个稳定可靠的前程，还因为他喜爱发号施令。另外，也由于他的家庭有这个传统。他的父亲和祖父都是将军。在二十一岁那年，他就是他们那个年级成绩最优秀的学生，还是击剑和游泳冠军。他修完了炮兵专业后，终于实现了指挥军队、训练新兵的愿望。在弗朗西斯科·雷阿尔认识他的时候，他刚从南极回来。他在那里度过了十二个月孤寂的生活。天空一年四季毫无变化，水银般明亮的天穹与地平线相连，微弱的阳光在六个没有黑夜的月份里闪烁着，另外六个月则是无止尽的漫长黑夜。感到无比孤寂的他，每周只能通过无线电与伊雷内交谈十五分钟，怀着猜疑的心情询问她的一切。他是被司令部从许多候选人中因性格坚强、体魄强壮而挑选出来，与其他七个人一起，派到这块杳无人烟的地方来的。他们经受着能掀起一座座黑色大山似的巨浪的风暴的考验，保护着他们最珍贵的几样东西：几只爱斯基摩狗和燃料库。他们在零下三十多度的天气里，像机器一样动个不停，以驱赶严寒，并打消萦绕脑际的难以克服的思乡之情，完成他们唯一的神圣使命：让国旗在那块被人们遗忘了的土地上空飘扬。他千方百计想让自己不去思念伊雷内，但不管是疲劳还是寒冷，甚至医助给的遏制性欲的药片，都无法将对伊雷内的回忆从他的心中抹去。在夏季的那几个月份里，他捕猎海豹以消磨时日，他把猎物贮藏在雪里等到冬天食用。他还通过观察气象，测量海潮、风速，记录云层的变化、温度和湿度，投放探测气球，预报风暴，并通过三角函数的计算推测大自然的变化等方式来打发日子。他的心情有时愉快，有时压抑，但从未感到恐惧或绝望。在这块寒冷高傲的土地上孤独的生活锤炼了他的性格和意志，使他变得更加善于思索。他爱看书，研究历史，这使他的思路更加开阔了。当爱情折磨他的时候，他便给伊雷内写信，言词清澈明快，就像他周围那洁白的景色一样。然而他无法将信寄出，因为那儿唯一的交通工具是船只，而它只到年终才来接他。他终于回去了，人消瘦了，皮肤由于阳光在雪地上的反射变得黝黑，双手布满老茧。他想回去都快想疯了。他把二百九十只封好的按时间顺序排列的信封放在未婚妻的双膝上。但他见她那么漫不经心，丝毫也不打算减轻一下她恋人那焦急的情思。她只关心着她的记者工作，根本无意去阅读那一大袋过了时的信件。但不管怎么说，他们俩还是去一个不引人注目的海滨浴场过了几天，尽情地享受着你欢我爱的情趣，上尉因此补偿了在那么长的时间里熬过来的童男的生活。他去南极的唯一目的，就是积攒起足够的钱同她结婚，在那杳无人烟的地方，他挣的工资是他这个级别的正常工资的六倍。他渴望为伊雷内置一幢房子、一套现代化的家具、家用电器、汽车和一笔可靠的年金。尽管伊雷内对这一切毫无兴致，她还是建议他们试婚，看看他们的共同之处是否多于相异之处，但他毫不理会。他可不愿进行任何会妨碍他前途的试验，有一个好家庭对于他晋升少校是至关重要的。再说，在军队中，超过了一定的年龄仍保持独身会招来闲话。此外，贝阿特丽丝·阿尔坎塔拉不顾女儿的犹豫，兴致勃勃地在筹办婚事。她去商店采购用手工画上飞鸟的英国器皿、亚麻制的荷兰刺绣台布、法国的丝织内衣和其他一些名贵物品来作为她独生女儿的嫁妆。妈妈，我结了婚谁来熨这些衣服呢？伊雷内看见比利时的花织物、日本的丝绸衣衫、冰岛的丝线、爱尔兰的毛线和其他一些从遥远的地方进口来的衣料时说道。

古斯塔沃在服役期间一直待在驻守外省的军队里，但他只要一有机会，便到首都来看望伊雷内。在这期间，即使杂志社有紧急的事情伊雷内也不去找弗朗西斯科。她和未婚夫在迪斯科舞厅暗淡的光线下翩翩起舞，或手拉手地去剧院、去散步，或在隐蔽的旅馆里卿卿我我，弥补着平日的渴望和思念。这一切都使弗朗西斯科异常苦恼。他把自己关在房间里，听着他喜爱的交响乐，郁郁寡欢，不能自拔。一天，他冒冒失失地问伊雷内，她同那位“死神的未婚夫”的亲密关系何时才能了结。伊雷内笑得前仰后合。你不要以为我到这样的年龄还会是个处女，她直截了当地回答说。不久，古斯塔沃·莫兰特被派到巴拿马的一所军官学校待了几个月。他与伊雷内的联系仅限于充满激情的信件、打来的长途电话，以及由军用飞机带回的礼物。这位执着地热恋着的未婚夫就像一个无处不在的幽灵一样，使弗朗西斯科只能像兄弟一般与伊雷内同眠。每当他想起那件往事时，就会用手掌拍打前额，对自己的所作所为感到吃惊。

有一次，他们俩留在杂志社准备一篇报道。他们有了素材，需要在当天晚上把报道写出来。时间飞快地逝去，他们没有发现其他职员都已经离开，没有发现办公室的灯光都开始熄灭了。他们出去买了一瓶葡萄酒和一些吃的东西。他们俩都喜欢一边工作一边听音乐，于是就放了音乐会的录音，在长笛和小提琴的乐曲声中，他们忘却了时间的流逝。等他们写好稿子，时间已经很晚了，直到这个时候，他们才透过窗子看到夜晚的寂静与黑暗，周遭感受不到任何生命的存在，宛若一座空城，一座经历了像科幻小说中描写的惨绝人寰的大灾大难之后被废弃的城市，甚至空气也是混浊凝固的。已经实行宵禁了，他们异口同声喃喃地说，他们觉得已不能离开那里了，因为这个时候，已不可能在街上行走。弗朗西斯科暗中庆幸自己能再同伊雷内待一段时间，伊雷内则担心母亲和罗莎会惦记她，立即跑到电话机旁向她们解释不能回家的原因。他们一起喝完了酒，又听了两遍音乐会录音，还谈了许许多多的事。这时他们都困倦极了,伊雷内建议到长沙发上去休息一下。

出版社五楼的盥洗室很宽敞,具有多种功能,既可以作女模特的更衣室,也可作化妆室,因为里面有一面光洁明亮的大镜子。甚至还可以作咖啡室,因为有一个能烧开水的炉子。这是杂志社的人感到最亲切的地方。在一个角落里,放着一张早已被人们遗忘了的长沙发床。这是一件套着红色绣花布沙发套的大家具,套子上已满是窟窿,露出生了锈的弹簧,失去了它在上世纪末的尊严。人们患偏头痛的时候,或在工作十分紧张的时候来这里休息。有时还在情场失意或遇到其他不快之事时,来这里暗自悲伤。就在这儿,一位女秘书突然流产,差一点引起大出血。也在这张床上,马里奥的两个助手互表衷情被马里奥撞见,见到他们没穿裤子躺在褪了色的地毯上。就在这张沙发床上,伊雷内和弗朗西斯科躺了下来,各自盖着大衣。她很快就睡着了,他却一直眼睁睁地挨到天明,忍受着内心矛盾的感情煎熬。他不愿鲁莽从事,因为这样一来,一定会从根本上动摇他与睡在另一边的这个女人的关系。但他已经完全被她吸引住了,只要在她身旁,他便会神情兴奋,心旷神怡,伊雷内使他愉快,使他神魂颠倒。在她那感情丰富却又往往显得无意识的甚至显得天真无邪的外表下,隐埋着一颗真诚的心,就像果实一样等待着成熟期的到来。他也联想到古斯塔沃·莫兰特,以及他在伊雷内的生活中所起的作用。他怕会遭到拒绝,因而失去同她的友情。话一说出便无法收回了。以后,他回想起在这难忘的夜晚他的感情时,明白了他没有敢表露自己的爱情,是因为伊雷内并没有体会到他内心的苦恼。她平静地躺在他的怀里,根本没有想到这会使弗朗西斯科如此激动。她对他纯然出于友谊,没有夹杂任何爱情的成分,而他决定不违背她的意愿,采取等待的办法,让爱情在她身上悄然而至,就像他已经感受到的那样。他感到她蜷缩在床上,均匀地呼吸着，长长的秀发就像暗淡的阿拉伯式建筑装饰物一样遮盖着她的脸颊和双肩。他一动不动，甚至抑制住呼吸，极力不让她察觉到自己的心脏在猛烈地跳动，不让她感知他激动的心情。这时的他，一方面怨恨几个月来自己默认了束缚他手脚的兄妹之情，真想发疯般地扑到她身上占有她；另一方面他知道必须控制住这种感情，否则将使他难以达到这一时期朝思暮想的目标。他又紧张又焦虑，但同时却又希望这样的时光能永远延续下去。就在这样的情况下，他待在她的身旁，直到听见街上开始出现了人声，窗外透进了晨曦。伊雷内突然惊醒了，她一时竟记不起自己是在什么地方。但不一会儿，她一骨碌爬起来，用冷水洗了洗脸，飞快地回家去，把弗朗西斯科孤零零地留在那里，像一个被人遗忘的孤儿。从这一天起，他对愿意听他说话的人都说，他们在一起同了床，但弗朗西斯科心里却在想，实际上完全不是这么一回事。

星期天清晨，天空阴沉沉的，空气混浊、闷湿，似乎这是夏天提早来到的一个征兆。在使用暴力方面进步甚微的人们还在使用野蛮时期的方法宰猪，伊雷内却认为这非常有趣，因为她连母鸡也没有见人宰过，也没有看见过活猪。她决定为杂志写篇有关的报道。她的兴致很高，一点儿也没提起埃万赫利娜和她突然发病的情况，好像把这件事都给忘了。弗朗西斯科觉得来到了一个完全陌生的地方。这个星期，春意盎然，田野一片碧绿，金合欢花吐出花蕊。这些神奇的花木远看好似叮满了蜜蜂，但走近一看，原来是一串串黄色的散发着芳香的花朵。小鸟们栖息在松树和桑树上，昆虫的嗡嗡声仿佛使空气也产生了震动。当他们来到兰吉雷奥家时，屠宰已经开始了。主人们和客人们都兴致勃勃地围坐在篝火边，孩子们跑着、笑着、喊叫着，有的被烟呛得咳嗽不止。几只狗守在锅旁，兴致勃勃地等待着饱餐一顿人们丢弃的肉骨残羹。兰吉雷奥一家人对刚刚来到的客人以礼相待。伊雷内却立即在他们面庞上发现了一丝忧郁的神情。透过他们亲热的外表，她可以感到他们内心的忧伤，但她没有来得及去了解这是什么原因，也没有时间与弗朗西斯科讨论这件事，因为人们这时已把猪拖过来了。这头猪是自家食用的，其他的猪都拿到市场上去出售。这头猪是在出生后没几天由一位行家挑选出来的，他将手伸进猪的喉头，看看是否有谷粒，以保证其肉质精美。这头猪与其他的猪不一样，几个月来是用粮食和蔬菜饲养大的，而不是吃粪便长大的。它被单独圈养，成天躺卧不动，长着肥膘和精肉，等待着它的最后命运。这一天，这头猪平生第一次从猪圈到祭坛走了二百公尺，它那几条又短又粗的腿绝望地颤抖着，它在阳光的刺激下，什么也看不见，也听不见声音。看到它这个样子，伊雷内简直不能想象怎么能把这头足有三个壮汉那么重的畜生杀死。

在火堆旁，人们已用几块厚木板放在两个大桶上支成一张桌子。肥猪被送到时，依波利托·兰吉雷奥高举大斧，走上前去，用斧背朝猪的前额猛地一击，猪随即晕倒在地，它的惨叫声震撼了山谷，吓得几只焦虑不安地喘着气的狗瑟瑟地发起抖来。之后，几个男人走上前去把它的四条腿捆得结结实实，然后费了很大的劲才把它抬到桌子上。这时，屠夫出场了，这是个生来就爱杀生的男人（女人是从来也不会有这种本领的），即使闭了眼睛也能准确无误地一下刺中心脏。他这样做并没有依仗解剖学的知识，而是凭着屠夫的本能。他是从很远很远的地方被邀请来的，因为倘若不能一刀毙命，动物垂死时的叫声会使所有在场的人神经紧张。屠夫拿起一把骨质把柄、钢刃锋利的长长的尖刀,像阿兹特克[1]神甫一样双手紧握着刀,刺进猪脖子,然后毫不迟疑地刺向心脏。猪绝望地号叫起来,一股热血从伤口喷射出来,溅了站在旁边的人一身,地上很快就积了一摊血,随即便被几只狗舔吃掉了。迪格娜拿来一个水桶接血,几秒钟的时间就接满了一桶。这时,空气中散发着一股甜丝丝的血腥味,充满着令人恐惧的气氛。

这时,弗朗西斯科发现伊雷内已不在他的身旁,他用目光搜寻着她,发现她已晕倒在地上。其他人也看到了她,于是都哄堂大笑。弗朗西斯科弯下身去,摇晃着她,让她睁开眼睛。我想离开这里,她刚刚能开口说话便乞求说。然而,她的朋友让她留下来坚持到最后。他们是特地来看这场面的。他劝她学会控制自己的神经,否则,就得换个职业,因为这种失态的举止往往会变成习惯。他又向她提起了那幢中了邪的房子,只要门吱呀一响她就会脸色发紫地倒在他的怀里。他就这样与伊雷内开着玩笑,直到那牲畜的呻吟声消失。当她确信猪已经被杀死,才站起身来。

然而,屠宰的过程仍未结束。人们把滚烫的开水浇在死猪身上,并用铁片刮去猪毛,让猪皮变得洁净锃亮,露出玫瑰红色,就像刚出生的婴儿的皮肤。然后,他给猪开了膛,掏出内脏和板油。孩子们出神地看着,浑身血迹斑斑的几只狗也在一旁观望着。女人们在水渠里洗净了长达许多公尺的猪肠,然后又将它灌制成血肠。她们又盛了一碗血汤递给伊雷内,让她恢复元气。姑娘看着漂着紫黑血块的肉汤不禁犹豫起来,但她为了不使主人难堪,还是喝了下去。味道十分鲜美,而且有明显的疗效。几分钟后,她的脸色便恢复了正常,情绪也好了。在这天余下的时间里,她拍照片,吃饭,喝酒。铁锅里在熬着猪油,油渣漂浮在上面,已经焦煳。女主人用大笊篱把

1 西班牙征服美洲前居住在现墨西哥的土著居民。

油渣捞出来,夹着面包吃。她们还炒了猪肝和猪心,用来招待来宾。傍晚时分,所有的人都摇晃起来,男人们是因为喝多了,女人们疲乏了,孩子们困了,那几只狗有生以来第一次吃撑了肚子。直到这时,伊雷内和弗朗西斯科才想起一整天都没有看见埃万赫利娜。

"埃万赫利娜在哪儿?"他们问迪格娜·兰吉雷奥。她低下了头没有回答。

"您的儿子,就是那个宪警,叫什么名字?"伊雷内预感到发生了什么不寻常的事,询问道。

"普拉德里奥·德尔·卡门·兰吉雷奥。"母亲回答道,她手中的茶碗颤动着。

伊雷内挽着她的胳膊,亲切地将她领到院子里的一个角落,这儿的光线已经昏暗,弗朗西斯科想跟她们走,但伊雷内用手势阻止了他。她相信,她同迪格娜单独在一起,会建立起女人间的信任。她们面对面地坐在麦秸编的椅子上,在柔和的夕阳余晖下,迪格娜·兰吉雷奥见她睁着一双用炭笔描过的古怪的眼睛,脸色苍白,微风吹乱了她的头发,身穿一套不知属于什么时代的旧衣衫,手腕上戴着叮当作响的玻璃手镯。她知道,尽管她们在外表上有一条将她们隔开的鸿沟,但她还是愿意告诉她实情的,因为从本质上讲她们是姐妹,就像所有的女人最终都是姐妹一样。

上一个星期天的晚上,当大家都睡在家里的时候,胡安·德·迪约斯·拉米雷斯中尉和他的下属,就是那天把弗朗西斯科的胶卷曝了光的人,又回来了。

"军曹名叫伐乌斯蒂诺·里维拉,是我的干亲豁嘴马努埃尔·里维拉的儿子。"迪格娜向伊雷内解释说。

里维拉站在门槛上监视着几只狗。中尉进到卧室,用脚踢着家具,手握武器,大声地说着话吓唬大家。他命令还未完全醒来的一家人靠墙排成一行，面壁而立，然后立即将埃万赫利娜推向吉普车。她被强拉上汽车时，她的父母最后看了她一眼，见到她的白衬裙在夜色中闪闪发光。他们还听到她叫唤他们的声音。他们一直焦急地等到天明，听见第一声鸡鸣，他们便骑马到宪兵队去。走过一个长长的前厅，值勤的小队长接待了他们。他告诉他们，他们的女儿在一间牢房里过了一夜，已于清晨获得了自由。他们又打听了普拉德里奥的情况，回答说他已被派到另一个地区去了。

“从那时起，我们就再也没有听到女儿的消息，也不知道普拉德里奥在什么地方。”母亲说。

他们在村镇里挨家挨户地寻找埃万赫利娜，在公路上拦截汽车，向司机打听是否见到过她；他们还去问那位新教牧师，向神甫和那个江湖医生，还有女儿的干妈和所有路上遇到的人打听女儿的下落，然而谁也提供不出线索。他们找遍了所有的地方，从河边找到山顶，都没有她的踪迹，他们呼喊着她的名字，呼叫声响彻山谷和道路。经过五天毫无结果的寻找，他们终于明白，她已被暴力吞噬了。于是，他们穿上丧服，到弗洛雷斯家去告诉他们这不幸的消息。他们感到十分内疚，因为埃万赫利娜在他们家一直在遭罪，倘若她在生身母亲身旁，情况或许会好得多。

“您别这样说，嫂子。”弗洛雷斯太太安慰她说，“您没有听过生死有命这句话吗？您该知道，几年前我失去了丈夫和四个儿子，他们被当局带走了，被从我身边夺走了，就像埃万赫利娜这样。这是他们命该如此，嫂子，这不是您的过错，这都怪我，是我的命不好。”

埃万赫利娜·弗洛雷斯仅有十五岁，却长得十分壮实，这时，她在养母椅子后面听这两个女人的谈话。她的脸色黝黑，显得十分镇静，与迪格娜·兰吉雷奥的脸色一样。她手大胯宽，但她并不认为自己是迪格娜的女儿，因为她从小是在另一个女人的怀里长大的，是她的乳汁哺育了自己。但是,她由于某种原因感到那失踪的女孩不仅仅是她的姐妹,而且是她本人的化身,这化身是代她在过着她的生活。埃万赫利娜·兰吉雷奥倘若死了,那她也就死了。也许就是在这个时候,埃万赫利娜·弗洛雷斯得到了启示,这使她承担起以后到处奔走寻求正义的责任。

迪格娜把这一切都告诉了伊雷内。她说完话,篝火的余烬熄灭了,夜幕笼罩了大地。该离开这里了。伊雷内·贝尔特兰答应她到首都去寻找她的女儿,并给了她自己家的地址,以便联系。她们就此拥抱告别。

这天晚上,弗朗西斯科发现姑娘的眸子里有种异样的神情。他既见不到她往日的微笑,也见不到她惊恐的模样,她那对瞳仁变得暗淡忧郁,就像蓝桉干枯的树叶的颜色一样。这时他明白了,她已经不再那么天真烂漫了, 要想阻止她了解事情的真相是根本不可能的了。

两个朋友跑遍了所有常去的地方,打听着埃万赫利娜·兰吉雷奥的下落,他们尽管不抱很大的希望,却一定要查出个结果来。干这件事的人并不只有他们俩,在俘虏营里,在警察拘留所中,在只有身穿精神病患者病服的身遭酷刑的人和国家安全部门的医生才能出入的精神病院的禁区内, 伊雷内·贝尔特兰和弗朗西斯科·雷阿尔遇到了许多熟悉遭难的人们的情况的人, 并得到他们的陪伴和帮助。在所有这些人们遭受苦难的地方,他们都感受到对遭受不幸的人们的声援。

“您在寻找谁,太太?”伊雷内在排队时问。

“现在我不找谁了,孩子。我三年来一直在寻找我丈夫的踪迹,现在我知道他已经长眠了。”

“那您为什么来这儿呢?”

“我是来帮一位朋友的。”她指了指另外一位妇女。

她们是在好几年以前相识的。她们一起走遍了一切可能去的地方,敲着门,请官员们帮忙,给士兵行贿。她们中的一个运气比较好,她至少已打听到她的丈夫不再需要她了,而另一个则需继续奔波。我怎么能让她一个人去寻找呢?此外,我已经习惯于等待和忍辱负重了,她说。她的一生都在寻访和询问中度过,她知道如何同犯人们交谈,从中得到消息。

“我寻找的人叫埃万赫利娜·兰吉雷奥·桑切斯,今年十五岁,在洛斯利斯科斯被捕遭到审讯后,再也没有露过面。”

“你们别找她了,她肯定出事了。”

“你们去国防部问问,那里有最新的被捕者名单。”

“下个星期的这个时候你们再来。”

“下午五点钟换岗,你们再向一个叫安东尼奥的打听,他是个好人,会告诉你们点消息。”

“最好还是先上莫尔格去,那样用不着浪费时间。”

何塞·雷阿尔在这方面是很有经验的,因为他的大部分精力都花在这些事情上。他利用神甫这个身份,带他们到那些他们自己永远也不能去的地方,他陪他们去莫尔格,那是一幢灰色的老房子,似乎已被人遗弃,样子十分阴沉,看样子适于作停尸间。那儿存放着死在医院里的穷人的无名尸体,还有酒醉后斗殴或遭暗杀的人的尸体,以及车祸的受害者。最近几年,堆放着砍断了手指的、用铁丝捆绑的或用喷灯烧焦了面部,以及拷打得面目全非无法辨认的尸体,这些尸体最终都要掩埋到二十九号公墓的无名墓中。进入这座老房子，要得到司令部的批准。何塞常常来这里，职员们都认识他。他在教会的工作，就是调查失踪者的下落。那些志愿律师总是毫无结果地试图为那些幸存者作辩护。而他和另外一些神甫则手里拿着照片在死人堆里翻找。他们很少能找到幸存者，但靠神灵的帮助，神甫们能给家属找到残留的尸体进行安葬。

弗朗西斯科已听哥哥说过他们在莫尔格将会见到的情景，便让伊雷内留在外面。但她这时企望了解真相的决心从心里升起，决定跨进门槛。弗朗西斯科对于恐怖场面是能够禁受得住的，他在医院和精神病院工作过。但是当他从那个地方出来，不禁也感到毛骨悚然，而且这种感觉持续了很长时间。他由此知道女友该有什么样的感觉了。对于那么多死尸，几台冷冻机是远远不够的。尸体不仅停放在桌上，还堆放在以前有专门用途的贮藏室里。里面闻到一股强烈的福尔马林味和霉味，宽敞的大房间满是污垢，墙上污迹斑斑，光线阴暗，里面只有一个时暗时明的小灯泡照亮着走廊、陈旧的办公室和宽大的贮藏室。里面一片凄凉的景象，谁在那里待上一天，便会变得冷漠无情，失去任何同情心。为了完成任务而像对待一般商品那样同死人打交道的人，一定会忘记了生命的存在。他们看见一些职员在尸体解剖桌旁大嚼点心，另外一些人则在肿胀的尸体旁无动于衷地听着收音机里的体育节目，或是在停放着当天尸体的地下仓库里打着扑克牌。

他们检查了一间又一间的停尸间，在为数不多、全身赤裸的女尸前停下来查看。弗朗西斯科直感到恶心，并发现伊雷内的手在他的手中颤抖。姑娘脸色苍白，两眼失去了光泽，像是在无止境的噩梦中无声地移动着脚步。这一切，强烈地刺激着她的情感，使她觉得仿佛飘曳在可怕的浓雾中。她不能理解竟然会有这样的人间地狱，甚至她凭借她那极其丰富的想象力也无法想象会有如此可怕的情景。

弗朗西斯科面对暴力从不屈服，他是从事地下活动的人们中的一员，对独裁政权有清醒的认识。谁也没有怀疑他正在将准备流亡国外的人送到国外，还把信件、来源神秘的金钱、人员的名单、资料和收集到的各种证据运到国外，以便往后若有人决定来写历史时可以使用。政府的镇压机器尚未触及他，每当快碰到他，他总是得以逃脱，但他一直处在危险的边缘。只有一次，他偶然被抓住，给剪去了头发。那还是他当心理学医生的时候，他从诊所回家，遇到巡逻队正在逮捕行人，他想这一定是一般的例行公事，便将证件递上前去。谁知两只像钳子一样的手把他从摩托车上拽下来，一支冲锋枪顶在了他的胸前。

“下来，你这个混蛋！”

被抓起来的不止他一个，两个中学生模样的小伙子跪在地上。巡逻队命令他也跪在旁边。两名士兵用武器逼住他，另一个抓起他的头发，剪了个精光。几年以后，他一想起这件事，就不寒而栗，恨得咬牙切齿。尽管随着时间的推移，他也知道与其他事情相比，这只不过是小事一桩。那时，他还想跟士兵们评理，反在背上挨了一枪托，在头皮上多划了几道口子。那天晚上他回到家，简直怒不可遏，他还从未受过那样的侮辱呢。

“我已经提醒过你，这些日子，当局正在剪头发，孩子。”母亲哭了。

“从今以后你偏要留长发，弗朗西斯科，要用一切方式来表示反抗。”父亲怒火中烧，他已忘记自己一直反对男人留长发的主张。弗朗西斯科真的这么做了，等待他们再来剃，但是，动荡的局势反倒使那些留长头发的人平安无事了。

伊雷内·贝尔特兰直到那天还处于天使般的天真无邪中。这并不是因为她不善于思索或生性愚笨，而是由她生活的环境决定的。她的母亲和她所处的这个社会阶层的其他许多人都生活在舒适安逸、井然有序的天地里。冬日，他们能去专门的温泉疗养地、滑雪场，夏天则去别墅避暑。他们教育她，要她不要参与反政府的活动，因为那是完全错误的。有一次，她看见一辆汽车停下，几个男人冲向一个行人，将他强行推进车中；还有一次，她闻到了焚烧禁书的焦味；又有一次，她隐隐约约地看见运河混浊的水面上漂浮着一具尸体。晚上，她听见巡逻队的脚步声和直升机在天上的隆隆声。一次，她在街上弯下身去救护一个因饥饿而倒在地上的人。仇恨的旋风在她身边呼啸而过，却由于养育她的那个阶层的高墙的阻挡，未能吹到她身上。然而，她的敏感，特别是她下决心进入莫尔格的那一步，将要改变她的整个人生道路。在那一天以前，她还从未在近处见过死人，而那一天，看见了那么多死尸，使她噩梦不绝。她在一个很大的冷冻库前停了下来，观察一个同其他尸体挂在一起的浅色头发的年轻女尸，远看有点像埃万赫利娜·兰吉雷奥，但再靠近一点，就认不出是谁了。她惊呆了，因为她看到尸体上满是很严重的伤痕，脸烧焦了，双手给砍掉了。

“这不是埃万赫利娜，你别看了。”弗朗西斯科轻轻推开她，搂着她，将她拉到门口，同她一样，他心里也难受极了。

尽管他们在莫尔格只待了半个小时，伊雷内·贝尔特兰出来时已经变成了另外一个人，她的心都碎了。弗朗西斯科从她说的第一句话里就发现了她的变化，立即想方设法安慰她。他请她坐上摩托车，全速朝公园驶去。

他们俩经常去这个地方吃午饭。出去野餐可免去他们在饭店用餐后为付款而引起的争论，他们可尽情享受这个公园明媚的阳光。有时，他们还到伊雷内家带上克莱奥，因为姑娘担心这条狗常与老年人在房前屋后走来走去，会失去狗的本性，缺乏灵性。因此她认为还是要把它带出去跑跑。最初几次出去时，这条可怜的狗总是惶恐不安，耷拉着耳朵，睁着恐惧的双眼，在摩托车上趴在他们俩中间。随着时间的推移，它渐渐喜欢听发动机的响声了，甚至一听到便兴奋不已。它不是一条良种狗，身上长着几种颜色的杂毛，从它杂交的祖先那里继承了狡黠、灵巧的特性。它对女主人忠心耿耿，他们三个高高兴兴地坐在摩托车上像是去参加游艺会。伊雷内的裙子、披巾和长发随风飘扬，狗坐在中间，弗朗西斯科驾着车，还扶着装着饭菜的篮子。

这是座位于市中心的规模巨大的天然公园，进出都很方便，但很少有人来这里，许多人甚至都不知道有这个公园。弗朗西斯科十分熟悉这个地方，每当他想拍风景照时就来到这里：夏日里那恬静的山丘，秋天金黄色的肉桂树和栖息着松鼠的野生橡树，冬天里那光秃秃的宁静的枝干，令人神往。一到春天，公园苏醒了，万物皆呈碧绿，花丛中昆虫飞舞，鲜花怒放，姹紫嫣红，强劲有力的树根尽情地吮吸着养料，大自然的一切都充满了生机和活力。他们走过溪上的一座小桥，开始走上环绕在种植着五光十色异国植物的花园四周的弯弯曲曲的小道。他们越往上走，灌木丛便越密，小路看不见了，到处可以见到绽露出新叶的幼嫩的欧洲白桦、常青的粗壮的松柏、纤细的蓝桉树和红色的欧洲山毛榉。中午的热气晒干了晨露，地面上散发出一层薄薄的雾气。来到山顶，他们感到自己是享受这美景的唯一游客。他们熟悉公园里每一个隐蔽的角落，能登上最好的位置观看山脚下的城市。有时候，山下浓雾密布，山脚下的一切都消失在稠密的雾气之中，他们想象着自己仿佛置身于周围都堆满了面粉的小岛上。而在明媚的晴日，他们可以看到望不到尽头的银白色车流，汽车的喧闹声像是远方的雷鸣一般传到他们的耳中。有些地方枝繁叶茂，植物散发出的浓郁清香使人陶醉。他俩对人们守口如瓶，极力不谈来到这儿的事。但他们事先却并未就此事达成默契，这是为了使此事更富有神秘感。

从莫尔格出来时，弗朗西斯科想，只有公园那茂密的植物、潮湿的土地和腐殖质的芳香才能使他的女友从那些可怕的死尸中摆脱出来。他把她带到山顶，找了一个僻静阴凉的地方。他们坐在溪边的柳树下，溪水在岩石间潺潺流淌，柳树的枝叶落在他们身旁，堆成了一座小丘。他们默默无语地斜靠在多结的树干上，虽没有紧紧地挨着，但他们的感情是那么贴近，就像是一个人一样。他们的心情是沉重的，各自都沉浸在自己的思绪中，都把对方在自己身边看作是对自己的一种安慰。时间的流逝、轻拂着的南风、潺潺的流水声、黄雀的鸣啭和大地的芳香渐渐使他们回到现实中来。

“我们该回杂志社了。”伊雷内终于说道。

“是该回去了。”

然而，他们谁也没动身。她揪了一根草放在嘴里咀嚼，吸吮着浆汁。她转身望了望她的朋友，他正深情地注视着她那对水汪汪的眸子。弗朗西斯科不假思索地将她搂住，亲了亲她的嘴。这一吻，虽并不十分热烈、十分动情、十分用劲，但在他们的情感中却激起了巨大的波澜。他们从未感到对方的肌体是这么接近，从未觉得对方的手握得如此之紧，也从未感到很长时间以来他们早已向往的接触会如此紧密。一股暖流在他们的骨骼中、血管里流淌，流进了心田。这是他们从未有过的，或许是已经完全忘却的感觉，因为人们的记忆是十分脆弱的。周围的一切仿佛都已消失，只感到他们若即若离地贴在一起的嘴唇的存在。的确，他们只接了一次吻，这只是他们等待已久的、不可避免的吻，但他们都确信这是他们生活中唯一会留在记忆中的吻，唯一会留下确切印记的吻。他们知道，几年之后，他们仍将会清晰地回忆起他们的双唇这次热烈而湿润的接触，回忆起那小草的清香和他们内心的激情。那个吻犹如一声叹息，当弗朗西斯科睁开双眼时，只见姑娘背靠峭壁站在那里，双手交叉抱在胸前。他俩都在激动地喘着气，热烈而默默地沉浸在自己的思绪中。他没有朝前移动，一种对这个将永远与他的命运紧密联在一起的女子的新的激情攫住了他。他仿佛听到了轻微的抽泣声，他明白伊雷内内心在进行着斗争：争取新爱还是忠于旧情。他犹豫了，既想去拥抱她，又担心再给她的内心施加压力。他们就这样不声不响地待了很长时间。伊雷内转过身，慢慢地朝他走去，在他身边跪下。他拦腰搂住她，闻到她衬衣上的香水味和她身体散发出的幽香。

“古斯塔沃已经等了这么久，我还得和他结婚。”

“我不信。”弗朗西斯科喃喃地说。

他们紧张的神经渐渐地松弛下来。她双手搂住他长着一头黑发的脑袋，仔细地端详着。之后，他们都轻松地笑了，身体颤抖着，确信他们不会一时冲动干出蠢事，因为他们已经命中注定要生活在一起，并且会永远地相爱下去。

已经是黄昏了，公园边绿色的教堂已呈灰色，是回去的时候了。他们驾着摩托车像一阵疾风似的飞速下山，那些死尸可怕的景象永远不会从他们的脑海中消失，但此时此刻，他们是幸福的。

他们一连好多天都没忘记那个热烈的吻，像皮肤上留下的烫伤的伤疤一样使他们难以忘怀，勾起了他们的种种梦幻。这次愉快的见面，使他们走在街上感到浑身轻松，有时会无缘无故地笑起来，睡梦中还会突然惊醒。他们常常用指尖触碰着嘴唇，回想起对方的嘴唇。伊雷内也想到了古斯塔沃，又想到了她刚刚明白的道理。她想，凡是军队里的军官，都为现政权效劳，他们都过着一种与她难以共命运的秘密生活，因此，在这个她如此熟悉的强健的躯体中存有两种不同的生命。她第一次对他产生了恐惧，并希望他永远不再回来。

哈维尔在星期四自缢身亡。那天下午，他像往常一样，出去寻找工作，却再也没有回家。他的妻子在悲剧尚未发生时便有了预感，她早已开始担心了。夜幕刚刚落下，她便站在家门口往街上张望。这时，不幸的预感使她坐立不安，便打电话给公婆和她熟悉的朋友，然而，都没有她丈夫的消息。她默默地望着街上的人影，思念着丈夫。不久宵禁开始了，紧接着是更加难熬的时间，就这样她一直待到星期五的黎明。警车在她家门口停下来时，孩子们还未醒来。他们发现哈维尔·雷阿尔吊死在儿童公园的一棵树上。他生前从未谈到过自杀，也没有同任何人告别，更没有留下诀别的言辞。但是，她却肯定他是自杀的，她终于明白了他为什么总是不停地打着绳结。

弗朗西斯科把尸体驮回家来，并负责操办他哥哥的丧事。在他料理丧事的同时，眼前总是浮现出哈维尔伏在医学院的一张桌子上，头上亮着白色荧光灯的情景。他极力思索着他走上这条绝路的原因，并尽量使自己适应他一生的伙伴、踏实的朋友和保护人已经不在人世了的现实。他记起了父亲的教导：工作是自豪的源泉。他们即使在假日里，也不会无所事事。在雷阿尔家中，即使是节日，也要过得有意义。他们有过困难的时候，但他们从不接受恩赐，哪怕它来自他们先前曾经帮助过的那些人。当哈维尔的谋生之路被切断时，他只有接受父母和弟弟们的帮助，因此，他只好无声无息地走了。弗朗西斯科沉浸在遥远的回忆里。那时，他大哥像父亲那样具有正义感，又像母亲那样爱动感情。雷阿尔家的三兄弟团结一心，亲密无间。他们三个行动一致，在校园里受到尊重，他们中的每个人都得到了其他两人的帮助。只要有人欺负他们，就会立即遭到惩罚。老二何塞长得最结实强壮，然而最令人畏惧的却是哈维尔，因为他有勇气，出拳又准又狠。他的青少年时代是动荡多事的，但后来他爱上了引起他注意的第一个女人，并同她结了婚，一直恩爱到那最后的夜晚。他没有辱没自己的姓氏，无论是和妻子、和家人还是和朋友们相处，他的言行都与雷阿尔这一姓氏相称。作为生物学家，他热爱自己的工作。他本想从事教育，但客观情况却使他进了一家商业性的实验室，在短短的几年里，他便身居要职，因为他既有责任心又具有丰富的想象力，这使他在最大胆的科学设想方面取得进展。但是，当军政府拟定通缉者名单时，他的这些条件却丝毫也不能帮他的忙。在新政府的眼里，他在工会的活动是一种不可饶恕的耻辱。起先，他受到了监视，政府进而极力找他的麻烦，最后把他解雇了。他失去了工作，又失去了找到工作的希望，开始走下坡路。他面色憔悴，夜晚失眠，受尽屈辱。他不知敲了多少家的门，进了多少家的门，根据报纸上的招工广告，应过多少次的试，却一无所获，最后，他终于绝望了。没有工作，他渐渐地失去了原来的个性，他甚至准备接受任何工作，哪怕只有少得可怜的报酬。他迫切地需要工作，需要证明自己是有用的。由于没有工作，他就成了一个被社会遗弃的人，一个被人遗忘的人，一个不为任何人所知道的人。他不生产任何财富，而这一点，正是衡量生活在这个世界上的人有没有价值的尺度。在最后的几个月里，他放弃了他的幻想，放弃了自己的目标，承认自己是个寄生虫。他的孩子们不理解他为什么脾气这样坏，这么忧愁。他们也在寻找工作：擦洗汽车，在市场上搬运货物，他们什么事都十，以减轻家里的负担。一天，他的小儿子把几枚硬币放在厨房的桌子上，这是他给有钱人在公园里遛狗挣来的。哈维尔·雷阿尔见状像一只困兽一样蜷缩成一团。从这时起，他再也不看任何人的眼睛，他完全绝望了。他甚至都不想穿上衣服，大部分时间都躺在床上。他开始偷偷喝酒，双手颤抖不已。他自知这样花费家里的血汗钱问心有愧。每到周末，他尽量穿得干净整齐，回到父母家，为的是不再使他们难过。然而，在他的眼神里，却无法抹去那凄楚的表情。他与妻子的关系也越来越糟了，在这样的情况下，爱情已失去了作用。他需要安慰，但他一见到妻子安慰他，又会发起火来。起初，她不相信他会找不到适当的工作，但当她知道有成千上万的人失业时，便不再说什么了。她总是加班加点地工作，几个月的辛劳耗尽了她的青春与美貌，而这正是她十分珍惜的财富，她没有为此而感到遗憾，因为她得极力不让孩子们忍饥挨饿，为了解除丈夫的忧愁，她整天忙碌。她无法让哈维尔摆脱孤寂。无聊、冷漠像胶膜一样将他裹住，使他忘却了时间，耗尽了精力，夺去了他的人生价值，他活像一个影子。当他看到自己的家日趋衰落时，便觉得自己已不是个男子汉，并从他妻子的眼神中察觉到已失去了爱的火焰。就在他的家里人因离他太近反倒不可能预见他的所作所为的时刻，他的意志彻底崩溃了，他已失去了活下去的希望，便下了自杀的决心。

这一悲剧给雷阿尔全家以巨大的打击，伊尔达和教授一夜之间变老了，家里一片沉寂。院子里叽喳乱叫的鸟儿好像也变得沉默不语了。尽管天主教会严厉谴责自杀行为，何塞还是为让哥哥的亡魂得到安息做了弥撒。教授平生第二次进入教堂。第一次进教堂是在他结婚的时候，那时他无比喜悦，但这次却完全不同。在整个仪式中，他抱着双臂站立着，嘴紧闭成一条线，痛苦不堪。他妻子虔诚地做着祷告，相信儿子的死是命运的安排。

伊雷内参加了葬礼，她感到茫然，无法理解为什么会发生这样的悲剧。她静静地站在弗朗西斯科旁边，对这个家庭的不幸感到悲哀，因为她已经像爱自己家一样爱上了这个家庭。她以前只了解他们的喜悦和欢乐，而不知道他们内心的痛苦，也许是因为他操着祖辈传下来的卡斯蒂利亚语[1]，教授能表达人间的一切喜怒哀乐，却表达不出撕裂着他心肺的悲痛。男人们只会为爱情流泪，他说。与他相反，伊尔达只要一激动，不论是出于对子女的柔情，还是由于欢愉和思念，两眼便会湿润。然而痛苦却反使她变得坚强，坚硬得像一块玻璃。因而在大儿子的葬礼上，她仅流了几滴泪。

他们在一块到了最后一刻才弄到的墓地里埋葬了他。葬礼举行得匆忙又凌乱，因为直到那一天，谁也没有想到过死亡的到来。由于他们都热爱生活，谁也没有想到会死。

“我们再也不回西班牙了，老伴。”当最后几锹土盖住了棺材时，雷阿尔教授做出了这样的决定，四十年来，他第一次承认自己是属于这块土地的了。

哈维尔·雷阿尔的遗孀从墓地回家后，便将仅有的几件东西装进几只纸箱，带着孩子们告别走了。他们是到南方去，到她出生的那个省去，那儿的生活没有这么艰难，而且，她还能得到她兄弟们的帮助。她不愿自己的孩子生活在死去的父亲的阴影中。雷阿尔夫妇一起送别了儿媳妇和孙子，他们心情沉重地一直把他们送到车站，目送他们上了火车，渐渐远去。他们怎么也不能相信，在不长的时间，竟又失去看着长大的孩子。他们并不看重物质利益，只把对

1 即西班牙语。

未来的希望寄托在家庭上，他们从未想到要离开自己的亲人以终天年。

教授从车站回到家里，连丧服和领带都未解，便坐在院子里一棵樱桃树下的椅子上。他目光呆滞，手里拿着那把破旧的计算尺，这是他在内战中唯一留下、带来美洲的物品。他总是把它放在床头柜上，只有他要奖励孩子们的时候，才准许他们拿着玩玩。三个孩子拉着计算尺，学着用它来计算。当电子计算机的功能超过了它的时候，他仍不同意取代它。这是像望远镜一样的一个铜制的管子，表面上刻着密密麻麻的数字，它出自上个世纪工匠们之手。他坐在樱桃树下，看着亲手为儿子哈维尔一家砌的砖墙，就这样一直待了好几个小时。这天晚上，弗朗西斯科几乎是硬拖着将他拖到床上，却无法强迫他吃饭。第二天的情况还是这样。到了第三天，伊尔达拭干了眼泪，聚集了她体内的全部力量，决心为解脱自己亲人们的痛苦而奋斗了。

“你父亲坏就坏在他不相信灵魂，弗朗西斯科。因此，他觉得他永远失去了哈维尔。”她说。

从厨房里，他们能够透过窗子看到教授坐在椅子上，旋转着那把计算尺。伊尔达叹了口气，午饭尝也不尝，便放进了冰箱。她也拿了把椅子，走到院子里，在樱桃树下坐了下来，把双手放在裙子上。这是从她记事起第一次双手闲着，既没有织毛线，也没有缝衣服，她就这样坐了几个小时。到了晚上，弗朗西斯科请他们吃点东西，但没有回答。于是，他费力地将他们拉到寝室，让他们躺在床上。他们还是缄默无语，睁大着哀伤的双眼，就像两个老年痴呆症患者一样。他在他们的额角上吻了一下，关了灯，衷心地希望他们在熟睡后痛苦能有所减轻。第二天早晨，他起床后，看见他们还是老样子坐在树下，衣服皱巴巴的，不洗脸也不吃饭，默默地待在那里。他极力控制住自己，不去摇晃他们，耐着性子坐下来看着他们，让他们沉浸在深深的痛苦中。

下午，雷阿尔教授终于抬起双眼，看了看伊尔达。

“你怎么了，老伴？”沉默了四天，他的嗓音有点嘶哑了。

“还不是和你一样。”

教授懂得她的心意，他很了解她，知道她会像他一样，用同样的方法死去，因为他们几十年的恩爱，她是不会让他一个人先走的。

“那好。”他艰难地站起来，向她伸出一只手。

他们慢慢地相互搀扶着走进屋里，弗朗西斯科把汤热了热，生活又恢复了正常。

伊雷内没有雷阿尔一家人那么悲痛，她驾着母亲的汽车，独自一人去洛斯利斯科斯，决心亲自找到埃万赫利娜，她答应过迪格娜要帮她找到埃万赫利娜，她不愿让人觉得她在信口开河。她首先来到兰吉雷奥家。

“别再找了，小姐。她一定让大地吞没了。”迪格娜无可奈何地说，她已经承受了许多痛苦。

然而，伊雷内决心要找到那个姑娘，哪怕是掘地三尺。以后，当她回想起这些天的情景时，她自己也不清楚究竟是什么力量驱使她来到这充满了阴影的地区。她从一开始，便猜想到她手中握着一个线头，只要她把这线头一拉，便会拉出那团永无尽头的痛苦线团。她下意识地感到这位制造出可疑奇迹的“圣女”是区分她生活着的秩序井然的社会和她从未到过的阴暗地区之间的分界线。因此，她觉得不仅是她性格上和职业上的好奇心，而且还有某种令人头晕目眩的神秘东西驱使她来到这个地方。她仿佛来到了一个深不可测的井边，无法抑制自己下到深渊去的强烈愿望。

胡安·德·迪约斯·拉米雷斯中尉毫不耽搁地在他的办公室里接待了她，她觉得他像那个不吉利的星期天在兰吉雷奥家里认识他时那么强壮，因此她便认为人的体态取决于他的神态。拉米雷斯几乎露出笑容可掬的样子，他穿着没系武装带的军装，没有戴帽子，也没有带武器。他双手红肿，长满了穷苦人常见的冻疮。认出伊雷内不是件困难的事，因为只要见过她披头散发、服饰怪异的样子，不管是谁都会记住她。因此，她没有想隐瞒他，而是直截了当地说她要打听埃万赫利娜·兰吉雷奥的情况。

“她被捕后只进行了一次一般性的简短审问。”军官说，“她在这里过了一夜，第二天一早便走了。”

拉米雷斯擦干了额头上的汗珠，办公室里很热。

“你们让她没穿衣服便走到街上去了？”

“兰吉雷奥女公民穿着鞋，还有一件斗篷。”

“你们在夜里把她从床上喊起来，可她还是个孩子，为什么你们不把她交还给她的父母？”

“我没有必要同您讨论警方工作的程序问题。”中尉淡淡地说。

“那么您是想同我的未婚夫古斯塔沃·莫兰特上尉讨论这个问题吗？”

“您想到哪儿去了？我只对我的顶头上司负责！”

但是，拉米雷斯还是开始犹豫了，军人间的骨肉之情曾多次得到了重申。祖国的神圣利益和军队的利益高于各兵种间的摩擦纠纷。他们应该在一起防范在民众中间生长蔓延的毒瘤。因此，作为防范措施，他决不能轻信老百姓，还应从战略角度考虑，要忠于自己军队中的同志，武装部队应是一个整体，上司成千次地这么告诉他。此外，他感到这位女青年的社会地位很高，应对她有所尊重，因为他习惯屈从于金钱和权力的权威，而她看样子两者兼而有之，既然她敢于这么肆无忌惮地讯问他，就像对待一个仆人一样。他找出值班记录，递给了她。上面记载着埃万赫利娜·兰吉雷奥·桑切斯，现年十五岁，被捕原因是要她交代为什么在她家中举行未经许可的聚会，为什么对军官胡安·德·迪约斯·拉米雷斯进行侮辱。最后还补充说，由于她啼哭不止，便决定中断审讯，最后署名是值班小队长依格纳西奥·普拉沃。

“我猜想她去首都了。她想去做女佣，就像她的大姐那样。”拉米雷斯说。

“就这么身无分文、半裸露着身体，能去首都吗，中尉？您不觉得有点荒唐吗？”

“这小姑娘就是疯疯癫癫的。”

“我能同她的哥哥普拉德里奥·兰吉雷奥谈谈吗？”

“不行，他已经被派到另一个地区去了。”

“什么地方？”

“关于这点，无可奉告。我们目前还处于内战状态。”

她明白通过这条途径再也得不到进一步的消息了。由于时间还早，她便去村子里转了一圈，想找几个人谈一谈。她想了解一下人们对一般军人的看法，特别是对拉米雷斯中尉的看法。可是，人们一听到她提的问题，都迅即扭过头去，一言不发地扬长而去，走得越快越好。几年的极权政治使人们为了苟延残喘，不得不谨小慎微。在等着机械师替她修补汽车轮胎的时候，她站在广场旁的汽车站边，见四周一片春色，田鸫在作新婚翱翔，母鸡迈着缓缓的步子，身后跟着一群雏鸡。姑娘们身着细棉布衣衫在瑟瑟发抖，一只怀胎的母猫走进一家客店，毫不畏惧地走到桌子下休息。

伊雷内在生活中有几次曾受到本能的支配，她以为听到了对未来的暗示，认为头脑中想的往往能变成现实。伐乌斯蒂诺·里维拉军曹正好在她选中吃饭的地方出现这一事便是最好的说明。当她以后向弗朗西斯科讲述这件事时，他的解释很简单：因为那是洛斯利斯科斯唯一的一家餐厅，而那个时候，军曹正好十分饥渴。伊雷内看见他满头大汗地走进餐厅，走近柜台要了杯啤酒，便立即认出了他，因为他长着一张土著人的脸：高高的颧骨，凹陷的双眼，拳曲的头发，大而整齐的牙齿。他穿着军服，军帽拿在手里。她立即回忆起了迪格娜·兰吉雷奥说过的有关他的一点情况，决定从他那里挖取一些有用的信息。

“您就是里维拉军曹吧？”她向他问好。

“在下就是。”

“您就是绰号‘豁嘴’的马努埃尔·里维拉的儿子，是吧？”

“正是，愿为您效劳。”

从这时起，谈话变得容易了。姑娘请他坐到自己桌旁喝酒。当她刚让他端着一杯啤酒坐下时，便将他控制住了。喝第三杯酒时，她已经明显地看出这位军曹没有多大的酒量，便把话题朝她感兴趣的方向引过去。她开始夸他，说他生来就能担任要职，对此可说是有目共睹，她在兰吉雷奥家见他用一个真正的精力旺盛的能干的指挥官所拥有的权威和镇定（而不像拉米雷斯那样）控制了局势后，便发现了这一点。

“你们中尉总是那么鲁莽行事？您瞧他是怎么开的枪，我当时都吓坏了……”

“他以前不是这样的，他过去不是坏人，这点我可以向您担保。”军曹解释说。

他对中尉了如指掌，因为他在他手下干了多年。拉米雷斯刚从军官学校毕业时,具有一个好军人的所有美德:举止文雅、要求严格、严守职责,他熟记军官条例和军纪,他办事一丝不苟,常常检查士兵的皮鞋是否擦亮,纽扣是否牢固。他要求部下严于职守,讲究整洁卫生。他亲自检查厕所,每个星期还让士兵们脱去衣服,检查有没有性病和虱子。他甚至用放大镜观察他们的阴部,那些传染上疾病的士兵定要忍受着羞辱接受严格的治疗。

"他这样做并无恶意,小姐,只是教我们怎样做人。我以为在那个时候,我们中尉还是心地善良的。"

里维拉对第一次枪毙人的情景记忆犹新。那是在五年前,军事政变后的最初几天。那时天气很冷,那天晚上,还不停地下着雨,倾盆大雨自天而降,将军营清洗得干干净净,散发出苔藓味和霉味。黎明时分,雨停了,但仍是一片雨景,石头缝里的积水像一块块的玻璃一样闪闪发光。在院子深处,有一队士兵,拉米雷斯中尉脸色苍白地站在队列前两步远的地方。两名警察押着一名囚犯,架着他的胳膊,因为他已经站不住了。起初,里维拉不知道他的情况很糟,还以为他吓蒙了,就像其他人那样,在干了反叛祖国的勾当以后被抓起来,要他为此付出代价时,就晕过去了。但是,他很快便认出了这就是那个被打断了双腿的人,他们本应该把他悬空架起,免得他的双脚在石地上拖来拖去。伐乌斯蒂诺·里维拉看了看他的上司,已经猜到他的想法了。他们曾在值勤的时候,撇开上下级的关系,以平等的态度分析了军事政变产生的原因及其后果。国家被一些卖国政客搞得四分五裂,他们削弱了民族的力量,这样很容易成为外部敌人的猎获物,拉米雷斯中尉这么说。一名士兵的首要职责便是保卫国家的安全。正因为如此,他们才夺取了政权,使祖国重新强大起来,并顺带着铲除国内的反对派。里维拉反对使用酷刑,他认为这是他们参加的这场肮脏的战争中最坏的东西。他认为这不属于他职业的范畴,再说,以前人们也没有教他干过这些事,那样干他是会感到恶心的。他觉得对一个犯罪分子随便踢上两脚完全不同于对一个俘虏进行系统的折磨。为什么那些倒霉鬼缄口不言?为什么他们在初审时不开口,白白地忍受折磨?到了最后,所有的人要么坦白,要么被处决,就像这个他们要枪毙的人一样。

“行刑队,预——备!”

“我的中尉。”伐乌斯蒂诺·里维拉在他身旁轻轻地说,他当时还只是个班长。

“让犯人面壁而立,班长!”

“可他不能站立,我的中尉。”

“那就让他坐下。”

“坐在哪儿,我的中尉?”

“拿一把椅子来,妈的。”他声嘶力竭地嚷起来。

伐乌斯蒂诺·里维拉转向他左边的那个人,下了命令,那个人便走了出去。为什么不把他推倒在地,就像宰一条狗那样不让他吭一声,也无需我们面面相对地杀死他?为什么要耽搁这么长时间?他不安地想着。院子里光线越来越亮了。囚犯抬起头,用垂死者惊惶的眼神一个一个地看着行刑队的士兵,最后,停在了伐乌斯蒂诺身上。毫无疑问,他认出了他,因为有一次他们曾在同一个球场玩过球。而这时,里维拉站在冰冷的水坑中,手中握着的步枪像铅一样沉重,而他却在那里等待着。这时,椅子拿来了,中尉命令将囚犯捆在椅背上,因为他像草人一样在摇晃着。班长拿了块手绢走上前去。

“您别蒙住我的眼睛，当兵的。”囚犯说。这时，班长羞愧得低下了头，盼着中尉赶快下令开枪。让这场战争快些结束，让一切恢复正常，这样他便能安安稳稳地走上街去，向他的乡亲们问好。

“瞄准——放！”中尉下了命令。

终于盼到了，班长想。即将死去的这个人合上眼皮，紧接着又重新睁开，看着天空，他已经无所畏惧了。中尉犹豫了。自从他知道要他执行枪决一事后，人都消瘦了。他童年时脑海中萦绕的一句话使他感到难过，这句话也许是他从一位老师那儿，或许是从教会学校一位忏悔神甫那儿听来的：世人皆兄弟。但是，这并非事实。播种暴力者绝不是兄弟。祖国是至高无上的，其他的事都无足轻重。如果我们不杀他们，他们就会杀死我们，上校们是这样说的。你不杀别人，就会被别人杀死，这就是战争。这些事情是应该做的。系好你的裤带，不要发抖，不要胡思乱想，特别不能看那个人的脸，如果你这样做了，那你就会手软。

“放！”

一排子弹震撼着大气，在冰冷的空中呼啸而过，一只麻雀惶恐地飞走了。初时，火药味和枪声仿佛凝固住了，但慢慢地又陷入一片寂静。中尉睁开眼睛：囚犯在椅子上平静地望着他。在他已被打烂的裤子上流着鲜血，但他仍活着，他的面颊在晨光中闪闪发亮。他活着，在等待再次射击。

“怎么回事，班长？”军官低声地问道。

“他们只是瞄准他的腿射击，我的中尉。”伐乌斯蒂诺·里维拉解释说，“小伙子们都是本地人，彼此都认识，他们怎么能杀死自己的朋友呢？”

“那现在怎么办？”

“现在轮到您了，我的中尉。”

军官一语不发，他终于明白了。行刑队等待着，望着露水在石头中间蒸发。被执行枪决的那个人在院子的另一端，他也在等待，血在慢慢地流淌。

“他们没有告诉您吗，我的中尉？大家都知道了。”

不，他们没有告诉过他。在军官学校他受到教育，要他去对付邻国的入侵或与任何一个敢于侵犯祖国领土的婊子养的作战；他也受到教育，要他同犯罪分子做斗争，毫不留情地追击他们，马不停蹄地捕捉他们，以便让规规矩矩的男人、女人和孩子们平安地在街上行走。这是他的职责，而谁也没有叫他去折磨一个被抓起来的人，目的只是让他开口。当初谁也没有教育他这么干，现在世界真是颠倒了。此时，他要亲自去给那个甚至没有呻吟一下的倒霉蛋补上一颗子弹，让他痛痛快快地死去。可谁也没有让他这么干过呀。

班长悄悄地碰了一下他的胳膊，免得让行刑队看见他们上司那犹豫不决的样子。

“给你左轮枪，我的中尉。”他轻轻地说。

他拿起武器，穿过院子，靴子在水泥地上发出的沉闷响声震撼着在场的人们的肺腑。中尉和囚犯面对着面，互相对视着，他们的年龄相仿。军官举起手臂，对准对方的太阳穴，用双手握着左轮枪，以控制住手的颤抖。犯人最后看了一眼已经发亮的天空，子弹已穿透了他的头盖骨，鲜血溅满了他的面颊和胸口，弄脏了军官干净的军装。

中尉低低的抽泣声与子弹的声音一起在空中颤动。但是，这声音只有伐乌斯蒂诺·里维拉听得见。

“振作起精神，我的中尉，人们都说这同打仗一样，只是开头难，以后就习以为常了。”

“你给我滚开，班长！”

班长言之有理,几天乃至几周过去以后,他们就觉得为祖国杀人比为祖国献身要容易得多了。

伐乌斯蒂诺·里维拉军曹说完话,擦干了脖子上的汗珠。这时,他醉眼蒙眬,几乎看不清伊雷内·贝尔特兰的五官,却能感到她的各部分十分匀称美丽,他看了看手表,突然跳了起来。他已经同这个女人谈了两个小时了。倘若不是轮到他值日要迟到,他还会对她讲不少事情。她是那么专心地听着,对他讲的轶事兴致勃勃。她不像那些皱着眉头的小姐,看见男人喝上几口黄汤便捂起鼻子。不是的,先生,她看起来是个真正的女性,头脑中有自己的见解,但是这样的女人为数不多,我也见不到她身上丰腴的乳房和漂亮的臀部,更不知到那时该搂住她什么部位。

"我的中尉以前可不是个坏人,小姐。后来他变了,他手中有了权,用不着向谁禀报便能行事了。"说完,他整了整军服,站起身来。

伊雷内等他转过身去时,便关上了椅子上那只提包里藏着的录音机。她将吃剩的几块肉扔给那只雌猫,心里想起了古斯塔沃·莫兰特。她在暗暗问着自己,她的未婚夫是否也会手拿武器穿过院子给一个犯人补上一枪呢?她极力驱走这些胡思乱想,力图回忆起古斯塔沃那修刮干净的面颊和那双明亮的眼睛。然而,浮现在她脑海的只有弗朗西斯科·雷阿尔的影子,那是他在她身边伏在工作台前工作的形象,黑色的眸子闪烁着智慧之光,微笑时嘴角像孩子一般向两边咧开。他还有另一种表情,那是绷紧了脸的痛苦表情,是他人的痛苦折磨他的时候显露出来的。

"上帝慈善之家"灯火通明,大厅的窗帘敞开着,乐声在空中回荡。这是聚会的日子,老人们的亲友都来参加这次布施活动。从远处看,房子的底层就像一艘误停在花园中的远洋轮船。宾主们或是漫步在甲板上,呼吸着夜晚清新的空气,或是像无形的幽灵一般,缅怀着旧时的情景。他们坐在阳台的安乐椅上,有的在窃窃私语,有的在思索,有的也许在追忆那遥远的岁月或在记忆中寻找与他们聚会的那些人的名字,寻找不在他们身边的子孙们的名字。到了他们这把年纪,追忆往事犹若置身于迷宫,有时往往连地名、事件的经过,甚至连亲人的名字都无法记清,一切都仿佛在雾中一般模糊不清。身着制服的女护理员在他们中间走来走去,或给老人们僵硬的双腿盖上毛毯,或让他们送上夜间该服的药片。她们给寄宿的人服用草药汤剂,给其余的人送来清凉饮料。从隐蔽着的音响设备内,传来了肖邦马祖卡舞曲欢快的旋律,它们与住在这幢房子里的人们那种缓慢的心理节奏似乎没有任何联系。

当弗朗西斯科和伊雷内走进花园的时候,狗高兴地扑上前去。

“当心一点,别把勿忘我草踩坏了。”她邀请她的朋友登上巨轮,把他带到那些老年游客那里去。

姑娘将头发挽成发髻,后脖颈露了出来,她穿着一件棉布长袍,第一次没有戴上那叮当作响的铜手镯。她的某个奇特的动作使弗朗西斯科颇感诧异,但他却不能确定这是个什么动作。他观看着她走在老人们中间,对所有的人都笑容可掬、彬彬有礼,特别是对那些爱上了她的老人。他们每个人都生活在怀旧的现实之中。伊雷内指了指那位偏瘫老人,他的手指僵硬,无法握笔,所以就向伊雷内口授他的信函。他是写给他童年时的朋友、他很久以前的女朋友和几十年前便下葬了的亲戚的。她并没有把这些信件寄出去,因为她担心邮局会因没有收信人而退回信件,而这会影响他的情绪。于是,她编造回信,寄给老人,不使他在这个世界上感到孤寂。她还把一位从不接待任何来访者的痴呆老大爷介绍给弗朗西斯科，老人的口袋里装满了他精心保管的珍贵物品：褪了色的妙龄女郎的照片，深褐色的明信片，上面的人像几乎裸露着乳房，腿部系着带花边的彩带。他们接着来到这个王国最富有的寡妇的轮椅旁。她穿着一件旧衣服，披着一条早已过时的旧披巾，还戴着一只第一次领圣餐时戴的手套，轮椅上挂着好几个装满了甜食的塑料口袋。她还把一个纽扣盒放在双膝上，翻来覆去地数着纽扣，看看是不是少了一个。这时，他们又遇到一位戴着用罐头盒制成的勋章的上校，他对他们气喘吁吁地说，一颗炮弹撕烂了那个英勇的女人的半个身子。您知道她积攒了一口袋金币吗？那是因为她对丈夫温文体贴而积蓄起来的。年轻人您想想，可以免费取得的东西却非要付钱，这是多么愚蠢。我总是规劝我的新招募来的士兵，不要把钱花在妓女身上，因为女人们对一个身着军服的人会很乐意地叉开大腿的，这是我的经验之谈，这样的事我知道得太多了。弗朗西斯科还没能弄明白这些秘闻，一个又高又瘦的人便靠上前来。他脸上表情忧郁，打听着他的儿子、儿媳和孙子。伊雷内在一旁同他悄悄地说了几句话，便把他带到一群人那里，自己站在他身旁，一直待到他平静下来才离开。姑娘告诉她的朋友，那位老人有两个儿子，一个已流亡到世界的另一端，只同父亲保持着通信联系，而每次信件的间隔越来越长，内容也日益冷淡，因为分隔两地，随着时间的流逝，感情也淡漠了。另一个儿子和他的妻子，以及才出生几个月的婴孩都失踪了，老人偏偏又倒了霉，精神失常了。护理人员稍一疏忽大意，他便跑到街上，急切地要找到他的子孙。伊雷内想通过告诉他确凿无疑的悲痛的消息，以免他再乱加猜疑。她告诉他，有确凿证据证明，他们之中已没有任何一个人还活着。即使这样，他仍没有失去有一天会看见孩子的希望，因为人们常常谈到，在贩卖孤儿的人手中，常常可以找回孩子。有些被认为已经死了的人会突然之间在遥远的国度里冒出来,他们被另一种族的家庭收养了,或是在慈善机构里生活了许多年以后,甚至都忘记了谁是自己的父母。伊雷内好心好意编造的谎言阻止了他在花园的看门人疏忽时逃出去,但不能使他抛开那些折磨着他的噩梦,也不能阻止他想入非非,甚至想去祭扫亲人的坟墓。她还把两位贵族出身的老人指给弗朗西斯科看,他们在加固的铁椅上摇晃着,他们几乎都还没有弄清楚对方的名字,却已确信爱上了对方。贝阿特丽丝·阿尔坎塔拉对此极力反对,她认为这是对习俗的不可容忍的亵渎。什么地方见到过两个入土半截的老人悄悄地接吻?伊雷内则恰恰相反,她维护老人取得最后一次幸福的权利,她希望所有的房客都能得到爱,因为爱能把他们从孤寂——老年最可怕的疾病中解救出来。因此,您就随他们去吧,妈妈,您别再去看她晚上开着的那扇门了,您即使在清晨看见他们在一起也别摆出这副样子,他们要做爱,这有什么不好,尽管医生说,他们这把年纪干这类事已是不可能的了。

最后,伊雷内将坐在平台上喝汽水的一位太太指给她朋友看。你仔细地看看她,她就是女演员何塞菲娜·比安奇,你听说过她吗?弗朗西斯科看见一位小巧玲珑的妇人。毫无疑问,她年轻时一定很美,从某种意义上说,现在她仍然很美。她穿着一件睡衣,脚上穿着一双绸拖鞋。她仍然保持着巴黎的行动时刻表,与当地时间要差几个小时,差两个季节。她肩上披着一条破旧的狐皮披肩,上面嵌着玻璃珠,拖着一条干瘪的狐狸尾巴。

“有一次,克莱奥咬住了这条尾巴,当我们夺过来的时候,它好像被火车碾了一样。”伊雷内说着抓住了狗。

女演员珍藏的箱子里还放着当年演她最喜欢的那些戏时穿的戏服和半个世纪以来都没有用过的首饰。她常常拿出首饰,把它们擦得干干净净，当着她在养老院的这些朋友的面炫耀一番。她的风韵仍然不减当年，甚至她还会献媚、卖弄风情。她也未失去对世界的兴趣，她常看报纸，还常去看电影。伊雷内对她另眼相看，女护理员们对她也与众不同。她们称她“夫人”，而不叫“老太太”。为了在晚年生活中能得到安慰，她仍怀有无限的想象力，沉浸在她的幻想之中，以至于没有时间和精力干日常生活琐事。她记忆仍很清晰，有条有理，因为往事的回忆对她来说是很幸福的。在这方面，她比其他老人要幸运得多。他们已失去了对往事的记忆，产生了对过去的恐惧心理。何塞菲娜·比安奇有过光辉的日子，而更值得高兴的是，她还能像公证人那样准确地回忆起来。她只是对一些失去的机会感到遗憾，诸如有一次没有伸出手去握手，又有一次忍住了眼泪，还有一次没有来得及吻该吻的嘴。她曾有过几个丈夫和许多情人，她敢于冒风险而从不去考虑后果，她总是快快活活地过日子。她说她能活上一百岁。她对未来很实际，当她意识到自己不能单独生活的时候，便选择了这个养老院，并委托一位律师替她管理她的积蓄，以便保证她能安度晚年。她非常喜欢伊雷内·贝尔特兰，因为她年轻时的头发同伊雷内的颜色一样呈火红色。她想象着姑娘是她的曾孙女，或她自己还处在这豆蔻年华。她给她打开装满了珍宝的箱子，给姑娘看成名时的相册，念那些被她弄得神魂不定的求爱者的信件。她们之间达成了秘密协定：在我大小便失禁或不能再给自己涂口红时，你要帮助我死去，孩子，何塞菲娜·比安奇这样求她，伊雷内自然答应了她。

“我母亲出去旅行了，这样，只有我们俩吃晚饭了。”伊雷内带着弗朗西斯科从楼内的楼梯上到二楼。

楼上光线阴暗，十分清静，一层的灯光照不到那里，也听不见“上帝慈善之家”音箱里的乐声。这时来宾们已渐渐地离去，房客们回到了各自的房间，夜晚的宁静又重新来到养老院。身躯肥胖、脾气很好的罗莎在前厅笑容可掬地迎接他们。罗莎喜欢这个褐色皮肤的小伙子，他总是兴致勃勃地和她打招呼，与她开玩笑，还能抱着狗在地上打滚。她觉得他比古斯塔沃·莫兰特更亲切、随便，尽管他无疑与她主人家的姑娘并不般配。在她认识他的几个月里，他总是穿着同一条灯芯绒裤子，穿同一双胶底鞋，这太遗憾了。穿得俊迎得亲，她想，但她立即又想到一个相反的谚语：不应以貌取人。

“开开灯，伊雷内。”他们走近厨房时她说。

房间布置得很雅致，墙上挂着波斯壁毯、几幅现代画和几本有意散放着的艺术书籍。家具看起来很和谐，众多的花草给环境以清新的感觉。弗朗西斯科坐在沙发上，想起了他父母的家，那里唯一的奢侈品就是一架唱机。这时，伊雷内正打开一瓶玫瑰色的葡萄酒。

“我们庆祝些什么？”

“为还能活着交好运。”他的女友说着，脸上没有笑容。

他默默地望着她，肯定在她身上发生了某种变化。他见她用微微发抖的手斟着酒，没有化妆的脸上露出忧郁的表情。为了打破沉寂并使她振作起来，弗朗西斯科在唱片里翻寻着，选了一张古老的探戈舞曲，把它放到唱机上。五十年以前的加德尔具有独特音色的歌声传到他们的耳中，他们手握着手默默地听着，一直到罗莎来告诉他们晚饭已经摆在餐厅里了。

“你在这里等一会儿，不要动。”伊雷内请求他，自己出去，随手关了灯。

她很快就回来了，手里拿着插有五支蜡烛的烛架。这时，她已穿着一件白色长袍，像上个世纪的人一样，烛光在头发上反射出银白色的亮光。她一本正经地带着弗朗西斯科走过走廊，来到一间以前作卧室的房间，现在已改成餐厅了。与房间的大小相比，家具显得笨重了一点，但经过贝阿特丽丝·阿尔坎塔拉以其良好的审美品位巧妙装点后，使它们看起来并不刺眼。她让人将墙壁涂成庞贝城的红色，与桌上的玻璃色调形成鲜明的对比，还把椅子罩上白色的套子。墙上唯一的一幅画出自弗拉门戈画派手笔，画的是静物：葱头、大蒜、一把猎枪靠在墙角，墙上倒挂着三只已被打死的野鸡。

“你别老盯着看，否则会做噩梦的。”伊雷内对他说。

弗朗西斯科暗暗地为贝阿特丽丝和“死神的未婚夫”不在场而感到高兴，庆幸他能同伊雷内单独在一起。

“好吧，朋友，那请你告诉我，你为什么这么悲伤。”

“因为我以前一直生活在梦中，我害怕醒过来。”

伊雷内·贝尔特兰是个娇生惯养的独生女。父母很富有，他们不让她接触社会，甚至也不让她关心自身的问题。从小受到赞扬、溺爱，之后上了英国人专为小姐们办的女校，而后又进了天主教大学。可不能让她看报上和电视上的新闻，那都是一些坏人坏事和暴力，还是不让她知道为好。否则，以后她会吃苦头的，这虽不可避免，但我们得让她过个愉快的童年。睡吧，我的孩子，你妈妈在保护着你。纯种狗，花园，俱乐部的马，冬天滑雪，夏天在海滩，参加舞蹈训练班，让她走起路来有风度，别一蹦一跳的，像柔术演员一般在家具间窜来窜去。算了吧，你让她安静点吧，贝阿特丽丝，别再折磨她了。这么做是必要的，我们要好好培养她，拍一张脊椎骨的片子，保持皮肤的洁净，找心理医生看看，因为她星期二梦见了飞舞的蝙蝠，惊叫着醒了过来。这是你的过错，欧塞比奥，你用礼物、法国香水、镶花边的衬衣和不适合她这样年龄的孩子用的珠宝把她惯坏了。全是你不好，贝阿特丽丝，因为你为人轻浮、头脑不灵，伊雷内穿得破破烂烂，就是要刺激你，她的精神分析医生已经说过了。你花那么多心思教育她，我说，结果你已经看到了，这是一个性格乖僻的孩子，对一切都看不上眼，既不喜欢绘画，也不爱音乐，偏偏当上了记者。我不喜欢这个职业，没有出息的人才干这种事哩，没有前途，甚至还有危险。别说了，太太，不过我们至少已经使她感到幸福了。她很开心，而且心地善良，她只要运气再好一点，就能快快活活地过日子，直到结婚。以后，当她不得不面对生活的重压时，至少能够说，她父母让她过了许多年快乐的日子。但是，你走了，你这该死的，在她尚未长大成人时你抛下我们走了，现在我全完了，不幸的事不断地困扰着我，它像洪水一样到处泛滥。要让伊雷内不学坏越来越困难了。阿门。你没有看见她那双眼睛？总是转个不停，罗莎因此认为她活不长，好像在与人们告别。你仔细地看看她的眼睛，欧塞比奥，这不是以前那双眼睛了，里面充满了忧郁，就像井一样深不可测。你在什么地方，欧塞比奥？

伊雷内在她的父母尚未察觉之前就已经发现他们之间存在深深的怨恨了。在她童年度过的那些夜晚里，她常常盯着房间的天花板，听着父母没完没了的相互指责，心里烦躁不安。她母亲在电话里向女友们无休止地哭诉常吵得她难以入睡。母亲的话音从门缝里传进来时已经变了样，因为门是紧闭的，加之她自己心里也很惆怅。她听不清母亲话里的含义，但她能想象得出来。她知道母亲在说她的父亲，她一直睡不着觉，直到父亲的汽车驶进车库，打开房门，她的不安才渐渐消失，终于满意地喘了口气，闭上眼睛，进入梦乡。欧塞比奥·贝尔特兰走进女儿的房间，准备给她一天的最后一吻，却见女儿已经进入梦乡，便轻轻离去，确信她一定很幸福。当女儿已能观察事物的细枝末节时，就猜到他总有一天会出走，就像以后真的发生的那样。她父亲是生活中的过客，总是飘忽不定，平时站立只用一足，左右摇晃，从来不得安宁。他的目光茫然，平时谈话，他会突然改变话题，却又不听对方的回答。只有在女儿面前，他才显出本来的性格。伊雷内是他唯一真正喜爱的亲人，只有她才将他挽留了好几年。他在女儿成年那个难以忘怀的时期，一直在她身旁，为她买了第一个胸罩、尼龙长袜和高跟鞋，还给她讲述了怎样受孕生育婴儿的事。这事听起来真令人吃惊，伊雷内真不能想象像她父母这样相互仇恨的人怎么会干那事儿，从而把她带到这个世界上来。

她慢慢地发现，她所崇拜的这个男人原来既专横又凶狠，他对妻子没完没了地挑剔，说她脸上多了一道皱纹，腰部多长了一公斤肉。难道你没有发现司机在怎么瞧你吗，贝阿特丽丝？你太俗气了，亲爱的。在他们没完没了的争吵中，伊雷内不偏不倚，充当和事佬的角色。为什么你们不能和好，和我一起吃喜庆蛋糕呢？她询问着。她心底里是同情父亲的，因为她和母亲之间存在着某种敌意。贝阿特丽丝以妇人的眼光来看她，想着她自已到这年龄时的情景，别让她长大，我的上帝！

姑娘在生活的激流中成熟得很早，尽管她十二岁时看起来还是个孩子，但她的内心已经起了激烈的变化，萌发了爱的渴望，这一阵阵旋风般的激情常常使她夜不成眠，白天也常常心绪不宁。尽管母亲在监视着她的行动，但她总是贪婪地不加选择地阅读她能得到的任何一本书（都是些不能让贝阿特丽丝看见的书），晚上打着手电在被窝里看。这样，她便比与她同龄的女孩子知道得更多，并以丰富的想象力得到了她在实际生活中得不到的东西。

在欧塞比奥·贝尔特兰和他的妻子出去旅行的那一天，发生了那个刚出生的婴孩从天窗上掉下来的事情。这已是好多年以前的事了,但罗莎和伊雷内却永远也忘不了它。司机去学校把姑娘从学校接回来后,只将她送到花园门口,因为他还有别的事。那天下了一整天的雨,到了这个时候,冬日的天空呈现出铅灰色,马路上的街灯都已经亮了。伊雷内见她家里黑洞洞的,既无灯光,也无人声,很是诧异,她用自己的钥匙开了门。她很惊奇,罗莎怎么不像平时那样在门口等她,也没有听到电台六点钟播出的小说连续广播。她把书放在门口的桌子上,没有开灯便走到走廊上,一种模糊不清的不祥预感促使她继续往前走。她贴着墙壁,踮着脚尖,心里用力地呼唤着罗莎的名字。客厅里空无一人,餐厅和厨房也是空空的,她不敢继续往前走了,站在那里只听到心像鼓一样咚咚地敲着。她想憋住气一动不动地待在那里,等司机回来。她又力图让自己镇定下来,对自己说,用不着害怕,她的奶妈或许出去了,或许去地窖了。由于她以前从来也没有一个人在家里待过,她心里总是惴惴不安,思绪也就混乱了。时间一分钟一分钟地过去,她慢慢地往下蹲,直到最后蜷缩到一个角落。当她感到脚底冰冷时,才发现暖气没有烧。这时,她才预感到事情严重了,因为罗莎对她分内的事从不马虎。她决心要弄个水落石出,她慢慢地向前走,听到了轻微的呻吟声。这时,她的每根神经都绷得紧紧的,这样反倒不害怕了,好奇心促使她向用人们住的地方走去,平时,她是不准到这个地方去的。那里有烧热水的锅炉、衣服洗熨间,还有酒窖和仓库。罗莎的房间在走廊的尽头,从里面传出呜呜地像是给闷住的哭声。她睁大了眼睛朝那里走去,心里急于想看个究竟。门洞里没有灯光,于是,她胡思乱想开了,仿佛看到了恐怖的场面。往日那些禁书中的恐怖与暴力的场景都涌现在她眼前:家里来了一群强盗,罗莎已倒在床上,脖子上开了一道大大的口子;从地窖里跑出来的食肉耗子正在吞食着她；罗莎的手脚都被捆绑着，正遭一个疯子的凌辱，就像她在司机借给她的那本小书上看到的那样。然而，她根本没有想到她进去时看到的情景。

伊雷内小心翼翼地拧开弹簧锁，慢慢地推开了门。她伸出手顺墙壁摸着，找到了开关，开了灯。突然出现的光亮使她目眩，只见罗莎——她无比喜爱的罗莎正斜靠在椅子上，衣服都撩起在腰间，那两条皮肤黝黑的粗腿上穿着一双长到膝盖的羊毛袜子，上面染满了血污。她的头向后仰着，脸部被痛苦折磨得变了形。在她两只脚中间的地上有一团红红的东西，上面绕着一条长长的弯曲的蓝色的肠子。

罗莎看见她进来，向她做了个手势，请她帮忙把衣服往下拉，遮住她的肚子，她还想直起身来，但无济于事。

“罗莎！你怎么了？”

“你别管，孩子，快从这儿出去！”

“那是什么？”伊雷内指着地上问道。

姑娘靠近她的奶娘，伸出胳膊抱住她，用校服的裙子擦干了她额前的汗珠，在她脸颊上亲吻着。

“这个婴孩是从哪儿来的？”她终于问道。

“从上面掉下来的，从天窗上掉下来的，”罗莎指了指天花板上的通风口说。“他头朝下摔了下来，摔死了，所以满是鲜血。”

伊雷内弯下腰去看了看，证实孩子已停止了呼吸。她觉得没有必要向罗莎说明她懂得的一些情况，比如她能确切地说出这是一个六七个月的胎儿，体重约一公斤半，男性，由于缺氧，脸色发紫，很可能在出生前就已经死了。唯一使她吃惊的是她为什么没有发现罗莎怀了孕，但她很快就想到这一定是奶娘太胖了，穿了那么多衣服就看不见那鼓胀的肚子了。

"我们该怎么办呢,罗莎?"

"啊,孩子,谁也不应该知道这件事,能向我发誓,永远不说出这件事吗?"

"我发誓。"

"我们把它扔到垃圾箱里去吧。"

"这样做太不好了,罗莎,这可怜的孩子从天窗上掉下来并不是他的过错。我们把他埋了吧。"

她们真的这样做了。罗莎费了好大的劲才站立起来,洗了洗身子,换了换衣服。她们把婴儿的尸体放在市场上买来的塑料袋里,用胶布封好。她们把这小小的塑料棺材藏了起来,等到晚上,确信司机已经睡着了的时候,才把它带到花园里去埋掉。她们挖了一个深坑,把装着那悲惨内容的塑料袋放到里面,又轻轻地将地踏平,还为他做了祈祷。两天后,伊雷内买了一丛勿忘我草,种在那个从天窗掉下来的刚出生婴儿安息的地方。从此以后,她们两人就被这件不为人知的事情紧密地连在了一起,这个秘密,在许多年里,她们谁也没有说,只是到了她们都觉得说了也没有什么关系的时候,才在谈话中提到它。家里没有人去打听她们谈的这件事。每个新花匠到来时,姑娘总要让他好好照看那丛勿忘我草。春天来临,当勿忘我草上开出一朵朵小花的时候,她总要把花摘下来扎成一束,放到奶娘的房间里。

在同她的表哥古斯塔沃玩耍时,伊雷内渐渐地发现与他亲吻像吃水果那样有滋味。他那笨拙的没有经验的抚摸能使她情炽如火。他们常常躲起来接吻,这激起了沉睡的欲望,他们过了好几个夏天才达到无比亲密的程度,因为他们害怕产生不良后果。同时,小伙子又受了严格的家教:女人有两种,一种是他可以与之婚配的正经女人,而另一种女人只是为了睡觉。他的表妹属于第一类。他们也还不知道避孕。只有更晚一些，当军营里粗野的生活让他学会了男人们能干的种种事情，同时，他本人的道德观也变得灵活了一些的时候，他们才毫无顾忌地你欢我爱起来。在以后的几年里，他们一起变得成熟了，对于那些已经把未来都连在一起的人来说，婚礼只是一种形式罢了。

尽管她有了未婚夫，有了那神秘的情爱，对她来说，宇宙的中心仍然是她的父亲。她了解他的可贵之处，也知道他有很大的缺点。她曾发现他无数次地背叛了妻子，说了无数次谎言，她也知道他是个胆小鬼，是个不可救药的人，她还见过他像发情的公狗那样盯着别的女人。她对他不抱任何幻想，但却深深地爱着他。一天下午，伊雷内正在房间里看书时，感到他来到身旁，她还未抬起头来，便知道他是来告别的，只见他站在门槛上。他在她印象中像是个幽灵，因为他确实已不在那里了，他已消失了，就像她往常担心发生的那样。

"我出去一会儿，孩子。"欧塞比奥说着在她的前额吻了一下。

"再见，爸爸。"姑娘说，她肯定他不会再回来。

事实果然这样。四年过去了，出于某种微妙的自我安慰，她不像其他人那样认为他已经死了。她感到他还活着，这样一来，她能平静一些，因为这样她还能想象他在过着幸福的新生活。然而，现在震撼着她的暴力风浪使她充满了疑虑，她又为他担心起来。

两个朋友吃完了晚饭，他们映在餐厅墙上的影子，在飘忽的烛光照射下，左右摇曳。他们轻声地说着话，以保持此时此刻的亲密之情。伊雷内向弗朗西斯科讲述了那慈善羊肉铺的可悲结局，而他已得出结论,这个家庭的任何事都不会使他吃惊了。

“这事都是从我父亲认识那个特使开始的。”她说。

那位使者是受其政府委派来买绵羊的。在使馆举行的招待会上,人们把他介绍给了欧塞比奥·贝尔特兰,他们很快便成了朋友,因为他们俩对漂亮女人和欢愉的晚会都怀有同样的兴趣。盛宴以后,伊雷内的父亲又请他到一位贵妇家里继续寻欢作乐。他们在那里喝着香槟酒,同花钱请来的姑娘们调情,纵酒狂欢。如此纵欲,若是身体不壮的人定要进地狱了。第二天他们醒来时感到胃里翻腾得厉害,头脑像一团乱麻,但冲了淋浴,喝下一碗又辣又浓的蛤蜊汤后,他们又开始有精神了。由于特使平时不喝酒,一喝就受不了,他接连好几个小时都要人陪着他,用各种简单易行的方法给他醒酒,如用樟脑擦身,用冷毛巾敷在额前。到了下午,他们便成了无话不谈的兄弟了,相互述说着各自的隐私。这时,那位外国人建议欧塞比奥做羊羔的出口生意,因为他们那里只要你会挣,有的是钱。

“我还从未见过一只活着的羊,但是,如果它们也同奶牛和母鸡差不多的话,那做这买卖也不会有什么困难。”贝尔特兰笑了笑说。

就是这桩买卖导致他破了产,甚至忘了他自己。对于这一点,他的妻子在他还没有意识到的时候便预料到了。他动身去大陆的最南端,因为那里盛产绵羊。他在那里建了一个屠宰场和一个冷藏库,把大部分家产都投了进去。当一切都准备就绪,从特使的国家的中心派来了一个教徒,他是来对羊肉的加工进行监督的,以便按《可兰经》的严格要求进行。他必须为每只屠宰的羊,面朝麦加进行一次祈祷,还要证实每只羊都是一刀宰杀死的,并要按规定的卫生标准放光血。羊羔一旦成为干干净净、经过冷冻的圣物时,便用飞机运到最后的目的地。在最初的几周里，一切都遵照严格的要求进行。但是，不久伊玛目[1]就丧失了最初的吸引力，他已缺乏鼓舞作用，他周围的人谁也不明白举行这些仪式的重要性，甚至谁也不会说他的语言，更没有读过那本圣书。他周围的人都是些外国的粗汉，在他祈祷的时候，他们都咧着嘴大笑，嘴里胡言乱语，脸上露出淫秽下流的表情讥笑他。他由于不习惯南极的气候，加之思念家乡，文化上又不能相互理解，这样一来，精神上很快就垮了下去。欧塞比奥·贝尔特兰一贯讲求实际，建议他把祈祷词录在一台直流电的录音机里，让工作继续进行。从这个时候开始，伊玛目的消极颓丧益发明显了，他的所作所为已到了令人吃惊的地步。他不再去屠宰场，整日游荡，赌博、睡觉、饮酒，而这一切都是他的宗教所严禁的。但是，人非圣贤，正如他的老板发现他已穷困潦倒时安慰他说的那样。

一只只像月亮石一样冷冻得直挺挺的羊羔运出国境，谁也不知道割去脖子的宰杀法并未能去掉不洁之物，也没有人知道录音机里放的并不是祈祷词，而是博莱罗舞曲和兰切拉小调[2]。若不是那个特使的政府未事先通知便派来一位官员检查南美合作者的工作，事情也不至于产生什么严重的后果。在这位官员巡视屠宰场并了解到《可兰经》的教义是如何受到嘲弄的那一天，这桩刚刚开始的羔羊买卖便就此结束了。欧塞比奥·贝尔特兰这会儿面对着这个后悔莫及的教徒，他还丝毫不愿立即返回他的祖国。同时，堆积如山的冻羊肉找不到市场销售，因为国人不爱吃羊肉。就在这时，欧塞比奥·贝尔特兰的才华开始发挥作用。他带着这些货物回到首都，开着一辆卡车走遍了所有的贫民区，将他的货物赠送给最需要的人

1 领诵《可兰经》的神职人员。

2 拉美民间舞曲。

们。他相信这个做法定会被其他慷慨大方的批发商所效法，也把他们的部分物品赠送给那些无依无靠的人。他甚至幻想着建立一个由面包商，蔬菜商贩，鱼店主人，糕点企业主，粮食和糖果厂厂主，茶叶、咖啡和巧克力进口商，罐头、白酒、奶酪产业主，一句话，他想让所有的工商业人士组成一个联合体，把他们的一部分利润贡献出来，让被社会抛弃的人、寡妇孤儿、失业者和不幸的人们少受饥饿的折磨。但是他的这个想法一无所得。屠宰商人认为这种做法像小丑的表演那么可笑，其他的人则根本不知道这是怎么回事。尽管如此，他仍满怀热情地继续赠送他的冻羊肉。但他这样一来，那些买卖面临破产的人，其诚实的生意人的名声受到影响的人便威胁他，说要杀死他。他们将他说成是共产党人，这加剧了贝阿特丽丝·阿尔坎塔拉神经上的刺激，原本她还有足够的勇气忍受丈夫的胡作非为，但她经受不起这种后果极其严重的指责。欧塞比奥·贝尔特兰亲自将羊大腿和羊脊背装在两边写有大字标语的一辆卡车上，车上还装有扬声器，大声宣扬着他的倡议。他很快便遭到警察和被雇用的杀手的胁迫，与他竞争的企业主们决定把他干掉。他不时地受到嘲弄，还被人以死威胁，他的妻子也收到许多无比卑鄙的匿名信。当他的慈善羊肉铺的卡车出现在电视上，后面跟着的穷人成了治安警察无法控制的大批人群时，贝阿特丽丝·阿尔坎塔拉失去了她最后的一点耐心，向他发泄了积聚了一生的怨恨。欧塞比奥走了，便再也没有回来。

“我以往从来没有为我父亲担心过，弗朗西斯科。我一直坚信他是为了躲避我的母亲、他的债主和开始腐烂却又无法处理的羊肉而出走的。但是，现在我不相信这一切了。”伊雷内说。

每当夜晚来临，她便感到恐惧，在梦中她见到莫尔格那些发紫的尸体，看见哈维尔·雷阿尔像一个怪异的果子一样，挂在儿童公园那棵洋槐树上；梦见那排着无尽头的长队的妇女，询问她们失踪的亲人；还看到埃万赫利娜·兰吉雷奥身穿睡衣，光着脚丫，在暗处叫唤。在这些并不是她亲属的幽灵中，她也看到了她的父亲淹没在仇恨的泥淖里。

“也许他并没有逃走，他已被他们杀了，或被抓了起来，就像我母亲怀疑的那样。”伊雷内叹着气说。

“像他这样地位的人成了警察的牺牲品是没有道理的。”

“在我的噩梦中和我们生活的世界里，是没有什么道理可讲的。”

他们谈到这里时罗莎进来说，一位妇女来找伊雷内，她的名字叫迪格娜·兰吉雷奥。

迪格娜的背显得有些驼，但她走了那么多路，等待了那么久，眼睛反而变得更明亮了。她对这么晚来访表示歉意，并解释说她是由于绝望才来的，她不知道究竟要去找谁才好。由于她得照看孩子，所以白天不能出来，而这天晚上恩卡尔纳西翁大妈表示愿意陪伴孩子，好心的大妈使她有可能乘车来到首都。伊雷内对她表示欢迎，并把她让到客厅，请她吃晚饭，但她只要了杯茶。她挨着椅子边坐了下来，垂着眼帘，搓揉着放在膝盖上的一个很陈旧的黑包，她肩上披着一条头巾，窄小的羊毛裙刚刚够遮住在膝盖处卷起的长袜。显而易见，她在尽力克服自己的胆怯。

“您有埃万赫利娜的消息吗，太太？”

母亲摇了摇头。长时间的沉默后，她说她已对她不抱什么希望了，人们都说寻找失踪者是永远也不会有结果的。她来这里不是为了埃万赫利娜，而是为了她的大儿子普拉德里奥。说到这里，她压低了声音，几乎都要听不见了。

“他躲起来了。”她坦率地说。

他从警察署逃了出去。由于是战时状态，逃兵是要被处以极刑的。在往常，离开警察局只需办理例行手续，而现在警察属于武装部队，与战场上的士兵负有同样的职责。普拉德里奥·兰吉雷奥的处境是很危险的，如果被抓住，他就倒霉了。当她感到他已像只被追捕的野兽时，心里就明白了。她的丈夫依波利托原是家有大事时拿主意的人，但他却随当地第一个外出演出的马戏团走了。他只要听到外出演出的鼓号声，便会把他的道具装进箱子，跟随着剧团，到各个村镇去巡回演出，这样就很难找到他，迪格娜也不敢同别人谈这件事。多日来，她都拿不定主意，后来她想起了自己同伊雷内·贝尔特兰的谈话，想起了女记者对兰吉雷奥家中不幸的同情，她想伊雷内是她能去找的唯一的人。

“我必须让普拉德里奥逃到国外。”她喃喃地说。

“他为什么要逃出警察局呢？”

这点，母亲也不清楚。一天晚上，她见他脸色苍白、惶恐不安地回到家里，军服皱巴巴的，目光呆滞，一句话也不说。他饿极了，很长时间里他都狼吞虎咽地把厨房里能吃的东西全塞进嘴里：生葱头、大块大块的面包、肉干、水果，还喝了茶。吃饱喝足后，便趴在桌子上，把头埋在两只胳膊里，疲乏得像孩子一样睡着了。迪格娜瞧着他熟睡的样子，在他身旁守了一个多小时，目不转睛地瞧着他，猜想着他之所以这么疲乏和恐惧，一定经过了很长时间的奔波。普拉德里奥醒了以后，不愿与他的弟妹们见面，他担心他们会不小心把他的事给说出去。他想逃到深山里去，逃到那连兀鹫也别想找到他的地方去。他这次回家是专门来向母亲告别的，他想告诉她，他们再也见不到面了，因为他有一项使命，他打算完成它，即使献出生命也在所不惜。然后，他要利用夏天从山路越过国境。迪格娜·兰吉雷奥没有再问他什么，她很了解自己的儿子：他不会把自己的秘密告诉她，也不会告诉任何人。她只是提醒他，即使在天气好的时日，在没有向导引路的情况下，要翻越崇山峻岭也是办不到的。许多人在陡峭的悬崖上丧了命，然后，大雪覆盖了他们的尸体，到了第二年夏天，当某个游客来到那里，见到的只是一堆遗骨。她劝他躲起来，过一些时候，便不会再有人寻找他了；或者到南方去，那里山岭低矮，比较容易穿过山区。

"让我安静一会儿吧，妈妈。我一定要做我必须做的事情，然后我想方设法逃离国境。"普拉德里奥打断母亲的话说。

他在弟弟哈辛托的带领下上了山，哈辛托比谁都熟悉那些山路。他在山顶藏了起来，以蜥蜴、啮齿动物、树根和弟弟时而送来的食物充饥。迪格娜初时也无可奈何，只好听天由命，由他去。但是，后来拉米雷斯中尉开始挨家挨户寻找他，对胆敢包庇他的人进行威胁，并悬赏捉拿他。与此同时，伐乌斯蒂诺·里维拉军曹一天晚上穿着便服出现在家中。他低声地告诉她，如果知道普拉德里奥躲藏的地方，快告诉他，因为他们要像篦子梳头一样搜山，以找到他的下落。母亲这才感到不能再等待下去了。

"里维拉军曹几乎就是我们自家的人，因此他才给我报信。"迪格娜解释说。

对于一个一辈子只在她出生的地方度过，只去过附近村镇的农妇来说，她的儿子要去另一个国家的想法是那么难以实现，就像要把他藏到海底一样。她想象不出出现在地平线上的那些山峦另一边的世界的大小，但她能猜到那儿的人讲着不同的语言，属于不同的种族，气候一定十分恶劣。在那些地方，很容易迷失方向，惨遭厄运，但是到那边去总比等死要好得多。她听说过流亡者，这是最近几年热门的话题。她希望伊雷内能够帮助普拉德里奥，进行政治避难。姑娘试图向她解释，要实现她这个想法会遇到一些不可克服的困难。要想躲过宪兵，跳过栅栏，冷不防地潜入某个使馆的大胆想法已不可取，再加之任何一个外交官都不会保护一个出逃原因不明的逃兵。他唯一的出路是与红衣主教的手下人取得联系。

“我可以去找一下我的哥哥何塞。”弗朗西斯科终于这么说，他并不很愿意让他的组织为这么一个军人而冒风险，尽管他是一个令人怜悯的正在被伙伴们追捕的宪警。“教会有一些神秘的搭救他人的办法，但是需要了解真相，太太，我需要同您的儿子谈一谈。”

迪格娜告诉他，她儿子在一个山洞里，山很高，上去呼吸困难，那儿都是悬崖，到达那里要脚踩岩石缝和灌木丛，攀登而上，那是很不容易的。对于不习惯爬山的人来说，这是漫长而艰险的路程。

“我一定要试一试。”弗朗西斯科说。

“你去，我也去。”伊雷内坚决地说。

这天晚上，迪格娜忐忑不安地睡在伊雷内临时为她准备的床上，她长时间目光恍惚地凝视着晴朗的夜空。第二天，他们一行三人在姑娘从库房里取出一袋送给普拉德里奥的食品后，乘着贝阿特丽丝的汽车向洛斯利斯科斯驶去。弗朗西斯科向她示意说，带这么大一个包爬山是很困难的，但她嘲笑地望了他一眼，他也就不再坚持了。

一路上，母亲向他们讲述了她所知道的关于埃万赫利娜的不幸遭遇，她从中尉和军曹把她拖上吉普车的那个难忘的星期天晚上讲起。少女的呼喊声在田野里荡漾，惊动了黑夜中的人们。军警狠狠地打了她一耳光，才使她闭上了嘴，也不再蹬足踢腿了。在警察署值勤的小队长见他们来到，不敢询问有关女犯人的情况，只是扭过头去,看着别的地方。直到最后,当拉米雷斯中尉一巴掌打得她跳了起来,并举着她将她弄到自己的办公室的时候,军曹才于心不忍地请求中尉手下留情,因为她有病,而且是一位弟兄的妹妹。然而,他的上司没有让他继续说下去,便将门关上,门扉夹住了少女白色衬裙的一角,夹在门边像一只受了伤的鸽子。他先是听见一阵哭声,接着便安静下来。

对于伐乌斯蒂诺·里维拉军曹来说,这是一个没有尽头的夜晚。他没有躺下睡觉,因为他感到胸口发闷,于是,便与值勤的小队长聊天,又出去转了一圈,看看一切是否都正常。然后,他在马厩的屋檐下坐了下来,开始抽他那黑色的劣等烟。他感受到春天温煦的微风,闻到了远处飘来的正在开花的刺梨树的芳香和新鲜马粪刺鼻的臊臭。这是一个满天星斗的明亮的夜晚,周围万籁俱寂。他在那里待了几个小时,自己也不知道究竟在等待着什么。他一直待到最初的几缕晨光的出现,这是只有在农村长大、习惯早起的人才能见到的。确切地说,是在四时零三分(他是这么对迪格娜说的,以后他还反复说过这一点,只是他已面临威胁,已不能再说了),他看见胡安·德·迪约斯·拉米雷斯中尉双臂抱着一样东西走了出来。尽管天色很暗,距离又远,他毫不怀疑抱着的是埃万赫利娜。中尉走路有点跌跌撞撞,但不是喝醉酒的样子,因为他在执勤时从不喝酒。少女的头发几乎垂到地上,在通往停车场的沙石路上,她的脚尖触动了鹅卵石。里维拉从他所在的地方听到长官喘着粗气,他推想这一定不是由于负重所致,因为女犯那瘦小的身躯对于身材高大、肌肉强健、训练有素的中尉来说,算不了什么。他像拉风箱一样地呼吸着,这是因为他神经紧张。他见中尉把姑娘放在平时用来装卸货物和粮食的水泥平台上,为防止突然袭击而装在塔楼顶端的、整夜旋转着的探照灯灯光照亮了埃万赫利娜那张稚气未脱的脸。她的眼睛紧闭着，或许还活着，因为军曹感到她还在呻吟。中尉朝白色轻型货车走去，他坐到驾驶室里，启动了发动机。他准确地倒退到他放下姑娘的那个地方。他下了车，用双臂抱起她，把她放进了车的后部。这时，探照灯的光柱正好照着这场面。在长官用帆布盖住姑娘以前，伐乌斯蒂诺·里维拉看见埃万赫利娜侧身躺着，头发遮住了脸面，赤裸的双脚露在彭丘[1]的毛穗边外。他的上司向楼房跑去，一分钟以后，拿着一把铁锹和铁镐回来了，将它们放在姑娘的身边。然后，他坐上汽车，朝出口驶去。看门的警卫认出是他们的上司，赶紧立正敬礼，打开了沉重的大门，汽车开上了公路，朝北驶去。

伐乌斯蒂诺·里维拉军曹看着手表，等在那里，他抽了两支烟，一直蹲在马厩旁的阴暗处，他还不时地活动身体，以免双腿发麻。有一阵他困极了，还靠在墙上打了一个盹儿。从那里，他能看到哨兵待的房子。小队长依格纳西奥·普拉沃正在无聊地手淫，丝毫也没有觉察到附近有人。清晨，气温下降了，寒冷驱走了睡意。六点钟时，晨曦已经染红了地平线，轻型货车回来了。

伐乌斯蒂诺·里维拉把他亲眼看见的一切都记在了他一直带在身边的脏污的小本子上。他有把大事小事都记录下来的怪癖，却丝毫也没有想到几个星期以后，这会断送他的性命。他在藏身的地方看着中尉从车上下来，整理了一下武装带和子弹盒，朝楼房走去。军曹走向轻型货车，摸了摸那两件工具，发现上面沾有新鲜的泥土。他并不知道这一切的含义，也不知道军官出去干了些什么。他把这一切都清楚地告诉了迪格娜·兰吉雷奥，但他们俩谁也猜不透这是怎么回事。

弗朗西斯科·雷阿尔驾驶的汽车在兰吉雷奥家前面停了下来。

1 拉美印第安人穿的一种斗篷，状如一块长方毛毯，中间开有套头的口子。

孩子们都出来迎接母亲和来客,这一天,他们谁也没去上学。在他们身后出现的是恩卡尔纳西翁大妈,她挺着鸡胸,暗色的发髻上插着一只发卡,两条短腿上布满了暴胀的青筋。这是一位冷漠地经历了生活中各种灾难的了不起的老太太。

“请进,请休息一下,我给你们拿茶来。”她说。

哈辛托把他们带到了普拉德里奥的藏身地,他是唯一知道哥哥躲藏的地方的人。他明白,必须严守秘密,必要时,甚至付出自己的生命。他们为兰吉雷奥家的两匹马备好马鞍,孩子和伊雷内共骑一匹骒马,弗朗西斯科则骑另一匹牙口坚实、性子暴躁的儿马。他很长时间没有骑马了,因此感到没有把握。他骑马没有一定的架式,但很稳,这是因为他童年时曾到一个朋友的庄园里学会了马术。伊雷内正好相反,她是个熟练的骑手,因为在她父母日子过得最红火的时候她有一匹小马。

他们沿着一条炎热的杳无人迹的山路朝山里走去。在正常的岁月里,谁也不会来到这里,杂草几乎都把小道湮没了。走不多远,哈辛托便告诉他们不能再骑马了,必须在岩石缝中寻找立足的地方。于是,他们把马拴在树上,相互搀扶着,开始往山上爬。弗朗西斯科背着的盛着罐头的背包重得像一门大炮,他差一点就要让伊雷内来扛着走几步,是她坚持要带上背包的。但看到她如此艰难地喘息,他便不忍心说了。她两只手的手掌都被岩石划破了,裤子的一个膝盖也破了。她喘着气,不时地问还差多远才能到达目的地。孩子总是这样回答:不远了,翻过山就到了。就这样,他们在烈日的暴晒下,又继续走了很长时间。他们感到筋疲力尽,饥渴难熬。最后,伊雷内终于说她再也不能前进一步了。

“上山其实并不困难,要是等到您下山,就够您瞧的了。”哈辛托说。

他们朝山下望了一眼，她惊叫起来。他们扶着陡峭的悬崖那生在高低不平的路面上的一棵棵小树，像小山羊一样已经爬了上来。他们看见拴马匹的那一片树林已成一团黑影，离得很远了。

“我这辈子也下不了山啦，我头晕……”伊雷内看着脚下的悬崖，弯下身子嘟嘟哝哝地说。

“既然你能上得来，就一定能下得去。”弗朗西斯科扶住她说。

“加把劲，小姐，很快就到了，翻过山坡就是。”孩子说。

伊雷内见自己已在山顶上，身躯晃悠悠的，吓得惊叫起来。但就是在这时，她反倒无所谓了。她鼓了鼓劲，拉住了她朋友的手，决定继续往前走。弗朗西斯科放下装着食品的背包，等以后再来拿。这样，他就摆脱了压得他的肌肉都僵硬了的重负，可以帮助伊雷内了。几分钟以后，他们来到山的另一侧，那里有一片高大的灌木丛，山石间流下一注清水。他们知道普拉德里奥选中这里作藏身之地，是看上了这眼泉水，没有水是根本不可能在这荒凉的山上生存的。他们弯下腰去用泉水弄湿自己的脸、头发和衣服。弗朗西斯科抬起头来，先是看到一双破烂的靴子，然后看到了普拉德里奥·德尔·卡门·兰吉雷奥黑褐色的脸庞。只见他正用那支服役时用的左轮枪瞄准着他们。他的胡子很长，沾满灰土和汗水的头发像水藻一样乱蓬蓬的。

“是妈妈让他们来的，他们是来帮助你的。”哈辛托说。

兰吉雷奥放下左轮枪，帮助伊雷内站起身来，并把他们领到一个阴暗清凉的山洞，灌木丛和岩石遮住了洞口。在洞里，他们仰面躺下，孩子则领着哥哥去找丢下的背包。尽管哈辛托年纪很小，而且瘦骨嶙峋，身上却充满了活力，就像是刚刚开始远游一样。伊雷内和弗朗西斯科单独在一起待了很长时间，伊雷内很快就睡着了。她的头发湿漉漉的，皮肤晒得起了小泡，一只小飞虫停在她脖子上，一直爬到面颊上，而她却什么也不知道。弗朗西斯科挥手驱赶着小虫，触摸到她那柔软滚烫的像夏日水果一般的脸庞。她那五官端正的面容、闪闪发光的头发和沉睡中的身躯都令他陶醉。他想抚摸她一下，弯下身去感受她宁静的呼吸，并将她搂在怀里，保护她，消除她从这次冒险行动一开始便已产生的不祥预感。然而，他也太疲乏了，不久也睡着了。他没有听到兰吉雷奥兄弟回来。他们碰了碰他的肩膀，他惊醒了。

普拉德里奥长得像个巨人，他那不知为什么长得那么魁梧的身躯在他那一般来说都比较矮小的家人中十分引人注目。他在洞里坐下来，感激地打开背包，取出他喜欢的东西，他轻轻地抚摩着一盒香烟，赶紧打开抽了一支，过了过烟瘾。他看起来身躯很不协调，消瘦得很厉害，双颊凹陷，灰暗的眼圈使他看起来显得早衰，皮肤被山区的太阳晒得黝黑，双唇干裂，双肩满是老茧和伤痕。他弯着腰待在这个矮小的天然岩洞中，活像个迷了路的海盗。他那双脏污不堪、指甲已磨损、活像动物蹄爪的大手干起活来小心谨慎，生怕把碰到的东西都毁坏掉。他在这个洞里伸展不开，这洞似乎只是往高处长，却没有往身体的宽度长，没有来得及考虑他四肢的长度，因此他在洞里不是碰到这就是碰到那，老是想找一个舒适的姿势。他在这狭小的洞穴里已过了许多时日，以兔子和老鼠为食，这都是他用石头捕获的。唯一来看他的是哈辛托，他是这块与世隔绝的地方与贫民区的联系人。普拉德里奥整天都在猎取食物，并没有使用武器，因为他还要把它留到紧急时使用。他自制了一把弹弓，饥饿促使他练就了一手好弓法，能够远距离地打死飞鸟和老鼠。山洞的角落里散发着酸臭味的地方堆积着猎获的鸟类的羽毛和已经枯干了的鼠皮，为的是不在洞外留下踪迹。为了解闷，他还有母亲带给他的几本描写牛仔的小说，这是他在这些度日如年的日子里唯一的消遣，因此，他尽可能读得慢一些，好多读一些时候。他觉得自己仿佛是一场灾难的幸存者，是那么孤独与绝望，他甚至不时地想念起他在军营牢房的四壁了。

“您当初不该逃出来。”伊雷内强打起精神，极力不让自己睡着。

“可让他们抓住我，会把我枪毙的。我要想法进行政治避难，小姐。”

“您去自首吧，不会枪毙您的……”

“我反正是倒霉了。”

弗朗西斯科向他说明，像他这种情况要求政治避难的重重困难。专制独裁这么多年了，谁也无法用这个方法逃到国外。他建议普拉德里奥再躲上一段时间，他会想办法为他弄到假证件，将他送到另一个省去，在那里开始新的生活。伊雷内以为她听错了，她不敢相信她的朋友还会做假证件的买卖。普拉德里奥张开双臂，露出绝望的表情。他们明白，像他这样铁塔般的身躯，又加上他眼下这副逃犯的嘴脸，很难躲过警察的眼睛。

“请您说说，您为什么要逃出来。”伊雷内说。

“我是为了我妹妹埃万赫利娜。”

于是，他打破了往常的沉寂，在平静如水的记忆库中寻找着词汇，断断续续地讲起了他的故事。对这个魁梧的人没有说出的事，伊雷内总是一边问他，一边看着他的眼睛，他们能从他的表情、从他的泪花、从他那颤抖的大手中猜到他没有说出的事情。

就在关于埃万赫利娜的谣言纷起，她那稀奇古怪的疾病吸引了许多好奇者，把她看成是疯人院的一个疯子，一下子毁了她的好名声的时候，普拉德里奥·兰吉雷奥为此事夜不成眠。从一开始，她就是全家他最喜欢的人，而且这种感情与日俱增。当年，他教这个瘦小的、长了一头与兰吉雷奥家的人完全不同的金黄色头发的女孩学步，这使他十分高兴。她出世时，他还是个小男孩，个儿长得比他这样年纪的孩子要高大得多。他习惯于干成年人干的事情，承担起常年不在家的父亲的职责。他从不偷懒，也不懂什么是柔情。迪格娜常常怀孕生孩子，还要为刚出生的婴孩哺乳，但这没有使她少干地里的活，也没有少干家务事，她只是需要一个男人作为依靠。她很信赖长子，赋予他对其他孩子的权威。这样一来，在许多方面，普拉德里奥俨然成了一家之主。他年纪轻轻，就充当了这个角色，即使父亲回家，他也没有完全放弃它。有一次，他在父亲喝醉时竟敢与他唱对台戏，不让他对迪格娜乱施淫威，这件事终于使他成了一个男子汉。那次，他正在睡觉，被轻轻的哭泣声吵醒。他从床上跳了起来，透过将父母隔开在房间一角的布帘，看见依波利托正举着手，而他母亲却像线团一样蜷缩在地上，用双手捂住嘴巴，以免哭声吵醒熟睡的孩子们。普拉德里奥曾多次见过类似的场面，在心底里，他也认为男人可以随意打罚妻儿，然而，这时候，他再也忍受不了了，怒火使他失去了理智。他不假思索地朝父亲身上扑了过去，对他拳打脚踢，嘴里还骂个不停，直到迪格娜求他住手，因为他挥向父亲的拳头越来越有劲了。第二天早上，依波利托起来，发现身上满是紫斑，他的儿子也因用力过猛感到全身疼痛，但他们俩没有一个人的肢体像民间故事说的那样石化了。这是依波利托最后一次对家里人动武。

普拉德里奥·德尔·卡门·兰吉雷奥清楚地知道，埃万赫利娜不是他的亲妹妹。家里别的人对她都像亲骨肉一样，而他从她小的时候起便对她另眼相看了。他借口帮母亲的忙，为她洗澡，摇晃她的摇篮，给她喂饭。小姑娘也很喜欢他，一有机会就挂在他的脖子上，钻到他的床上蜷缩在他的怀里。她就像一只老是钻在裙子里的狗一样，不管到什么地方都跟着他，没完没了地向他提出各式各样的问题，听他讲故事，只有听着他的摇篮曲，她才能入睡。普拉德里奥也热切地希望同埃万赫利娜玩耍。为了抚摸她一下，他不知挨了多少次棍子。在梦中，她向他做出种种轻佻的表情激起他的情意。他也常常偷看她蹲在灌木丛中小便，跟着她到水渠去洗澡。他还编造出人们禁止做的游戏，边做边到远离人们的地方相互抚摸玩耍，直到筋疲力尽为止。小姑娘具有所有女人都有的引诱男人的本能，她不仅对哥哥的行为严守秘密，而且同他一起悄悄地干。她既天真又轻浮，时而大献殷勤，时而又一本正经，简直令他神魂颠倒，使他的神经始终处于兴奋状态，以此使他成了自己的俘虏，而父母的训斥和看管使得正处在青春年华的普拉德里奥更加冲动，使他过早嫖起妓女来，因为他与男孩子们在一起得不到满足。在埃万赫利娜还在玩布娃娃的时候，他就已经想占有她了。他估计他男性的激情会像一柄剑一样刺穿她的心。他让她坐在自己腿上，帮她做学校布置的作业，回答本子上的问题。与此同时，他感到自己骨酥肉软，血管里的血在沸腾，闻着她头发中散发出的烟火味、衣服上散发的清香和脖子上的汗味，感受到她身体的重量，他觉得浑身无力，差一点都要失去神志，甚至连生命都觉得不复存在了。他觉得，如果不像发情的公狗那样狂吠，如果不跳到她身上将她一口吞下去，如果不跑到白杨林中在树枝上将自己吊死，以惩罚他如此疯狂地去爱自己的妹妹，他就会不能左右自己。小姑娘也感知到了这一切，便在他的双膝上又是挤压、又是揉搓、又是摩擦，直到听他哼哼起来，用膝关节顶住桌边，全身变得僵硬，一股又辣又甜的香气将他们俩笼罩起来。在她的童年,他们一直进行这样的游戏。

普拉德里奥·兰吉雷奥十八岁离家去服兵役,从此再也没有回来。

“我离开家是为了不同我妹妹做出丢人的事来。”在山洞里,他向伊雷内和弗朗西斯科坦露了自己的心迹。

服完兵役,他立即当了警察。埃万赫利娜感到悲观失望,她弄不明白他为什么抛弃她,内心充满了她自己也不清楚的不安与焦虑,而这种不安的心情,早在她身体发育成熟以前便埋藏在心里了。普拉德里奥就是这样摆脱了一个穷苦农民的命运,离开了已经开始成年的姑娘,摆脱了受到乱伦困扰的童年的回忆。在以后的几年里,他的身体完全发育成熟了,心灵也平静了。政治风云的变换使他变得成熟起来,这样一来,他便不那么想念埃万赫利娜了。因为他已经不是一名微不足道的农村警察,而是参了政有了权。他看到别人眼睛里对他恐惧的表情便感到高兴,他觉得自己已成要人、强人、具有权威的人。军事政变的前一天晚上,人们告诉他,敌人要消灭所有的士兵,以建立独裁统治。毫无疑问,那是一些危险狡猾的敌人,因为在那以前,除了那些关心国家利益的武装部队的司令官以外,谁也不知道那些罪恶的计划。如果他们不抢先一步,那么国家就会陷入内战之中,或者被俄国人占领。胡安·德·迪约斯·拉米雷斯中尉就是这么对他说的。士兵们(兰吉雷奥就是他们中的一分子)及时而勇敢的行动把人民从罪恶的深渊中拯救了出来。因此,我为能身穿军服而感到自豪,尽管有些事情我并不喜欢。我执行命令从不提任何问题,如果每个士兵都对长官的决定讨价还价,一切都会乱了套,祖国的利益就完蛋了。我逮捕了许多人,这我不否认,甚至我抓了弗洛雷斯一家父子这样的朋友。弗洛雷斯一家坏就坏在参加了农业工会。他们看起来是好人,谁也想不到他们竟要去袭击军营,真是荒唐的想法。安东尼奥·弗洛雷斯和他的几个儿子怎么会有这么奇怪的想法?他们都是聪明人,也受过教育。幸亏邻近庄园的庄园主通知了我的上司拉米雷斯中尉,他及时地采取了行动。去抓弗洛雷斯父子,对我来说,是很痛苦的,至今我还记得我们带走她家男人时那个被错换了的埃万赫利娜的叫喊声。我很难过,因为她是我的亲妹妹,同我一样是兰吉雷奥家的人。的确,这个时期有许多囚犯。我曾把一些人捆绑住手脚关进马厩,凶残地鞭打他们,让他们开口。我们还枪毙人,干了其他一些我不能说出来的事情,因为那是军事秘密。中尉很信任我,对我像对他的孩子一样。我尊敬他,崇拜他,他是一个好长官,他给了我那些软骨头和色厉内荏的人不能完成的特别使命,像伐乌斯蒂诺·里维拉军曹那样的人,只要喝一杯啤酒,便会丧失理智,像一个老太婆那样唠叨个没完没了的人是不行的。我的中尉多次对我说过,兰吉雷奥,你前程远大,因为你会像坟墓那样沉默。而且,你还很勇敢。沉默和勇敢,这是一个士兵最好的美德。

普拉德里奥在行使这一切权力的过程中,对自己过去的罪孽也就丝毫不在乎了。他除了回家的时候,平时已不再像躲避鬼魂一样躲开埃万赫利娜了。他回家,姑娘便像痴呆了一样抚摸他,但是这时她已不是个孩子了,她这样做是一个女子有意识的行动。他的血液又沸腾起来。那天,当他看到她弯曲着的身躯往后仰,像是在性交那样哼哼着的时候,那些几乎已被忘却了的炽烈旧情开始萌发,冲击着他。他曾试图用各种方法把她的形象从自己的脑海中驱走,他在早晨用冷水洗澡,喝放醋的鸡胆汁,让侵入骨髓里的寒气和肝肠中的火气使他的理智恢复正常,然而,这一切都是枉费心机。最后,他把一切都讲给胡安·德·迪约斯·拉米雷斯中尉听了,因为他已是他的老朋友了。

“这件事由我来办好了,兰吉雷奥。”听了这个离奇的故事,军官这样答应他。“我喜欢我手下的人向我讲述他们的忧愁，这事你能告诉我很好。”

就在兰吉雷奥家发生那个丑闻的当天，拉米雷斯中尉便下令把普拉德里奥关进了禁闭室。他没有对此作任何解释。这个宪警就这样在那里待了好几天，饿了啃面包，渴了喝白开水，不知道为什么要受到惩罚，尽管他猜想这一定与他妹妹那粗暴的举动有关，他一想到这儿，便不由得露出笑容，这个微不足道的像小虫子一样的姑娘，长得那么羸弱，两只乳房不像是女人的，倒是像两枚突起于肋骨中的杏子。她居然能把中尉举在空中，在他的下属面前像摇晃草把那样摇晃他，他觉得这简直不可思议，他以为他在做梦，也许是饥饿、孤独和绝望使他产生了幻觉，实际上什么事也没有发生。但是，他被关在这里，却又无法解释，这是他第一次被关禁闭，甚至在他服兵役的时候，都没有受到过这样的羞辱。你是个好兵，多年来也是一个好警察，他的中尉对他说。穿军服应是你唯一的理想，你必须保护它，信任你的上司。事实上，他一直也是这么做的，军官教他驾驶警察署的汽车，让他当了司机。有时候，他们一起去喝啤酒，去洛斯利斯科斯玩妓女，就像是两个好朋友一样。正因为这样，他才敢把他妹妹发病时石头从屋顶上滚下，茶杯跳起舞来，动物烦躁不安的事情告诉了他。他根本没有想到中尉会带着一队武装士兵闯进他父母的家，而埃万赫利娜会搞得他狼狈不堪，把他扔在院子里的土地上。

兰吉雷奥原本很喜欢他的工作，他头脑简单，要他拿主意非常困难，他喜欢无声的服从，让别人来决定自己的行动。他说起话来有点口吃，还会啃自己的指甲，一直咬到指甲根，弄得手指血淋淋的。

“以前我是不咬指甲的。”他向伊雷内和弗朗西斯科进行辩解似的说。

过着严酷的军事生活，他反觉得比在父母家里要舒畅得多。他不想回到农村去。在军队里，他找到了自己的职业，自己的命运，他将兵营当成了自己的家。他有牛一般的耐力去值勤、参加最艰苦的训练、夜间站岗放哨。他还是个好心人，常把自己的这一份食物让给更饥饿的人，把自己的衣物送给忍受寒冷的人。别人对他乱开玩笑，他从不发脾气。人们嘲笑他那佩尔切隆马[1]般粗大的骨架，还拿他那庞大的生殖器官开玩笑，他也总是憨厚地微微一笑而已。人们对他总是那么一心一意地执行任务，对神圣的军事机构总是那么毕恭毕敬，以及对他想像一个英雄那样为军旗献身的愿望报以嘲讽的态度。但是，转眼之间，这一切都完蛋了。他不知道为什么把他关在这牢房里，也不清楚究竟过了多少时间，他同外界唯一的接触方式是和给他送饭的哨兵说上几句话。那哨兵还给他送过几次烟，并答应给他拿一本牛仔小说和几本体育杂志，尽管没有灯光来进行阅读。在那些日子里，他学会了通过自言自语、幻想和变魔术来消磨时间。他还集中全部注意力极力倾听囚室外面的动静。但是，有时他总觉得孤寂难熬，以为自己已经死了。他听着外面的声音，知道什么时候换岗；他数着院子里进进出出的车辆；他还竖起耳朵辨认着远处传来变了样的人声和脚步声。他极力想入睡以便让时间早点消逝，但是，由于终日不活动，心情忧郁，他常在睡梦中惊醒。换成一个体形瘦小的人在这个狭小空间里还能伸伸懒腰，活动一下腿脚。但是，兰吉雷奥这样的个子在囚室内挤得难以动弹。褥

1 法国的一种良种挽马。

子里的虱子这时在他的头上安了家，并很快繁殖起来。虱子还在他的腋下、阴部乱咬，痒得他都抓出血来。他有一个木桶用来大小便，木桶积满后臭气熏天，这是最难熬的。他想拉米雷斯是以此来考验考验他，也许是要派他执行一项特殊使命，以此来试试他的忍耐力和意志力，因此，他在头三天中没有提出上诉，尽管他有这个权利。他力图使自己镇静，而不像所有关禁闭的人那样又哭又叫，免得自己垮下来。他想在体力和意志力两方面做出表率，让中尉赏识自己，并向他表明，他在最艰难的处境中都能坚持下来。他想在囚室内转动一下，让发麻的肌肉得到放松，但是却做不到，因为他的头碰到了天花板；倘若他伸直胳膊，则又碰到了墙壁。在这间牢房里，关押过六个犯人，但时间只有短短的几天，从没像他关的时间这么长，而且他们也不是一般犯人，而是民族的敌人，有苏联间谍，也有叛徒，中尉曾直截了当地这么指出。他平时喜爱户外活动，这种强迫使身体待着不动的状态也影响了他的神经系统，他开始觉得眩晕，忘记了人名和地名，眼前展现出魔幻般的影子。为了不让自己发疯，他轻轻地唱起歌来，这样做，他颇为高兴，虽然在平时，由于羞怯，他是不会这么做的。埃万赫利娜喜欢听他唱，她静静地听着，闭着双眼好像听到了美人鱼的呼叫声。再给我唱一个，再给我唱……在他被囚禁的日子里，他反倒能尽情地思念她，确切地回忆起她的每一个表情，回想起他们小时候在一起度过的那段时光。他开始胡思乱想起来，在对那些最大胆的风流韵事的回忆中，都出现了他妹妹的身影。她像一个熟透了的西瓜那样通红、多汁、温暖，她身上散发出海贝的芳香，她咬着他，抓搔着他，吸吮着他；她呻吟着，幸福地喘息着。他感到在她的身躯上往下沉，连气也喘不过来。她的肉体化成了海绵，成了水母，成了远海上的一颗星星。他可以一连几小时回想着埃万赫利娜，但还是觉得空余时间太多，面对四壁，时间仿佛静止不动了。有时他几乎到了要发疯的边缘，甚至想用头去撞墙壁，让鲜血从门下流出去，以引起哨兵的注意，这样便能把他送到医务室去。一天下午，他正准备这么干的时候，伐乌斯蒂诺·里维拉军曹来了。他打开铁门上的小洞，给他递进去香烟、火柴和巧克力。

"同事们向你问好。他们要给你买蜡烛和杂志，让你消遣消遣，他们都很记挂你，想找中尉谈谈以结束对你的惩罚。"

"为什么要把我关在这里？"

"我不知道，大概是因为你妹妹的事。"

"我真倒霉，军曹。"

"是啊，你母亲曾来打听你和埃万赫利娜的情况。"

"埃万赫利娜？她怎么了？"

"你还不知道？"

"我妹妹出了什么事？"普拉德里奥像疯子一样晃动着门嚷了起来。

"我什么都不知道，你别嚷嚷，他们要是发现我来这里，我会倒霉的，兰吉雷奥。你别伤心，我们是亲戚，我会帮助你的，我一会儿再来。"里维拉说着很快就离开了。

兰吉雷奥跌倒在地，走过院子的人都会听到一个男人长时间的撕心裂肺的痛哭声。他的朋友们推举了几位代表去向中尉求情，但是没有任何结果。不满情绪在宪警中蔓延开来，他们在厕所、走廊和兵器室里窃窃私语，但是胡安·德·迪约斯·拉米雷斯中尉丝毫也没有觉察到。这时，精明能干的伐乌斯蒂诺·里维拉决定利用时机将事情办成。几天以后，他在夜幕的掩护下，抓住中尉不在的空隙，来到禁闭室。哨兵见他进来，立即猜出了他的用意，便装着睡着了，因为他也认为这样的惩罚是不公正的。军曹不管会不会弄出响声或被人发觉，立即取下挂在墙上一根钉子上的钥匙，朝铁门走去。他把兰吉雷奥从牢房里放出来，递给他衣服和他的武器（里面还有六颗子弹），把他领到厨房，亲手给他盛了双份饭食。然后，又给了他自己在服役期间积攒下来的一点钱，并用军营的一辆吉普车把他送到尽量远的地方。凡是见到他们的人都把眼睛转向别的地方，他们不想知道这事的细节。每个人都有权利为自己的妹妹报仇，他们说。

晚上东躲西藏，白天则一动不动地躲在田野里，普拉德里奥·兰吉雷奥就这样过了几乎一个星期。他没有敢求人，因为他能想象得出中尉发现他逃跑的时候发怒的情景，他知道宪警们是不敢违抗中尉的命令的，就是到天涯海角，也要把他抓回去。他蜷缩在暗处，直到实在忍受不了饥饿，再也没有耐心待下去时，才回到父母家中。里维拉军曹已去过他家了，已将对他说过的话跟迪格娜说了，因而他们也就没有必要再说这件事了。复仇是男子汉们的事，里维拉在与他分别时，让他去找他的妹妹，其意是想让他去为她报仇。普拉德里奥清楚地知道这一点。他肯定她已经死了，他虽缺乏证据，但他完全了解他的上司，无需怀疑了。

“要报仇看来不很容易，因为我要是下山，他们就会把我杀死。”在山洞里，他对弗朗西斯科和伊雷内说。

“为什么？”

“我知道一桩军事秘密。”

“如果您想得到我们的帮助，那您就应该说出来。”

“我永远也不会说的。”

他很激动，头上冒着汗，拼命地咬着指甲，眼睛里露出惶恐不安的神情。他用手擦了擦脸，仿佛试图驱赶掉可怕的回忆。毫无疑问，他还有许多话要说，然而，他囿于严守秘密的军纪，没有说出来。他嘟嘟哝哝地说，还不如死了好，他已经没有活路了。伊雷内试图安慰他：他不应该绝望，他们会找到办法帮助他的，只是还需要一点时间。弗朗西斯科从他的讲述中发现一些疑点，并本能地感到对他不能予以全信，尽管这时他仍想着自己的各种关系，想找到一个解救他的办法。

“如果拉米雷斯中尉杀死了我妹妹，我知道他把她的尸体藏在什么地方。”普拉德里奥最后才说出这样的话。“你们知道洛斯利斯科斯那个废弃的矿井吗？”

他突然缄默不语了，后悔他刚才说出了那样的话。弗朗西斯科从他面部的表情和语调中明白，他说的不是一种可能的，而是确凿无疑的事。他为他们提供了一条重要线索。

下午四时许，他们告别了他，开始下山。兰吉雷奥垂头丧气地留在那里，头脑中重又出现寻死的念头。下山同上山一样困难，特别是伊雷内，她一看到峭壁便心惊胆战，即使这样，她也没有停下来，一直来到拴马的地方。这时，她才轻松地叹了口气，望着大山，心想：刚才还以为爬上这座高耸入云的顶峰简直是不可思议呢。

“今天我们得益匪浅，过几天我带工具来，看看那个矿洞里有些什么东西。”

“我和你一起去。”伊雷内说。

他们对视着，心里明白他们已经决定沿着这条危险的道路走下去，尽管这条道路会把他们引向死亡，引向比死亡更可怕的境地。

贝阿特丽丝·阿尔坎塔拉穿着高跟鞋，神气地跟在替她拿着那几只蓝色箱子的搬运工后面，走在机场光滑的漆布地毯上。她穿着一件西红柿颜色的亚麻布做的开口上衣，头发只披散到脖颈，因为她没有勇气将自己再打扮得时髦些。耳朵上坠着的两颗硕大奇特的珍珠，使她酱红色的皮肤更为显眼，由于财路兴旺，棕灰色的眼睛闪闪发亮。尽管几个小时的飞行，坐在一个加利西亚[1]修女旁边，座位也不舒适，却没有扫去她与米切尔这次会面的勃勃兴致，她感到自己变成了另一个女人，又年轻又轻佻。自以为貌美，走起路来便趾高气扬。男人们随着她的脚步声都回过头去，但谁也看不出她真正的年龄。她还可以把领口开得下一点，不用担心会露出双肩松弛的肌肉。她大腿的皮肤也很柔软，背部挺得笔直，这都使她显得更为高傲。海风的吹拂使她容光焕发，使眼皮和嘴角上那细微的皱纹消失了。只有她那双布满褶皱的手，尽管抹上神奇的油膏，也还能看出时间在她身上的流逝。她对自己的体形颇为得意，认为这是保养的结果，而不是天生的，因为这是她花了巨大的毅力，是多年来节食、做操、按摩、柔道和采用先进的美容术的结果。在她的手提箱中，她携带着涂抹乳房的油脂，涂抹脖子的骨质胶，洗发剂和保护面颊的荷尔蒙软膏，还有用来保护头发的从胎盘和水貂皮中提炼出来的混合剂，蜂王浆胶囊，能永葆青春的花粉，箱子里还有能使她的丝织物保持弹性的刷子和海绵。这是徒劳无益的，妈妈，年龄不饶人嘛，你这么做唯一能做到的是推迟一下外貌上的衰老而已，难道值得花费这么大的力气吗?当她躺在热带某个海滩温暖的沙子上，只穿着一条遮羞的三角裤晒太阳，与一些比她小二十多岁的女人相比时，她自豪地笑了。是的，这是值得的。有时候，她走进一个大厅，感到里面充满了对她的嫉妒和渴望与她亲热的气氛，这时，她深感自己的努力没有白费。特别是当她偎身于米切尔的怀

1 这里指西班牙移民。

抱，确信她的身躯给她带来了实利的时候，她更相信这一点，因为她得到了最大的愉快。

米切尔仿佛是一件她暗藏的奢侈品，从他那里她感到自身的价值，并埋藏着她最隐秘的虚荣心。他是那么年轻，都可以当她的儿子了。高高的个子，像个斗牛士一般肩宽腰细；由于过分的日晒，头发的颜色变淡了；眼睛明亮，说起话来甜言细语，在做爱时极精于此道。他平时游手好闲，爱好体育活动，家中没有妻儿，脸上总是堆着微笑，一味寻求欢乐。他爱素食，不嗜烟酒，也不爱看书，钟情于户外活动，作乐于情场之中。他生性乐观，性情柔和，朴实，整天总是乐呵呵的，像个一脚踩空从天上掉到地上来的天使，生活方式与众迥异。他用尽心机让自己永远生活在假日之中。他们在一个长满婆娑多姿的棕榈树的海滩上相识，当他们在旅馆光线暗淡的舞厅里翩翩起舞的时候，就明白接下来更亲密的接触已不可避免。这天晚上，贝阿特丽丝感到为他打开自己的房门时就像是个少女一样。她心里有些胆怯，因为她担心虽然经过精心化妆他还是会发现某些能显示出她真实年龄的蛛丝马迹。但米切尔那急不可待的样子使她没有时间再去考虑这一切。他开亮了灯，仔细端详着她，一边又用富有经验的嘴唇亲吻她，并把她的装饰物都一一摘下：两颗奇特的珍珠耳坠、宝石戒指、象牙手镯，一直将她脱得一丝不挂。这时，她才轻松地喘了一口气，因为她从情人的眼神里证实了她的美貌。她忘记了那逝去的岁月，忘记了人生的劳累和另外一些男人给她精神上带来的烦恼。他们愉快地共度了良宵。

米切尔的到来使贝阿特丽丝激动不已，使她忘记了自己操心的一切事情。这个男人有一种超乎寻常的本领，他用亲吻使她忘掉“上帝慈善之家”里那些垂暮的老人，忘记了女儿古怪的言行和经济上的困难。同他在一起，她只觉得现实美好。她嗅着他年轻人特有的芳香，吸吮着他纯净的气息，闻着光滑皮肤上的汗味，以及他头发中含有的海水的盐味。她抚摩着他的全身，抚摩着他胸脯上粗硬的汗毛、刚剃过胡须的光滑面颊、强壮有力的手臂和他那很快就勃起的性器官。她还从未这样被爱过，如此被占有过。她同丈夫的关系由于多年积蓄的怨恨总难以如愿，而她那些偶遇的情人都已不年轻，他们都善于用巧妙的方式掩饰自己精力的不足。她已不愿再回忆起他们稀疏的头发、松弛的肌体、满身的烟酒臭味，也不愿去回忆他们那勉强挺起的阴茎、微不足道的礼物和从不兑现的诺言。米切尔不说谎话，他从不对她说我爱你，而是说我喜欢你，我喜欢待在你身边，我想同你做爱。他在床上是慷慨的，总是讨她的欢心，满足她的癖好，不断使她产生新的欲望。

米切尔是她生活中最光辉而又隐秘的部分。剖露这个秘密是不行的，因为谁也不会懂得她对这个如此年轻的人的感情。她可以想象得出朋友们对此事的评论：贝阿特丽丝被一个小伙子迷住了心窍，这个外国佬肯定在剥削她，定会将她的钱财全部刮走。像她这么大年纪的人这么干，真该感到害羞。谁也不会相信他们之间的爱情和他们的友谊，也不会相信他从不提任何要求，而且还拒绝一切馈赠。他们每年总要在世界的某一个地方会面几次，过上几天充满幻想的日子，然后怀着肉体和心灵上的满足，兴高采烈地回家去。贝阿特丽丝·阿尔坎塔拉重操旧业，承担起她的责任，彬彬有礼地对待她的追求者：鳏夫、离婚者、不忠实的丈夫和经常诱骗女人的人，他们都用漫无边际的恭维话讨她的喜欢。

她走过那扇严格地把机场隔开的玻璃门，看见那边夹杂在人群中的女儿，最近几个月来与她形影不离的那个摄影师陪着她。他叫什么名字来着？她看到女儿不修边幅的外表，不由得露出不高兴的表情。她穿那身吉卜赛女郎的上衣，倒也颇具特色，可这条皱巴巴的裤子再加上那条像尾巴一样的发辫，看起来真像是个乡村女教师。当她靠近的时候，她还发现另外一些令人不安的现象，但她还不能确切地说出来。在女儿的眼睛里流露出某种忧郁的神情，她的嘴角挂着一丝勉强的微笑。她来不及细问，便把行李装到汽车上去，然后就上路回家。

"孩子，我买了一件非常精致的衣服给你当嫁妆。"

"也许我还用不上，妈妈。"

"你说什么？同你未婚夫发生了什么问题了？"

贝阿特丽丝乜斜了弗朗西斯科·雷阿尔一眼，她差一点就要发表一通尖刻的言论，但她还是决定保持沉默，等到同伊雷内单独在一起的时候再说。她深深地吸了一口气，然后将气分六次吐了出来。她将脖子上的肌肉加以放松，在精神上排除一切不愉快的杂念，使自己身心处于最佳状态，她的柔道老师就是这么教她的。她很快就感觉舒服了，能够领略城市春天的美景、整洁的街道、刚刚粉刷过的墙壁、彬彬有礼且秩序井然的人群。所有这一切，都应归功于政府当局，因为一切都处在严格的控制与监督之下。她的眼前闪过一家家商店的橱窗，里面充斥着在国内从未销售过的外国商品。楼顶平台上建有低矮的棕榈树环绕游泳池的座座豪华楼宇，也在眼前展现。此外，还有为满足新发迹的富豪们的怪异愿望而修建起来的蜗牛一般的钢筋水泥建筑，还有用来遮挡贫民区的高大围墙。在贫民区里，人们过着完全不同的另一种生活。由于不可能消灭贫穷，就只好禁止人们提起它。报刊上的消息只是报喜不报忧，说他们生活在一个奇妙王国里。报刊还说，那些关于妇女和儿童因饥饿而抢面包铺的传言完全是虚假的。所有的坏消息都来自国外，那里的人们面临着许多难以解决的问题，而这些问题与昌盛的祖国无关。街道上跑着看起来单薄得会散开的日本轻便汽车和政府机关使用的有镀铬汽缸的大型黑色摩托车。在所有的街角，都张贴着只供应某些人的住宅出售广告和通过借贷完成马可波罗式旅游的广告，此外，还有体现了电子学最新成就的产品广告。灯火通明的娱乐场所不断增加，这些场所的大门都有人把守，一直到戒严才开始营业。人们都在谈论繁荣、经济奇迹，以及由于政府的清廉吸引了大量的外国资本，还把不满现状者称为祖国的敌人，因为幸福的日子是谁也无法否认的。通过一个众所皆知的不成文的法律条文，在同一个国土上同时存在着两个国家，一个是受人尊敬的拥有权势的权贵们的国家，另一个则是沉默的被遗弃的大众的国家。这是社会要付出的代价，一个新学派的年轻经济学家这么断言，宣传媒介也这样鹦鹉学舌般地说。

汽车在交通信号灯前停了下来，三个衣衫褴褛的小孩迎上前来擦拭挡风玻璃，出售宗教神像或一盒小针，有的就干脆上来乞讨。伊雷内和弗朗西斯科交换了一下目光，因为他们想的是同一件事。

“穷人越来越多了。”伊雷内说。

“你也开始唱起这个调子来了？这儿到处是乞丐，原因是这里的人都不愿干活，这是一个懒汉的国家。”贝阿特丽丝说。

“是因为大伙儿没有工作可干，妈妈。”

“你这是什么意思？难道在穷光蛋和堂堂正正的人中间不存在什么差别？”

伊雷内脸红了，她不敢看弗朗西斯科一眼，但她的母亲却喋喋不休地继续说下去。

“现在是过渡时期，好日子很快就会到来。眼下我们至少拥有良好的社会秩序，不是吗？再说，民主会导致混乱，将军这样说了不知多少遍了！”

他们在之后的行程中，一直保持着沉默。到家后，弗朗西斯科把行李送到二楼，罗莎开着灯在那里等着。贝阿特丽丝为感谢他的照料，请他同她们一起吃晚饭，这是她第一次亲热的表示，他立即接受了。

“早点准备好晚饭，罗莎，因为我们要让‘上帝慈善之家’的人好好地高兴高兴。”

贝阿特丽丝应伊雷内的要求，在旅途中给老人们和护理员们买了些小礼品，伊雷内买了蛋糕，调制了混合果酒，准备搞一次晚会。晚饭后，他们来到一楼。房客们已身着他们最好的衣服等在那里，女护理员们穿着浆得笔挺的围裙，拿着插满了鲜花的大花瓶来欢迎女主人。

女演员何塞菲娜·比安奇宣布她将表演一出戏请大家欣赏。弗朗西斯科见伊雷内朝他挤了一下眼睛，明白这涉及她的秘密，他想尽快离去，否则就晚了，他见别人出洋相心里就不好过。但他的女友趁他还没有编造出离开的借口，便强迫他坐在屋顶平台的椅子上，与罗莎和她的母亲坐在一起，然后与何塞菲娜消失在房子里。对于弗朗西斯科来说，这是十分难熬的几分钟，贝阿特丽丝泛泛地谈论着她旅行中待过的地方。这时，女护理员们把椅子放到餐厅的窗子前，房客们穿着坎肩，裹着被单，他们这么一大把年纪的人特别怕冷，就连这春夜的温煦也不能使他们老年的身体得到些热气。花园里的灯光灭了，一支古老奏鸣曲的旋律荡漾在夜空，微风拂动着窗帘。弗朗西斯科一时又犹豫起来，一方面，他有点不好意思，想溜之大吉；另一方面，却又被这不寻常的景象迷住了。在他的眼前出现了一个光线明亮的舞台，就像黑暗中的一个水族馆。舞台上唯一的道具是一张套着黄色丝绸沙发套的沙发，旁边是一只罩着羊皮纸灯罩的座灯，灯下形成一个金色的光环，里面映照着一位具有十九世纪风格的一动也不动的舞台人物。最初,他没有认出她就是何塞菲娜·比安奇,还以为她是伊雷内,因为在那张脸上,看不出流逝的岁月留下的痕迹。她的脸部时而露出忧郁,时而又十分迷人,一切都十分和谐。她穿着一件打褶的镶有象牙色花边的高雅衣服,尽管天长日久地放在箱子里,霉变虫咬,褪了色,却仍然很有派头。从远处还可听到丝绸摩擦时轻柔的沙沙声。女演员看起来不像是坐着,倒像是一只昆虫一样轻飘飘地飘在空中,极富女性美。弗朗西斯科还没有从惊诧中恢复过来,扩音器里的音乐声就突然停了,"茶花女"放声唱了起来,从声音中听不出她真实的年龄。他完全被征服了,全神贯注在神奇的演出中。剧中人悲伤的歌声,长长的悦耳的咏叹调萦回于他的耳际,他深深地被打动了。她用一只手推开想象中的情侣,用另一只手又在召唤他,请求他,抚摸着他。老人们一动也不动地看着,沉浸在他们埋藏于心底却已逝去的记忆之中。女护理员们感到心头沉重,因为她们被那位羸弱的、一阵风就会把她像尘土一样吹走的女人吸引住了。所有的人无一例外地被迷住了。

弗朗西斯科感到伊雷内的手放到了他的肩上,但他被表演吸引住了,没有转过身来。当女演员最后的一阵咳嗽声(或出于表演的需要,或由于年迈)结束了这位不朽的恋人的歌声时,他只觉得两眼热烘烘的,几乎要掉下泪来。他由于心里忧伤,不能像其他人那样鼓掌。他离开座位,走到花园深处一块黑暗的地方,那只狗小跑着跟在他的脚旁。从那里,他看着老人们和女护理员们慢慢地走动着,喝着混合果汁酒,用微微颤动的双手打开他们的礼物。这时玛格丽特顿时好像老了一百岁,她仍在寻找她的阿尔芒[1]。她一只手拿着羽毛扇,另一只手拿着奶油蛋糕。他们像幽灵一样在椅子之

1 玛格丽特和阿尔芒即《茶花女》中的两位主人公。

间飘荡着,在两边挂满葡萄串的小道上游弋,茉莉花散发着浓郁的芳香,电灯发出黄色的亮光,一切都使人陶醉,夜晚的空气中好像充满了美好的征兆。

伊雷内在寻找她的朋友,一看见他便笑着朝他走去。这时,她发现了他脸上的表情,明白他被深深地感动了。她将前额贴在弗朗西斯科的胸前,散乱的头发触到了他的嘴巴。

“你在想什么?”

他在想他的父母亲。几年之后,他们也就要到“上帝慈善之家”的房客们这个年纪了。同他们一样,父母生下儿女后,为了养育他们不停地操劳着。他们从来也没有想过要在这些雇用来的女护理人员的照料下,颐养天年。雷阿尔家的人总是生活在一起,同甘共苦,他们被血缘关系和对家庭的责任联系在一起。眼下还有许多家庭都是这样。也许这天晚上观看何塞菲娜·比安奇表演的老人们同他的父母没有什么区别,但他们却孤苦伶仃,无依无靠。像是刮起了一阵狂风,将人们向四面八方吹去,他们在被风吹散的过程中落伍了,在新时代中已没有自己生存的空间,没有自己的安身之地了。他们身边既没有孙子照顾或陪伴自己,也没有儿女照料他们的生活,更没有花园供他们种花,也没有金丝雀在黄昏时为他们歌唱。他们想极力避免死亡,却又一直在想着它;他们害怕死亡的到来,却又盼着它早点来临。弗朗西斯科心里暗暗发誓,他决不让自己的父母也这样。他把嘴唇埋在伊雷内的头发中大声地重复着他的誓言。

第三部

甜蜜的祖国

出门在外，我仍然想念我们的土地。
远方，我祖国狭长的国土
继续与我共命运。

——巴勃罗·聂鲁达

日后，伊雷内和弗朗西斯科将会互相问起，究竟从什么时候开始他们的生活轨迹改变了方向。他们定会指出，那是在一个阴沉的星期一，因为那天他们进入了洛斯利斯科斯那座废弃的矿井。也可能更早一些，是在认识埃万赫利娜·兰吉雷奥的那个星期天，或者在他们答应帮助迪格娜寻找失踪的女儿的那天下午。他们的人生道路从一开始也许就确定了，他们不得不沿着这条路走下去。

他们骑着摩托车（在坎坷的道路上比坐汽车更方便）朝矿井驶

去。他们带了几件工具、一暖瓶热咖啡和一套摄影器材。他们对谁也没有说出旅行的目的,他们俩都明白他们在干一件傻事。自从他们拿定主意,决计在夜间闯入一个陌生的地段,打开矿井的洞口那时起,他们就知道,行动鲁莽定会断送他们的性命。

他们研究了矿井平面图,将它牢记在心。他们确信不用问路便可到达目的地,而问路会引起猜疑。在这块丘陵地里,看来不会有什么危险,但一进入陡峭的山路,环境就变得阴森可怕了,那里,在太阳下山之前,夜色就开始降临了。远处山鹰的叫声在山谷间响起了回声,拉回了他们的思绪。惴惴不安的弗朗西斯科感到,把他的女友带到这个前途未卜的冒险行动中来,实在太不稳妥了。

"你哪儿都没有带我去,倒是我带你到这儿来了。"她刺了他一句,也许她说得不无道理。

一块锈迹斑斑、字迹尚能辨认的指示牌告诉他们,这是个禁区,闲人不得入内。一道道带刺的铁丝网挡住了通道,令人生畏。两个年轻人差一点要以此为借口打退堂鼓了,但是他们很快就打消了这个念头。他们找到铁丝网的一个缺口,开着摩托车冲了进去。指示牌和铁丝网证实了他们的预感:这儿会有所发现。不出他们所料,他们到达目的地时天完全黑了,这就便于他们出入,不会被人发现。矿井的入口处是个山洞,活像一张正在喊叫的嘴巴。洞口用石头和坚实的泥土堵住了。他们觉得,已有多年没有人来过这个地方了。孤寂就像在这里安了家,已经看不出小道和生命的痕迹。他们把摩托车藏进一个灌木丛里,然后分头四处查看,弄清楚是否有人看守。搜索的结果使他们放下了心,因为周围没有发现任何人迹,只是在离矿井一百米左右的地方有一间破草房,周围杂草丛生,半个屋顶已被风吹掉,还倒塌了一片土墙,屋里也长着青草,像铺了一层厚厚的地毯。离洛斯利斯科斯和公路这么近,居然有一块这么荒凉、遭人遗弃的地方，他们大为吃惊。

“我有点害怕。”伊雷内轻声说。

“我也有点。”

他们打开暖瓶，各自喝了一大口咖啡，身心顿时振奋起来。他们打趣地说，这一切都只是一场游戏。他们还互相安慰，想让对方相信不会发生任何不幸，因为他们在保护神的庇护之下。这是一个月光皎洁的夜晚，他们很快就习惯了暗淡的光线。他们拿起手镐和手电筒朝矿井走去。他们还从未到矿井里面去过，总以为那是个很深的地洞。弗朗西斯科想起了不让妇女进入矿井的旧习惯，因为她们会给矿井带来灾难，但是伊雷内对这种迷信嗤之以鼻，决定无论如何都要向前挺进。

弗朗西斯科用工具开挖洞口，他不善于干重活，连铁镐都不会使用，这时他才明白，完成这项工作，时间比预料的要长。他的女友未能助他一臂之力。她坐在一块岩石上，用坎肩裹住身子，以抵御山间的凉风。任何一个异常的响声都使她不寒而栗。她害怕野兽，更害怕可能埋伏在附近的士兵。一开始他们小心翼翼，尽量不弄出哪怕是极小的响声，但是不一会儿他们见实在避免不了，也就适应了，因为铁镐撞击石块的声响传到附近的山上，而后又传来回声，响彻四方。倘若真的像指示牌上写的那样，附近有巡逻队，那他们只有死路一条了。还不到半个小时，弗朗西斯科的手指便麻木了，手掌上磨出了血泡，然而他终于挖开了一道缝，能够用手搬掉一些零碎的石块了。伊雷内上前帮忙，他们很快就挖开一个狭窄的窟窿，可以到里面去了。

“女士先行。”弗朗西斯科指着洞口诙谐地说。

作为回答，她把手电筒递给了他，并向后退了几步。小伙子把头和手臂伸进窟窿，照亮了洞穴。一股腐臭味扑鼻而来，他几乎又想打退堂鼓了,但他又想到走到这一步再半途而废,倒不如一开始就不干。手电筒的灯光在黑暗中画了一个圆圈,显示了一个狭小的洞穴,这与想象的完全不同:这是一个在山岭深处挖掘出来的洞穴,里面有两条狭窄的、堆满瓦砾的矿道,还竖着在开采矿石时为避免塌方而支起的木头支架。但天长日久,已经腐朽不堪,有几个虽然还奇迹般地支撑着,但只要轻轻一碰便会难以维持平衡。他用手电筒朝洞里照了一下,因为在进洞以前,需要熟悉一下洞内的情况。突然,一团黑乎乎的东西飞快地从他的手臂上擦过,离他的脸只有几厘米。他吓得惊叫了一声,手电筒从手里滚落下去。伊雷内在外面听见叫声,害怕发生了非常糟糕的事情,便抓住他的双腿往外拉。

“出了什么事?”她的心都跳到嗓子眼了。

“没什么,是一只老鼠。”

“我们离开这里吧!这一切我可受不了……”

“等一会儿,让我再朝里面看一眼。”

弗朗西斯科从窟窿钻进去,小心地移动着身躯,以免被尖石擦伤。他立即被山嘴吞食了。伊雷内看见黑色的洞口吞没了她的朋友,心里一惊,尽管理智告诉她危险并不在洞内,而是在洞外。如果他们被发现的话,后脑勺上很可能会挨上一枪,而那里便是他们的葬身之地。人们常常会因为小得可怜的原因而死去。她记起了在童年时罗莎给她讲的鬼故事:躲在镜子里的魔鬼专门吓唬爱虚荣的女人;科科[1]扛着一大口袋拐骗来的孩子;长着公山羊蹄子的狗,背上覆盖着鳄鱼的鳞片、长着两个脑袋的人躲在角落里准备捕捉双手放在床单下睡着了的姑娘。尽管这些恐怖的故事使她噩梦不绝,但她还是听得入神,不听还真不行。她常常一边害怕得发抖,一边

1 鬼故事里的人物。

又请罗莎讲下去；一边捂上耳朵、闭上眼睛，不愿再听下文，一边却又着急地打听细节：诸如魔鬼是不是光着身子，科科身上是不是有气味，小哈巴狗是不是会变成猛兽，两个脑袋的人会不会走进受圣母保护的房间。这天晚上，面对矿井，伊雷内又经受了在遥远的过去奶妈用神怪故事吓唬她时所特有的既恐惧又迷恋的复杂心情。她终于决定跟着弗朗西斯科进洞去。她长得小巧玲珑，很容易就从窟窿里钻了进去。她只用了几秒钟便适应了黑暗。臭味使她难以忍受，好像是在吸致人死命的毒气。她解下系在腰间的吉卜赛毛巾，遮住了半边脸。

两个朋友走遍了洞穴，发现了两条通道，一条通道好像仅用瓦砾和泥土堵了起来，另一条通道则是用砖石砌死的。他们从易处入手，开始清理第一个通道的瓦砾和泥土。他们越往下挖臭味越大，不得不时不时地把头从洞口伸出去吸一口新鲜空气，他们觉得这空气是那么洁净，宛若一注清凉的泉水。

“我们究竟要找什么呢?”伊雷内感到磨破的双手火辣辣地痛。

“我也不知道。”弗朗西斯科说了这么一句后，继续默默地干着，因为说话的颤动声都会使支架倒塌。

他们俩都很紧张，不时地回转头来看看，好像有人在监视他们，还感到远处有移动着的黑影和轻轻的说话声。他们听见了朽木发出的吱吱声，感到老鼠在他俩的脚下乱窜，空气又潮湿又混浊。

伊雷内搬起一块岩石，竭尽全力想把它挪开。她咬了咬牙，终于将它搬开了，石头滚在她的脚旁。在手电光的照耀下露出了一个黑洞，她不假思索地便把手伸进洞去探个究竟。这时，她猛然大吼一声，声音仿佛来自五脏六腑，震撼了洞穴，在洞内产生了一阵沉闷、奇异的回声，连她本人也听不出这就是她的声音了。她紧紧地靠在弗朗西斯科身上，他把她推到墙边，用身子护卫着她。这时一根横梁从洞顶轰隆一声掉了下来。他们俩抱在一起，双眼紧闭，长时间地几乎不出一口气。等到一切重新安静下来，横梁倒塌时扬起的灰尘散开后，他们才捡起手电，发现出口并没有被堵死。弗朗西斯科仍紧紧抱住伊雷内，同时将手电朝伊雷内移开岩石的那个地方照去。于是，出现了他们在这个可怕的矿井里发现的第一件东西：那是一只手，更确切地说，是一只残缺不全的手。

他紧紧地搂住伊雷内，走到洞外，让她大口大口地吸着夜晚的新鲜空气。看到她已平静下来，便拿来暖瓶，给她倒了一杯咖啡。她已吓得魂不附体，连话也说不出来，浑身发抖，连杯子都拿不住。他像伺候病人一样喂她喝，抚摩着她的头发，尽力安慰她，说他们已经找到了他们要找的东西。毫无疑问，那就是埃万赫利娜·兰吉雷奥的尸体。既然那是死人的手，就不会有什么危险。尽管对她来说他的话没有什么含义，但是，她像熟悉自己的语言那样熟悉他的语言，而他说话的语调那样抑扬顿挫，这使她深受感动，感到安慰。过了一段时间，她更加平静了，弗朗西斯科决定结束这项行动。

“你在这儿等着我，我再进洞去干几分钟，你能一个人等在这里吗？”

姑娘默默地点了点头，收拢双腿，像孩子一样将脸埋在膝盖间。她极力不想、不哭、不听，甚至也不呼吸，心里感到十分烦躁。这时，他带着照相机，用毛巾遮住脸，回到了墓地。

弗朗西斯科终于搬掉石头，挖掉泥土，发现了埃万赫利娜·兰吉雷奥·桑切斯完整的尸体。他从她浅色的头发认出了她，一件彭丘裹住了她半个身躯。她光着脚，身上穿的好像是一条裙子，或是一件睡衣。尸体已经腐烂，四周淌着腐液，上面爬满了蛆。他费了九牛二虎之力才没有呕吐出来，继续干下去。他不是一个很容易丧失自制力的人，他做过职业性的尸体解剖，能控制自己的肠胃。然而，像这样的场面，他倒还没有见过。四周肮脏的环境，刺鼻的臭味和越来越大的恐惧使他在精神上快要崩溃了。他简直透不过气来。他丝毫也没有考虑取景，也未对焦距，便匆匆地拍了几张照片。他之所以这么着急，是因为白色的闪光每照亮一次面前的场面，他的胃便会痉挛，好像马上就要呕吐出来。他急匆匆地结束了工作，逃出了这个坟墓。

到了野外，他放下照相机和手电筒，顺势跪在地上，垂下脑袋，以便尽量放松一下神经，并让翻腾的肠胃平静下来。他感到臭味像难以驱赶掉的瘟疫一样粘在皮肤上，在他的视网膜里印下了埃万赫利娜在她最后一次发病时的形象。他在伊雷内的帮助下才站了起来。

“我们现在该怎么办?”

“先把矿井封起来，封好后再说。”他口气坚决地说。他感到胸口发闷，勉强从喉咙里挤出一点声音。

他们迅速地把石头重又堆积到洞口，心里仍十分紧张，好像这么一来，就能抹去洞里的东西，重新退回到他们知道事情真相之前的那个时候。这样，他们就能天真地只看到现实中光明的一面，远远离开刚才发现的这些事情。弗朗西斯科拉住女友的手，把她带向那间破旧的草房，这是山里唯一的藏身之地。

宁静的夜晚，景色在如洗的月光中变得模糊不清，山丘的侧影渐渐地消失，黑暗吞没了巨大的蓝桉树。月光下，草房像一株天生的果树冒出地面，挺立在依稀可辨的小土包上。在一对年轻人的眼里，与矿井相比，草房的内部就像自己的家那样使人感到舒服，他们在屋角的野草上躺下，仰望着满天星斗和发出柔和光亮的一轮乳白色明月。伊雷内把头枕在弗朗西斯科的肩膀上伤心地哭着，他用一只胳膊搂住她。他们就这样待了很长时间，也许是几个小时。他们在安宁与沉默中寻找安慰，减轻他们因刚才的发现而增加的心理负担，也积蓄着为以后将要忍受的一切所需的力量。他们一起休息着，倾听着灌木丛的叶片在微风吹动下发出的轻微响声和附近夜鸟的啼鸣以及野兔在牧场地上轻轻跑动的声音。

弗朗西斯科精神上的压抑感渐渐地消失了。他感受到天空的绮丽、大地的温柔和田野的芳香，还有伊雷内与他身体接触时产生的快感。他隐隐约约地看见她身躯的轮廓，掂量着她的头压在他胳膊上的重量，想象着她挨在他身旁的臀部的线条。她的鬈发触动他的脖子，那薄如蝉翼的丝绸裙子就像她的皮肤那样光滑细软。他想起了认识她的那一天，她嫣然一笑，竟使他心醉神迷，从那时起他就爱上了她。驱使他到这个山洞来，尽管有种种荒唐的缘由，但其最终目的却只是为了等待这个时刻降临，让她离他近近的，依偎着他，寻求他的保护。想占有她的欲望像潮水一般汹涌起伏。他觉得胸口发闷，心脏在狂烈地跳动，他顾不了那位固执的未婚夫和贝阿特丽丝·阿尔坎塔拉，也顾不得他自己那前程未卜的命运和他们两人之间存在的种种障碍。伊雷内将是他的，因为从世界诞生时起就是这么写着的。

她觉察出他呼吸的变化，便抬起头，朝他看了看。在柔和的月光下，他们俩都感到了对方眼神里流露出的绵绵深情。伊雷内那温暖的肌体像一条上帝恩赐的毯子一样覆盖在弗朗西斯科的身上。他合上眼皮，搂住她，将嘴凑过去，满怀激情地吻开了她的嘴唇。这是寄托了他全部希望的吻，这个长时间的热烈的吻在向死亡挑战。接着就是爱抚，激情，喘息，爱的啜泣。他吻遍了她的嘴唇，吸吮着她的唾液，闻吸着她的气息。心潮翻腾、激情满怀的他真希望这一时刻能持续到他生命的最后一刻。他相信自己活到这一天就是为了这个奇妙的夜晚，使他能永远与这个女人亲密无间地生活在一起。啊，伊雷内，你是蜂蜜，你是阴影；伊雷内，你是糯米纸、桃子和泡沫；啊，伊雷内，你耳朵中的螺纹，脖子上的香味，你那双手像鸽子；伊雷内，享受这爱情吧，让爱情之火熊熊燃烧，将我们烧毁。我朝思暮想着你呀，你是我的生命，我的女人，我的伊雷内啊。他自己也不知对她说了些什么，也不知她在不停地低声诉说些什么。像清泉般潺潺流进他们耳膜的语流变成了情侣们交欢做爱时发出的呻吟和喘息。

他的理智使他明白，他不能一时冲动与她在地上滚成一团，不能粗暴地脱掉她的衣服，急不可待地扯破她的衣衫。他恨这个夜晚太短，自己的生命也太短，难以让这股爱情的暴风吹透吹尽。他缓慢地甚至有点笨拙地解开她衬衣的扣子，他的手在颤抖，他触摸到她温暖的腋下，弯曲的双肩，柔小的乳房和核桃般的乳头，这正和在他们骑摩托车时他从她的前胸与他的后背接触中感受到的完全一样。他早在她伏在设计版面的桌子上时，在将她搂在怀里进行那一次难忘的接吻时就感到了。他两只手掌仿佛握着两只热烘烘的燕子，它们的大小正好和他的手相合。在抚摩它们的时候，姑娘在月光下呈蓝色的皮肤颤动起来。他抱着她的腰将她托起，她站着，而他跪着，在她的双乳中寻找身体的温馨，他闻到桃花和桂花般的芳香。他解开她的鞋带，露出了一双孩子般的小脚。他抚摩着，感到十分亲切，因为在他的想象中她的双脚正是这么稚嫩精巧。他解开他的腰带，把裤子脱了下来，露出了下腹部光润的皮肤，下陷的肚脐。他用他那火热的手指触摸着她脊背上长长的线条，她那结实的大腿上覆盖着一层柔软的金黄色汗毛。他见她裸露着站在杳无边际的黑暗中，便用双唇吻她，时而走大道，时而穿隧洞，时而攀山丘，时而进峡谷，仿佛在用亲吻画出她的形体图。她也跪了下来，当她晃动脑袋的时候，黑亮头发飘散在肩上，消失在夜色中。弗朗西斯科脱去自己的衣服后，他们俩仿佛成了原始秘密之前的第一个男人和第一个女人。这里的空间只属于他们，那丑陋的世界和它的末日对他们来说都已十分遥远，此时，只有他们在一起所感到的幸福。

伊雷内从未这样爱过，她没有想到她的奉献是如此无拘无束，毫无保留。她记不起她是否曾有过这样的欢愉，这么深的相互理解。她奇妙地感到她朋友的身躯是那么温热和芳香，具有如此蓬勃的青春气息，她一点一点地探索着、征服着他，用她刚刚想出来的爱抚方式向他表示自己的情感。她从未这么尽情地享受过感官的快意。搂抱我，占有我，接受我的情意吧，因为我也以同样的方式搂抱你，占有你，接受你的情意。她把面颊埋在他的胸脯上吸着他皮肤里的热气，但他轻轻地将她推开，为的是好仔细地端详她。他那由于相爱而变得更加英俊的身影从她那双晶莹的黑色眸子里映照出来。他们便这样一步一步地开始了那永远也不会从记忆中消逝的行为的全部过程。她愉快地接受了他的情意。他此时也不能左右自己，他俩都沉浸在各自的爱河中。为了达到同一个目的，每个人都应和着对方的节奏。弗朗西斯科无比幸福地微笑着，因为他终于找到了他从少年时期便孜孜追求的意中人，她是他多年来梦寐以求的，从他所有的女友、姐妹、情人和女同事中最终才找到的女人。在这个宁静的夜晚，他长时间地、不慌不忙地享受着爱情的欢乐。过了好一会儿，他感到她的身体像一件精致的乐器一样颤动起来，她深深地舒了一口气，喷到他的嘴里。这时，一个巨大的闸门在他的肚子里打开，一股强有力的洪流震撼了她，使伊雷内淹没在幸福的海洋之中。

他们紧紧地抱在一起，静静地躺着。这时，他们已充分体验到了爱的滋味，他们心心相印，身体贴得那么紧，爱的火焰又重新燃烧起来。她感到他在自己身体内又重新长大，便长时间地吻着他。苍天是他们的证人。他们身上满是泥土，被鹅卵石划碰着，干枯的树叶被狂热的爱压碎，身上是火烧火燎的感觉，这是没有节制的激情。在月光中他们嬉戏着，直到筋疲力尽。最后，他们拥抱着，双唇紧紧地贴在一起睡着了。他们做着相同的梦，开始了一次无情的征途。

晨曦微露时，他们被麻雀的喳喳声吵醒。看到两人的身体紧紧地挨在一起，两颗心紧紧地贴在一起，心里高兴得不知如何是好。但这时他们又想起了矿井里的尸体，重新回到现实中来。他们一边享受爱情的欢愉，一边却又心有余悸地穿上衣服，骑上摩托车，驶上了通往兰吉雷奥家的公路。

女人在大木盆前弯着腰用鬃毛刷搓刷着衣服。为了不踩在泥土地上，她宽大的脚掌稳稳当当地踏在一块木板上，一双结实的大手用力地搓洗着衣服。她不停地揉着搓着，然后把洗好的衣服放在一个水桶里，准备攒在一起到水渠里去漂洗。她只一个人在家，因为这个时候她的孩子们都上学去了，从熟透了的葡萄上已可看到夏天即将来临。花朵竞相开放，中午闷热难忍，白蝴蝶像被微风吹拂的手绢一样漫天飞舞。一群群小鸟飞到田野上，它们的啼鸣声与蜜蜂、牛虻的嗡嗡声汇成一片。然而，迪格娜对这一切无动于衷，她把双臂伸到水渠里，对与她的艰苦劳动无关的事不闻不问。摩托的吼叫声和犬吠声引起了她的注意，她抬起眼睛，看见女记者和她那从不分离的伙伴——那个拿着照相机的男人——不顾狗的狂吠走进了院子。她在围裙上擦干了手，朝他们迎了上去。她没有笑，因为即使她没有看他们的眼睛，也已猜到他们带来了可怕的消息。伊雷内·贝尔特兰轻轻地拥抱了她一下，这是她能想到的向她表示哀悼的唯一方式。那位当母亲的立即就明白了。她眼睛里没有泪水，因为她已习惯于忍受各种痛苦了。她紧闭嘴唇，露出痛苦的表情。之后情不自禁地深深叹了一口气。她咳嗽了一下，极力掩饰自己的这个弱点，把额前的短发拂到一边，请两位年轻人跟她到屋里去。他们三人在桌子旁坐下，有好几分钟都保持着沉默。最后，还是伊雷内找到了表达自己的恰当字眼。

“我想，我们已经找到她了……”她喃喃地说。

她把他们在矿井里看到的一切都告诉了她，但没有提到那些可怕的细节，因而，使人感到那具尸体也可能是另外一个人。然而，迪格娜排除了这种可能，因为多日来她一直等待着她女儿死去的证据。自从那天晚上女儿被人带走，自己心里感到十分痛苦，再说，这些年来，她对独裁政权也渐渐地了解，所以，她知道女儿必死无疑了。

“他们从来也不会把抓走的人放还的。”她说。

“这与政治没有关系，太太。这是一桩普通的谋杀案。”

弗朗西斯科解释说。

“对我都一样，拉米雷斯中尉杀了她，而他又是法律的主宰，我还能做些什么呢？”

伊雷内和弗朗西斯科也怀疑是中尉干的。他们想，他在那么多人眼前受到了羞辱，逮捕埃万赫利娜就是他进行报复的一种手段。也许他只是想把她关几天，但他没有想到，被他逮捕的人是那么脆弱，在惩罚她的时候失手将她打死了。他看到事情已经弄糟，便改变了想法，决定把她的尸体藏到矿井里，并假造了值勤日志，防止任何可能的调查。但这一切仅仅是推断，真正将这件事弄个水落石出还要走相当长的路。在年轻人去水渠洗漱的时候，迪格娜·兰吉雷奥去准备早饭。她像往常一样生火、烧水，在餐桌上摆好杯盘。干活的时候，她的神情显得很自然，极力掩饰内心的悲痛。她不好意思过于表露自己的感情。

一闻到热面包的香味，伊雷内和弗朗西斯科才感到饿得够呛，因为他们从前一天开始就没有吃东西了。他们慢慢地吃着，你看着我，我看着你，笑吟吟地回味着他们刚刚在一起经历的欢愉。他们手碰着手，以示相许诺言。尽管他们目睹了这样的悲剧，但此时他们却显得十分平静，似乎他们已经拼好了生活的七巧板，能够预见他们的命运。他们认为，在这全新、美妙的爱情的保护下，他们能免受一切伤害。

"得告诉一下普拉德里奥，叫他不要再找妹妹了。"伊雷内说。

"我上山去，你在这里等着，陪同迪格娜太太休息一下。"弗朗西斯科这样决定说。

吃完饭，他吻了一下女友，骑上摩托车走了。他还记得上山的路，毫不费劲地来到了那天他们同哈辛托第一次来这里时拴马的地方。他把摩托车放在树丛里，便走上山去。他确信自己辨别方向的能力，以为不需绕什么圈子便能找到藏身之地。但是，他很快就发现并不那么容易，因为这几天周围的景色已经变了。初夏的热浪冲击着山坡，烤灼着植物和大地，山上的一切变得白茫茫的，失去了光泽。弗朗西斯科已辨认不出他强记在心的几个具有特征的地方，只能本能地朝前走去。走到半路上，他心烦意乱地停了下来，肯定自己已经迷失了方向，因为他好像觉得他走过来走过去又到了同一个地方。倘若他不是一直在朝上走,他一定会以为自己在原地兜圈子。他已经被最近几天的紧张情绪和前一天晚上在矿井的事情折腾得筋疲力尽。他平时总是尽可能不随心所欲,免得使自己的神经过度紧张。他从事的地下工作要求他既要避免危险又要敢于冒险,而他总喜欢制订周密的计划,并按计划行动。他不喜欢干提心吊胆的事,但这次他却认为已无法做周密的安排了,因为他的生活秩序已经给打乱了。他已经习惯于像管道里的煤气,只要一遇火星便会引起扑不灭的大火那样的险境,但是,他同许多处在同样境遇的人一样,不愿去想这些事。他力图在正常的情况下安排自己的生活。然而,在那孤寂的山上,他明白,他已经越过了一道看不见的界线,进入了一个新的可怕的天地。

时近中午时分,天气热得能把岩石熔化。四周找不到一棵能纳凉的树木。他躲到一块突出的岩石下休息片刻,让猛跳的心脏平稳下来。真见鬼,我还是在晕倒之前回去吧。他擦干脸上的汗珠,继续往上爬,速度越来越慢,休息的时间越来越长。最后,他终于看到石缝中间流淌下来的很不起眼的那涓涓细流。他轻松地舒了一口气,因为他确信水的轨迹一定能把他带到普拉德里奥·兰吉雷奥的藏身之地。他感到太阳晒得皮肤火辣辣的,便用水弄湿了脖子和脑袋。他向上爬了最后几公尺,找到了溪水的源头,接着就在灌木丛中寻找山洞,同时喊叫着普拉德里奥的名字,但没有人回答。地上很干。泥土开裂,灌木上覆盖着灰尘,周围的景物呈现一片灰暗。他拨开几根树枝,山洞的洞口便露了出来,无须进去就可以知道里面没有人。他又在旁边找了找,也没有发现在逃者的踪迹。他猜测他一定在几天以前就离开了,因为在刮过风的地面上没有留下任何食物的残屑和人迹。在山洞里他看到一些空罐头和几本纸张发黄、破损不堪的牛仔小说,这是有人来过的唯一迹象。埃万赫利娜的哥哥留下的一切一定会放得井井有条，这符合一个习惯于军纪的人的做法。他察看了一下这几件东西，以便从中寻找某一迹象和信息。看来，没有任何使用过暴力的痕迹，他推测士兵们并没有找到普拉德里奥。毫无疑问，他已及时地走了，也许，他已下了山谷，远离了这个地区；也许，他已冒险翻过山岭，想越过国境。

弗朗西斯科·雷阿尔坐在山洞里，翻开了书，这是一套插图粗劣、由普通出版社出版的袖珍版小说，是从旧书店里买来的，也可能是从书摊上弄来的。面对普拉德里奥·兰吉雷奥的精神食粮，他笑了。霍帕隆·加西迪这个单枪匹马、在平原上长大的人和美国西部英雄一样，都是正义的神圣卫士，贫民的保护者，锄强扶弱，他回忆起在上次的会面中他们之间的谈话，回忆起这条汉子对别在腰间的武器的自豪感。左轮枪、武装带和靴子都是他看的这些故事中勇士必备的东西。这些能把一个无名小卒变成握有生杀大权的人的奇妙东西使他在这个世界上占有一席之地。普拉德里奥，这些东西对你来说真是太重要了，它们已被人从你手里夺走，而现在，你之所以还能继续生活下去，这是因为你相信自己是无辜的，而且希望能重新获得它们。它们使你相信你手里有权，它们能用兵营里的高音喇叭扰乱你的神经，命令你以祖国的名义去行使权力，这样，它们让你产生了负罪感，再也不能洗净自己的双手，让自己与罪恶永远相连，可怜的兰吉雷奥。

弗朗西斯科·雷阿尔坐在山洞里，回想起他生平第一遭手握武器的激动心情。他在青少年时代没有经历多大的波折，可能是由于对那架地下印刷机和他父亲激烈的自由主义说教产生了反感，他喜欢看书，而不喜欢参与政治。但是，他中学毕业后，一个极端主义小集团以某种革命的理想吸引了他，并接纳他为这个集团的成员。在很多场合里，他都问自己为什么会对暴力、对不可避免地会带来战争与死亡的动乱那么迷恋。在他同几个初出茅庐的游击队员去南方进行暴动，进行长征时，他才十六岁。七八个更需要保姆而不是步枪的毛头小伙子组成了那支可怜巴巴的军队，领头的是个比他们大三岁的人。只有他懂得一些战争的规则。对于弗朗西斯科来说，他并不是要在拉丁美洲建立游击战争的理论，因为他甚至都没有读过这些理论书。他只是为了去冒险，离开父母的身边。他想要证明他已经是个男子汉了。一个晚上，他连再见都没有说一声便离开了家，在背包里他只带了一把考察队员用的刀、一双毛袜和一个用来写诗的本子。全家都在找他，甚至报告了警察局。当最后获悉了他的行踪时，他们一家人都十分难过。雷阿尔教授紧闭着嘴，沉浸在忧郁之中，他因儿子不辞而别这种忘恩负义的举动伤透了心。孩子的母亲穿上了卢尔德斯圣母院的法衣，呼唤上帝把心爱的儿子还给她。她是一个很注意外表的人，随时顺应时装的变化，时而装上、时而取下裙子的贴边，时而增加衣服的褶子，时而又去掉横褶。穿上那件法衣本身就意味着她做出了巨大的牺牲。她的丈夫在开始的时候准备按他的教育经验行事，冷静地等待弗朗西斯科自觉地回来。但当他看见妻子穿上卢尔德斯修道院那白色的长袍，戴上天蓝色的腰带时，就再也耐不住性子了。他一时性起，把长袍、腰带一股脑儿地从她身上扯下来，还骂骂咧咧地威胁她说，她要是再穿这可笑的衣服，他就离家，离开国土，离开美洲。说完，他余怒未消，立即风风火火地离家寻找出走的儿子。在几天的时间里，他走遍了乡间小道，遇见路上的行人总要上前询问。他走过一个又一个村庄，翻了一座又一座山岭，怒火越积越多，心里想着一定要将儿子狠狠地揍一顿，即使是他一生中第一次打人，也在所不惜了。最后，终于有人告诉他，在森林里时常听到枪声，几个衣衫脏污不堪的年轻人常常跑出来乞讨食品，偷鸡。没有人会想到这些人会首创整个大陆的革命先例，人们只以为这不过是从印度取经而归的某个教派，就像已经看见过的其他许多异教派别一样。这些消息足以使雷阿尔教授找到游击队的营地了。当他看见他们身上的衣服又脏又破，披着长发，吃着罐头菜豆和腌沙丁鱼，用第一次世界大战时用过的来复枪进行操练，并忍受着山里马蜂、小虫的叮蜇时，他怒气顿消，一贯具有的同情心又涌上心头。以往他在党内受过良好的政治教育，这使他认识到，暴力和恐怖主义是一种战略错误，特别是在一个能够通过其他手段达到社会变革的国家。他认为这些武装小集团没有任何成功的可能。这些年轻人只会引来正规军的干预，将他们斩尽杀绝。革命，他说，应该来自觉醒了的、认识到自己的权利和力量、具有解放大众的责任心并付诸实践的人民，而绝不是七个拿战争当游戏的资产阶级子弟干的事。

当弗朗西斯科看见一个他一时没有认清的人影在树林中出现的时候，他正跪在一个小火堆旁烧着水。那是一个老人，穿着深色服装，戴着领带，风尘仆仆，神情忧郁，胡须已有三天没刮了，头发乱蓬蓬的，一只手提着一只黑色小箱子，另一只手拄着一根干树枝。小伙子吃惊地站起身来，他身旁的伙伴们也站了起来。这时，他才发现这人是谁。他记忆中的父亲是个两眼炯炯有神、说话声若铜钟的强健男子。但是，他怎么也不会想到，父亲竟是这么一个步履蹒跚、忧郁苍老、驼着背、鞋子上沾满了泥土的人。

“爸爸！”他刚刚叫出了一声，便被一阵抽噎堵塞了嗓子眼。

雷阿尔教授扔掉手提箱和当拐杖的树枝，张开了双臂。儿子跳过篝火，从他那些目瞪口呆的伙伴面前跑过去，扑向他的父亲。走到近处,他才发现他已经不能将脑袋埋到父亲怀里,因为自己已经高出父亲半个脑袋,块头比父亲还要大。

“你母亲在等着你。”

“我这就走。”

在小伙子收拾自己的东西的时候，教授抓住时机向其他几个人发表了一通演说，说如果他们想要搞革命，就要遵照一定的准则,而不能说干就干。

“我们并不是毫无准备的。”一个人说。

“你们都是疯子。”教授斩钉截铁地说。

若干年之后,这些年轻人又将重上山头,翻山越岭钻进原始森林,在被美洲历史遗忘了的村庄散发亚洲式的子弹和标语。然而,当教授把儿子从营地带走的时候,他没想到这一点。小伙子们见他们拥抱着离去,不由得耸了耸肩。

在回家的火车上,父亲默默地注视着弗朗西斯科。当他们到达车站的时候,父亲用短短的几句话说出了他心里想的一切:

“我希望这类事不再发生,以后你母亲每流一滴泪,我就要抽你一鞭子。你同意这样做吗?”

“同意,爸爸。”

在内心深处,弗朗西斯科是很愿意回到家里的。不久,他便彻底放弃了进行游击战的念头,钻进了心理学的书堆,他被物质世界幻觉说和一些思想中包含着另一些思想、而另一些思想中又包含另外的思想这样无止尽的循环学说迷住了。他还十分爱好文学,着了魔似的阅读着拉丁美洲作家的作品。他发现他生活在一个很小的国家里,那只是地图上的一小块地方,隐没在一块进步迟到了几个世纪的辽阔神秘的大陆之中。在这块大地上有风暴、地震,像海一样宽阔的河流和透不过阳光的繁茂的原始森林，以及在布满千年腐殖质的大地上行走着的神话般的动物和自地球诞生时起从未发生过变化的人类；这是一块被冷落了的大地，万物出生时额前都有一颗星星，这是神奇的标记；这儿有崇山峻岭，空气像纱巾一样稀薄，是一个神奇的地域；这儿还有杳无人烟的荒原、遮天蔽日的森林和宁静的谷地。在这里，所有的人种在暴力的熔炉里混为一体：插着羽毛的印第安人、来自远方各共和国的人、善于行走的黑人、慌慌张张的土耳其人、带火的姑娘、教士、巫师、暴君，所有的人都肩靠着肩来到这里，几个世纪以来踏上过这块充满激情的大地的生灵和幽魂都聚集在一起。在所有的地方，都有美洲的男人和女人，他们中有的人在甘蔗田里忍受着煎熬；有的人在锡矿和银矿里发着高烧，全身颤抖；有的人潜入水中寻找珍珠；还有的人虽在监狱中受尽折磨，可还是硬挺着幸存下来。

为了寻求新的生活，弗朗西斯科大学毕业以后，决定到国外去深造。这一决定虽使父母一时茫然，但还是同意资助他。他们出于谨慎，并没有提醒他说，年轻人孤身在外，会碰到种种险恶的境遇。他在国外待了几年，获得了博士学位，并精通了英语。为了能够生活下去，他在餐馆洗盘子，在移民区为无关紧要的节庆游行拍照。

这时，国内正处于政治动乱的高潮。到他回国的那一年，一位社会党候选人取得了选举的胜利。尽管有种种悲观的预测和阻止他当选的种种阴谋，他还是坐上了总统的椅子，这使美国大使馆的人目瞪口呆。弗朗西斯科从来也没有看见他父亲这样高兴过。

“你都看见了吧，孩子？不需要你的步枪，照样可以掌权。”

“你可是个无政府主义者，爸爸，你的那个政党并没有执政呀。”弗朗西斯科开玩笑地说。

“问题妙就妙在这里，重要的是人民有了政权。这样，就永远也不可能从他们手中夺走了。”

同往常一样，这一次他又给弄得莫名其妙了。军事政变那一天，他以为那只是一群叛乱分子，会很快被忠于宪法和共和国的武装力量所制服。几年以后，他仍然期望着发生这样的事。他总是用古怪的方法来反抗独裁政府。在实施镇压令的高潮中，连体育场和学校都被用来关押成千上万的政治犯了，这时，雷阿尔教授在厨房里印制了一批传单，他爬到邮电大楼的最高一层，把传单撒到街上。这时刮起了一阵风，他的任务完成得很好，有好几张传单还落到了国防部大厦。传单上提出了他认为是很适合于那个历史时刻的一些见解：

> 无论普通士兵还是高级军官，通过军人教育都不可避免地会变成社会和民众的敌人。就连他们的军服，那些带有区分兵种和军阶的可笑装饰物的军服以及成为他们日常生活组成部分的幼稚愚蠢的举动（这些举动若不用来吓唬人，就会使他们成为小丑），都会使他们脱离社会。他们的这副打扮加上无数种儿戏般的礼仪（军人的一生便在这种礼仪中度过，他们学会这种礼仪的目的是为了屠杀和毁灭）使那些尚未丧失尊严的人感到屈辱。倘若他们的思想没有受到系统的毒化，没有沾染虚荣心，便会羞愧得无地自容。消极的服从是他们最大的美德，他们在专横霸道的军纪约束下对任何主张自由行动的人都会感到恐惧，他们想强行建立野蛮的纪律、荒唐的秩序，而他们自己就是它的受害者。
>
> 若喜欢服兵役，便会伤害民众。
>
> 巴枯宁[1]

1 巴枯宁（1814—1876），俄国无政府主义者。

倘若能细加思索，或者能征求一下更有经验的人的意见，雷阿尔教授就会发现，把这篇文章用来散发实在太冗长了，因为人们还来不及读到一半，便会被抓起来。然而，他太崇敬这位无政府主义之父了，因而，对谁也没有说起过他的打算。他的妻子和儿子是在二十四小时之后，也就是在报纸、电台和电视台播送了一项军事通令之后才知道的，他把这则消息剪下来，收藏到相簿里。

第十九号通令

一、请全体公民注意，武装部队决不允许任何形式的公众游行。

二、公民巴枯宁（一张有损武装部队神圣名誉的传单的署名者）务须于今日十六时三十分前主动到国防部自首。

三、若不自首，便意味着置最高军事委员会的命令于不顾，其后果可想而知。

就在这一天，雷阿尔兄弟三人决定把印刷机从厨房里搬出去，以免他们的父亲跌入理想主义的陷阱不能自拔。从那时起，他们尽量不惹他发火。谁也不去告诉他反对派的活动。但是，他们没能阻止他在何塞以及教区的几个神甫和修女被捕的时候坐在中心广场上，手里举着一块标语牌：此时此刻他们正在拷打我的儿子。如果哈维尔和弗朗西斯科不及时赶去拽住他的胳膊，把他从那里拖走，他就会在自己身上泼上汽油，在聚集起来对他表示同情的人们面前点火自焚。

弗朗西斯科与协助在逃犯越过边境的那个组织取得了联系，他们还帮助反对派成员从另外一个地方越境。他筹集资金帮助那些隐藏起来的幸存者，为他们购买食品和药物；他还收集情报，藏在教士的鞋帮里和布娃娃的假发里送往国外。他完成了几项几乎不可能完成的任务:翻拍了政治警察署的部分绝密档案,缩印了行刑者们的证件,心想总有一天这些材料能帮助人们伸张正义。这个秘密他只告诉了何塞,而何塞从不愿打听人名、地名和其他细节,因为他知道在某些压力下保持沉默是多么的不容易。

由于他们从事同样的工作,他们俩总是心连着心。弗朗西斯科在普拉德里奥·兰吉雷奥的山洞里,便想到了他的哥哥。他后悔在这之前没有请求他的帮助。如果逃亡者已经进入了偏僻的山区,他的踪迹就不会被找到。但是,如果他下山去报仇被抓了起来,那就再也不可能营救他了。

弗朗西斯科已消除了疲劳。他弄湿了衣服,好让身体凉快一些。他开始下山了。中午时分,热浪像一件重物一样压在他头上,使他不时地眼冒金星。他终于来到了放摩托车的地方,他见到伊雷内已在那里等他。原来他的女友在兰吉雷奥家等得不耐烦了,便拦住了一辆过路的运蔬菜的大卡车,请司机捎她一程。他们俩热切地拥抱在一起。她把他带到树荫下,他们捡去鹅卵石,在地上坐下。她让他躺下,他躺在地上按摩正在抽搐的大腿。她用手帕给他擦了汗,打开迪格娜送给她的甜瓜,用牙齿咬成一小块一小块的,然后送到他的嘴里,并随即亲吻一下。瓜有点热烘烘的,非常甜,他觉得每吃一口都像服了一剂灵丹妙药,既可提神,又可解乏。吃完瓜,伊雷内把手帕在水坑里浸了浸,两人擦洗了一番。然后,顶着下午三点钟的烈日,他们又重温了前一天晚上的盟约,同时,用刚刚学会的方法相互亲抚着。

尽管他们沉浸在爱情的幸福中,伊雷内却无法摆脱矿井在她头脑中的印象。

"普拉德里奥怎么会知道他妹妹的尸体在什么地方?"她自

问道。

实际上，弗朗西斯科还没有想到过这问题，而且，他觉得这个时候去想它也不合适。他筋疲力尽，唯一的愿望是睡上几分钟，让头晕慢慢过去，但她却不给他时间。她盘腿坐着，像个托钵僧。她说得很快，一会儿说到东，一会儿说到西，就像她平时那样。她以为，这个细节正是好些重要奥秘的关键。在她的朋友正在恢复体力，并尽力使自己的头脑清醒一点的时候，她却围绕着这件事思考着。她提出疑问，寻找答案，最后断然地下结论说，普拉德里奥·兰吉雷奥知道洛斯利斯科斯矿井是因为他曾同胡安·德·迪约斯·拉米雷斯中尉去过那里。他们一定用它藏过什么东西。普拉德里奥知道那是一个安全的地方，猜想他的上司在需要的时候会再用上它。

“我什么也闹不清。”弗朗西斯科用梦游症患者夜间出游被突然惊醒时的眼神瞧着她说。

“这事很简单。我们再去矿井，挖开另一个通道，也许我们会发现令人吃惊的东西。”

日后，弗朗西斯科或许会笑嘻嘻地回忆起这一时刻，因为当恐怖阴影向他们合围过来时，他的主要愿望却是想拥抱一下伊雷内。他此时已忘掉了那些像野生灌木一样从地下冒出来的死尸，忘掉了被捕和被杀害的危险，满脑子尽是与女友做爱的愿望。他觉得找一个合适的地方与她欢娱片刻比他们解开眼下正在探索着的疑团还要重要。与她相比，疲惫、炎热、饥渴又算得了什么。最紧要的是把她搂在怀里，搂抱着她，闻她的香味，让它渗进自己的皮肤，在树林下占有她，或者就在路边，即使被行人看到也无妨。幸亏伊雷内的头脑清楚。你发烧了，当他想把她按到草地上时她对他说。她抓住他的衣服，把他推到摩托车边，让他上路。她坐到后面，搂住他的腰，在他的耳边一边下令前进，一边说着亲密的话。摩托车的震动和明亮的阳光缓解了她朋友的激情，使他恢复了往日的平静。他们就这样又朝洛斯利斯科斯矿井驶去。

伊雷内和弗朗西斯科到达雷阿尔家的时候，已经是夜幕四合了。伊尔达做完了土豆饼，厨房里弥漫着刚刚过滤过的咖啡散发出的浓郁香味。搬走了印刷机，这间宽敞的房间第一次展示出它原有的面积，全家人都能领略到这儿的乐趣：这儿有镶着大理石台面的木质家具，还有一台老式的冰箱，正中央放着那张可以派各种用场的餐桌，一家人常在那儿围坐在一起。冬天，这里是世界上最温暖、最受欢迎的地方。在放缝纫机、收音机和电视机的一边，是一盏照明用的电灯和散发着热气的煤油炉，此外，还有炉灶和电熨斗。在弗朗西斯科看来，没有比这更好的地方了。他童年时最美好的回忆都与这间屋子有关。他在这儿玩耍、学习，长时间地同他的某个扎长辫的女友通电话，而在这个时候，他的母亲(那时她又年轻又漂亮)在做家务事，哼着遥远的西班牙歌曲。房间里总可闻到新鲜蔬菜的味道，可以品尝油炸食品的美味。迷迭香的枝条、桂树叶、一瓣瓣大蒜、一个个葱头，另外还有桂皮、干石竹花苞、香子兰、茴芹和用来烤面包和饼干的巧克力，散发出混杂而又和谐的芳香，沁人心脾。

这天晚上，伊尔达煮了几匙伊雷内·贝尔特兰送的地道的咖啡。在这种场合，她觉得该从碗橱里拿出她珍藏的精致瓷杯，它们形态各异、晶莹剔透。年轻人一进门，最先闻到的便是咖啡的香味，这香味一直把他们引到了厨房。

弗朗西斯科一进家门，便感到迎面扑来的温暖气氛，就像他在童年时感受到的那样。那时，他还是个弱不禁风的孩子，是别的强壮调皮的孩子欺负的对象。出生后几个月，他便因一条腿先天畸形动了手术。他母亲是他童年的精神支柱。她看着他在自己身边长大，给他喂奶的时间超过了正常的哺乳期。她还常把他背在背上、抱在怀里，或让他靠在身上，好像他就是她身体的一部分。她这样照顾到他骨头完全长好，能生活自理。每当他背着沉重的书包从学校回来，总要先到厨房看看母亲，而她总是留着点心等着他，脸上挂着恬静的微笑迎候他。这一情景在他的记忆中留下了不可磨灭的印记。他在生活中，每当想捕捉童年往事，头脑里便会出现这间屋子里的每一件东西，这是母爱无所不在的象征。这天晚上，当他看到她晃动平底锅摊着薄饼，小声地哼着歌曲的时候，他产生了同样的感觉。在吊灯的照耀下，他父亲伏在本子前批改着考卷。

刚刚回到家的这两个人的外表使雷阿尔夫妇吃了一惊。两个年轻人的衣服又脏又皱，脸上显得十分憔悴，在他们的目光中有一种异样的神情。

“你们怎么啦?”教授问。

“我们发现了一个秘密墓地，里面有许多尸体。”弗朗西斯科解释说。

“他妈的!”父亲大叫一声，这是他有生以来第一次在妻子面前说粗话。

伊尔达用餐巾遮住嘴巴，惊愕地睁着圆圆的蓝眼睛，没有理会丈夫的骂人话。

“啊，圣母马利亚!”这是她唯一能想到的话。

“我认为他们是被警察害死的。”伊雷内说。

“是失踪者?”

“有这个可能，”弗朗西斯科说着从他的背包里取出几卷胶卷，把它们放在桌子上，“我拍了一些照片……”

伊尔达下意识地画了画十字。伊雷内筋疲力尽地斜靠在一把椅子上。这时，雷阿尔教授急速地踱来踱去，在他那丰富的语汇里竟然没有能找到合适的字眼来表达自己的感情。他本准备长篇大论地说上一通，但那件骇人听闻的事情却使他张口结舌。

伊雷内和弗朗西斯科讲述了事情的经过。他们到达洛斯利斯科斯矿井时已是下午四时许。他们又饥又乏，但下决心进行深入的调查。他们深信，一旦解开了这个疑团，他们就能正常地生活，安心地相爱。在大白天里，那个地方一点儿也不阴森可怕，但是，对埃万赫利娜的回忆总使他们不敢放心大胆地朝前走去。弗朗西斯科想一个人进去，但伊雷内决定冒着恶臭，帮助弗朗西斯科早点打开第二条通道，并尽快从那里出去。他们很容易地清除了洞口的瓦砾和石头，把毛巾撕成两片遮住鼻子，以挡住那难以忍受的腐臭。他们走进了第一个小洞。他们并不需要拧亮电筒，因为阳光透过洞口隐隐地照见了埃万赫利娜·兰吉雷奥模糊不清的尸体，弗朗西斯科用彭丘盖住尸体，不让女友看见。

伊雷内需要靠着墙才能保持身体的平衡，她的双腿已不听使唤。她极力去想她家里的那个花园，想象着在从天窗里掉下来的婴儿的坟墓上，勿忘我草在开花；她又想到集市上一大篮一大篮熟透了的水果。弗朗西斯科请她出去，但她强忍着胃部的痉挛，从地上捡起一根铁棒，敲打着封住通道的水泥表层。他拿起铁镐一起干了起来。这砖石砌死的封口是没有经验的人搞的，只要一碰，灰土就会剥落下来。这时，除了臭气，空气中还弥漫着灰尘。但他们没有退缩，因为他们每敲打一下，就更加确信在这道障碍物的后面，有他们寻找的东西，有长时间以来鲜为人知的事实。十分钟以后，他们挖出了几块碎布和几具骨架。这是男人的胸腔骨，外面套着一件浅色衬衣和一件蓝色坎肩。尘土越来越稠密了。他们拧亮了手电，仔细地察看着。毫无疑问，这是人的骨头。他们再挖开一片砖石，一个头盖骨滚到了他们脚边，一绺头发还粘在前额上。伊雷内再也无法忍受下去了，跌跌撞撞地走出了矿井，而弗朗西斯科还像一台无声的机器一样默默地继续挖着，更多的尸骨出现了。这时，他明白他们找到了一座堆满了尸体的坟地。根据尸体的状况进行判断，也许已经掩埋了不少时间。一块块尸体残骸从土中暴露出来，它们与衣服的碎片混在一起，上面粘着灰暗的、油腻腻的东西。弗朗西斯科在离开之前尽量沉着准确地拍了一些照片。这时，他好像是在梦中，似乎不再感到惊恐了，这些异常的东西他也觉得是很自然的了。他还发现了这件事的某种必然性，好像这些尸体一直在等待他的到来。这些从泥土中挖出来的尸体，有的手上的皮肉已经腐烂，有的前额被子弹穿过，它们很久以来就等在那里，不停地召唤着他，而他在这之前一直没有听到它们的呼唤。他发现自己像是神经错乱一般地正在高声向它们解释他姗姗来迟的原因，就好像他失了约一样。伊雷内在外面叫他，才使他又回到了现实。他失神似的走出了矿井。

他们封住了入口处，使它恢复他们进去以前的模样。他们休息了几分钟，大口大口地呼吸着纯净的空气；他们紧紧地握着手，听到彼此的心脏正在急速地跳动。他们急促的呼吸声和颤抖的身体说明至少他们还活着。太阳已经躲到了山梁后面，天边出现了火红的彩霞。他们骑上摩托车，朝城里驶去。

“现在我们该做些什么呢？”当年轻人叙述完了以后，雷阿尔教授问。

他们长时间地讨论了处理这件事的最好方案，排除了诉诸法律的办法，那样做等于自投罗网。他们推测普拉德里奥·兰吉雷奥一定会知道他妹妹在矿井里，他本人也用过这个地方隐藏其他受害者。报告当局意味着伊雷内和弗朗西斯科在短短的十二小时里便会失踪，洛斯利斯科斯矿井又会增加几锹新土。“正义”只是一个几乎已不使用的语言中被遗忘了的字眼，它像“自由”一词一样，蛊惑人心。军人们享有一切倒行逆施都不会受到惩罚的权利，这对政府本身也会带来麻烦，因为武装部队中除了政治警察成了国家的最高权力机构之外，每一个部门都有它自己的安全系统，不受任何控制。而从事这些职业的人都有一种职业性的嫉妒，这使他们犯下各种令人遗憾的错误，丧失了工作效率。常常会发生这样的情况：两三个小组出于相反的原因争捕同一名犯人并加以审讯，也会出现渗透到对方组织中的密探认不清谁是自己人的情况，最后形成同一个集团的人自相残杀的状况。

“我的上帝！你们怎么会想到去那个矿井?”伊尔达叹了口气说。

“你们做得对，现在要看你们如何处理这件麻烦事了。”

“我能想得到的就是通过报刊揭露它。”伊雷内想到了尚在发行的少数几家反对派办的杂志，便这样建议说。

“我明天就把照片送去。”弗朗西斯科说。

“你们别走得太远了。他们会在第一个街口就把你们干掉的。”雷阿尔教授肯定地说。

但是，他们都认为这个主意还是明智的。最好的办法是把这个消息公之于众，让全世界都知道，唤醒良知，动摇政府的基石。这时，伊尔达凭着她自己的直觉提醒他们说，教会是眼下唯一尚存的组织，所有其他的组织都已经被当局解散或取缔了。有了教会的帮助，不可能的事情就有可能办到，就能打开矿井而不会丢掉性命。他们一致同意把这个秘密告诉主教，让他来处理。

弗朗西斯科叫来一辆出租汽车，在戒严之前把伊雷内送回家，她已经没有力气坐在摩托车的后座上了。他睡得很晚，因为要冲洗胶卷；也睡得很不好，在床上不停地翻着身子，在黑暗中他仿佛看到了埃万赫利娜的脸，周围都是发黄的骨头，像响板[1]一样发出格格的响声。他在梦中惊叫了一声，醒来时见伊尔达在他身边。

"我给你弄了点椴树花浸剂，孩子，快喝了吧。"

"我想我该喝点更带劲的……"

"别说了，听话，这方面你要听妈妈的。"她笑着命令道。

弗朗西斯科坐在床上，吮着浸剂，一口一口慢慢喝了起来。她在一旁满意地看着。

"你怎么这样看着我，妈妈？"

"你没有把昨天发生的一切都告诉我。伊雷内和你做了爱，难道这不是真的？"

"没有的事！你干吗什么事都想管？"

"我有权利知道。"

"我是个老头子了，不用什么都向你报告了。"弗朗西斯科笑着说。

"听我说，我要提醒你，她可是个正经姑娘，我希望你真心实意地对待她，否则我和你没完，你明白我的意思吗？你现在就喝掉你的椴树花浸剂，如果你的内心很坦荡，你就会像上帝的宠儿一样睡得很香。"伊尔达一边替他塞好被角，一边说。

弗朗西斯科看见她走了出去，但她没有把门关上，以便能听见他是否会叫她。弗朗西斯科感受到他在童年时领略过的那种柔情。那时，他母亲坐在他床边，用手轻轻地抚摩着他，催他入睡。自那以后已经过去了许多年，但她仍像以前那样显得已不合时宜地关心

1 西班牙的一种打击乐器。

他。殊不知,他已成了每天刮两次胡须的人,他已得到了心理学博士学位,而且已经能够用一只胳膊将她就地抱起了。他常常为此讥笑她,然而,她并不想改变这种亲昵的做法,她感到自己有这个特殊权利,觉得只要有可能便要享受它。他们母子的关系早在她怀他时已开始, 并在互相认识到对方的缺点和美德的过程中得到了加强。这是一种十分美好的感情,他们希望这种感情一直持续到他们中的任何一个人去世以后。后半夜他睡得很沉,醒来时已记不清他做的梦了。他洗了一个热水澡,吃了早点还有母亲煮的最后一点进口咖啡。他把照片放进一个口袋,便到他哥哥住的村镇去。

何塞·雷阿尔原是个铝匠。他在不用喷枪和管子钳干活的时候,便忙于为这个村镇的穷人开展各种活动。他生性乐于助人,便挑了这个地方生活。他住在一个人口稠密的地区,从大路上看不到这个地方, 它被高墙和一排只有光秃秃的树枝的高耸入云的白杨挡着。这地方连植物都长不好。在一排白杨后面,是土路,每到赤日炎炎的夏日,或淫雨连绵的冬天,便泥泞不堪。住房都是用废材料建起来的。到处是垃圾、晾晒的衣服和争斗的狗。无所事事的男人聚集在街角消磨时间,孩子们玩着废铁片,女人们忙着修补旧衣。这是一个贫穷的、缺衣少食的地方,这儿使人得到安慰的是人们能互相帮助。在这儿,谁也不会饿死,一旦有人到了死亡的边缘,就会有人向他伸出友谊之手。何塞·雷阿尔在解释什么是“公用锅”时这么说。居民们为了让大家都能喝到汤,把他们能贡献出来的东西都放进这种锅里去。当地人在外地的亲戚还来投靠他们,因此那些人比穷人还要潦倒,他们甚至上无片瓦,下无寸土。在孩子们的食堂里,教会为最小的孩子分发每天的食品。这么多年以来看到的都是同样的景象,但神甫对那一排排刚刚洗过手、梳过头的孩子仍怀有同情心。他们按次序等待着进入木棚领取放在长桌子上的铝制盘子，而他们的哥哥姐姐们却得不到施舍，只能在一旁等待着剩余的食品。两三个女人烧煮神甫们募集来的食品。她们除了分发食物外，还监视着让孩子们当场吃完分给他们的那一份饭菜，要不然许多小孩会把面包和菜藏起来，带回家去，家里其他人都还没有吃的呢，他们只吃从市场上垃圾箱里捡来的蔬菜，喝熬了多次的已没有什么味道的骨头汤。

何塞同许多人一样，住在木头房子里，只是稍宽敞一些，他还用它来当办公室，以解决这些受伤害的教徒世俗的和精神上的问题。弗朗西斯科同一个律师和一个医生轮流为那里的居民提供有关心理上的矛盾、疾病和失去对生活的希望等方面的咨询。他们往往感到无能为力，他们面临的一大堆问题是没有办法解决的。

弗朗西斯科到达镇子的时候，正遇见哥哥准备出去。他穿着工装裤，拎着工具箱。当他确信只有他们两个人的时候，弗朗西斯科打开了背包。神甫看着照片，脸上一阵阵发白。这时，弗朗西斯科讲述起发生的事情。他从埃万赫利娜·兰吉雷奥和她的疾病谈起，接着又谈到他去莫尔格寻找她的情景，那时他对一切尚一知半解。最后，他讲述了在他脚旁发现尸体的经过，他手上拿的那些照片，都一一显示了这些景象。他只是隐去了伊雷内·贝尔特兰的名字，为的是不把她牵连进去。

何塞·雷阿尔一直听到最后，然后，长时间地沉默着，眼睛盯着地上，像是在思考。他弟弟猜想他是在极力控制自己的感情。在他的青年时代，任何形式的滥用权力、不公正或罪恶行为都会使他暴跳如雷。当了这些年的神甫，他已有力量控制自己的情绪，并忍气吞声地接受这个世界的现状。这个世界是上帝用来考验灵魂的，并非完美的创造物。最后，他抬起头来，脸部已经恢复了镇定，他的声音十分平静。

“我去同主教谈谈。”他说。

“在我们应该进行的战斗中，上帝会保佑我们的。”主教说。

“一定如此。”何塞·雷阿尔说。

主教用手指尖又一次夹起照片，察看着那些肮脏的破衣烂衫、没有眼珠的眼窝、僵硬的双手。不认识主教的人见到他总是会大吃一惊。在公共场合、在电视屏幕上，当他在教堂主持弥撒，穿着绣着金银线的法衣，后面跟着教徒的时候，他显得身材高大，风度翩翩。但实际上他并不高，长得又粗又壮，他有一双农民的粗糙的手，很少说话，但说起话来，几乎总是很粗鲁。这不是因为他无礼，而是因为他不善辞令。每当有妇女在场，或在集会上，他那沉默寡言的性格表现得更为突出，相反，在他行使职责时却不会流露出来。他朋友很少，经验告诉他，像他这样地位的人，感情内向是必不可少的美德。他仅有的几位挚交都说他和蔼可亲，具有乡下人的朴实性格。他出生在一个人口众多的外省人家里。他还记得父母亲家里那丰盛的午餐，大桌子周围坐着十二个兄弟姐妹。陈年的葡萄酒在院子里装瓶然后在酒窖里保存好多年。他仍保留着爱喝鲜美的菜汤、爱吃玉米饼、炖鸡、砂锅海贝的习惯，他还特别爱吃自制的甜食。在他住处照料他的修女抄来了他母亲的菜谱，让厨子为他准备他童年时吃的菜肴。尽管何塞·雷阿尔说不上与他有什么深交，但他通过在教区的工作对主教还颇为了解。他们在那里经常接触，有着良好的共同心愿，这把他们连在了一起。他们都希望人类相互帮助的精神能到达上帝的爱尚未降临的地方。每当他同主教在一起，总会产生第一次遇到他时的忐忑不安的心情，他头脑里始终保持着主教那高雅的形象，与这个颇像村民而不似教会首领的壮实的老人完全不同。他对主教极其崇敬，但他没有让这种心情流露出来，因为主教容不得任何方式的恭维。在国内其他一些地方还没有看到他的真正品德之前，何塞·雷阿尔便已看到他在以后对付独裁统治所表现出来的勇气、意志和智慧。无论是对他的种种敌视，还是监狱里关了许多神甫和修女，或者是罗马的警告，都不能使他放弃自己的目标。教会领袖把保卫新秩序的受害者的重担放在自己肩上，用他那强大的组织来为被迫害的人服务。当形势变得危险的时候，他凭着他对两千年的宗教历史及其力量的了解，改变着策略。这样，他就避免了耶稣的代表和将军的代表之间的公开对抗。有时候，他给人以退却的印象，但人们很快就会发现，那只是一次政治上的应急措施。他丝毫也没有放弃保护孤儿寡妇、救护囚犯、寻找死者、以慈善施舍代替伸张正义的义务。正因为这样，再加上其他许多原因，何塞才认为他是能使洛斯利斯科斯的秘密大白于天下的唯一希望。

这时他们在主教的办公室里。在笨重的旧木桌上放着那些照片，透过玻璃窗照射进来的光线倾泻在照片上。从他坐的椅子望去，客人可以看到窗外春天明净的天空和街上百年老树的枝叶。房间里摆设着深色家具和放着书的书架。光秃秃的墙壁上只挂着一个绕着带刺铁丝的十字架，这是一个集中营里的犯人们送给主教的礼物。在一张带有轮子的桌子上，放着白色陶瓷大茶杯，里面盛着茶，旁边还放着来自圣衣会修道院的千层饼和果酱。何塞·雷阿尔喝了最后一口茶，把照片放进铝匠用的手提箱。主教揿了揿铃，一位秘书立即走了进来。

“请您今天就把这张名单上的人召集到这儿来。”他说着递给秘书一张他用规规矩矩的手写体书写了一大串名字的纸片。秘书走了出去。主教转身面对着何塞。

“您是怎么知道这件事的,雷阿尔神甫?”

“我已经对您说了,主教阁下。这是忏悔的秘密。”何塞笑了笑,暗示着他不愿谈这个问题。

“倘若警察决定调查这件事,是不会同意这样的解释的。”

“我甘冒这个危险。”

“但愿没有这个必要。我知道您被捕过两三次,是这样吧?”

“是的,主教。”

“您不要太引人注目了。我想您最好暂时不要去这个矿井。”

“我对这件事非常关心。如果您同意的话,我想干到底。”他颇为激动地说。

老人看了他几秒钟,仔细地打量着他,想知道他这样做更深一层的原因。他同他一起已经好多年了,他认为他是教区中一个受人尊敬的神甫,教区就是需要像他这样身穿工装裤、双膝上放着工具箱、坚强无畏、心地善良的人。神甫正直的目光使他相信,他不是由于好奇或矜持,而是为了弄清事实真相。

“当心点,雷阿尔神甫,我这不光是为了您,也是为了教会,我们不想同政府对抗,您明白吗?”

“我完全明白,主教。”

“今天晚上请您来参加我召集的会议, 如果上帝允许的话,您明天便可打开矿井。”

主教从椅子上站起身来,把客人送到门口。他慢慢地走着,把一只手放到这个同他一样选择了爱别人胜过爱自己的艰苦使命的人的强壮有力的臂膀上。

“愿上帝与您同在。”在何塞准备低头去吻他的戒指的时候,老人用力地握着他的手向他告别。

晚上，经过挑选的一群人聚集在主教的办公室里。这件事没有逃脱政治警察和国家保安机关的眼睛，他们向将军本人报告了这件事，但他们根据避免与教会冲突的确切指示，不敢去阻止它。他妈的，这些该死的神甫总是要到那些谁也没有叫他们去的地方管闲事，他们为什么不去拯救灵魂，而让我们来治理国家呢？你们让他们去吧，不要再给我找麻烦了，将军愤怒地说。你们去调查一下，看他们在搞些什么鬼名堂，我们要在这些倒霉鬼在讲道台上发表亵渎祖国的言论之前防患于未然。我们不得不教训他们，尽管这并不是我的本意。我是一个天主教徒，一个循规蹈矩的罗马教会的信徒，我不想同上帝作对。

他们不知道那天晚上都说了些什么，尽管他们将买来的窃听器放进了圣地（这些窃听器放在三个街区之外都能听到旅馆里情人们喘气的声音），尽管他们监听所有人的电话，探听国家这个大监狱里最新的不轨行为，尽管他们派密探穿着灭蟑人的制服，乔装成商店推销员、花匠，甚至装成沿街乞讨的跛子、瞎子和羊痫风患者混入了教区。保安机关费尽了心机，只了解到那张名单上的人关着门在里面待了好几个小时。我的将军，然后他们走出办公室，进了餐室，他们在那里喝了海鲜汤，吃了烤小牛肉配土豆和欧芹，甜食是一个……说说重要的吧，我的上校，不要再说菜单了，告诉我他们说了些什么！我们什么也没听到，我的将军，但如果您认为合适的话，我们这就去审问秘书。你别蛮干，上校。

半夜，参加集会的人在主教住宅门口互相告别，警察毫无顾忌地公然在街上盯着他们。他们知道，从这时开始，他们都有生命危险，但是，谁也没有动摇。他们已习惯于在悬崖的边缘行走。他们为教会工作已经有好多年了。除了何塞·雷阿尔，所有的人都是非神职人员，有几个人还是非教徒，在军事政变前从未与教会有过接触，只是在那以后，才在阴影下的共同抗争中结合起来。人都走了，只剩下主教一个人，他便关了灯，朝房间里走去。他很早就让他的秘书和仆人去休息了，他不想让他们熬夜。由于上了年纪，他的睡眠时间短了，他喜欢一个人坐在那里，点着蜡烛在办公室里工作。他在房子里走着，检查所有的门是否都已关上，插销有没有插上，最近自花园里发生一次炸弹爆炸以来，他采取了一些防范措施。他断然拒绝了将军要给他一队保镖的建议，同时也不同意一些年轻的天主教徒为他的安全替他守夜。他相信，他会活到指定的时刻，一分钟不多，一分钟不少。另外，他说，教会的代表不能像政治家、黑手党的首领和独裁者那样乘着装甲车、穿着防弹背心满世界转悠。即使有朝一日不定是谁把他谋杀了，那么，另一个神甫很快就会接替他的职位，继续他的事业。他这样想着，心里十分坦然。

他走进卧室，关上沉重的木门，脱去衣服，穿上长长的睡衣。直到这时，他才感到疲乏，感到他承担的责任的分量，但他丝毫也未动摇。他跪在祷告用的凳子上，将脸埋在双手中，就像他在生活中每时每刻所做的那样与上帝交谈。他坚信他的话上帝定能听见，并能得到上帝对他提出的问题的明示，这方面他从来没有出过差错。有时候，造物主的声音很晚才能听到，或者通过蜿蜒曲折的途径传过来，但造物主从未置之不理。他长时间地祈祷着，一直到他感到腿脚冻僵，自己这上了岁数的人的腰背支撑不住。他知道，他这把老骨头已承受不了这么大的压力了。他满意地叹了口气，上了床，因为上帝已经同意了他的决定。

星期三一早，天气便像盛夏那样烈日炎炎。委员会的成员分乘三辆汽车来到洛斯利斯科斯。委员会由助理主教率领,何塞·雷阿尔带路。他根据弟弟的指点在地图上画出了行进路线。记者们、国际组织的代表们和律师们从前一天晚上起就受到将军派来的密探们的跟踪,此刻这些人又在远处监视着他们。

伊雷内也想以杂志社的名义跻身其间, 但弗朗西斯科劝阻了她。他们不会像委员会的成员(委员会的地位就为他们提供了某种安全的保证)那样受到保护。倘若再把他们同发现尸体的事联系起来,那他们就没有命了。这种情况是很可能发生的,因为在埃万赫利娜把拉米雷斯中尉举到空中的时候,他们俩都在场,他们还到处打听失踪姑娘的下落,并与兰吉雷奥一家保持着联系。

汽车在矿井附近停了下来。何塞·雷阿尔常年干重活,生得虎背熊腰,第一个上去清除洞口的土块石头,其他人跟着他干,短短几分钟,便挖开了一个窟窿。这时,保安机关的人在远处用无线电向将军报告,那些嫌疑分子不顾指示牌的警告正准备进入矿井。我们等待着您的指示,我的将军。报告完毕。你们遵照我原先的命令监视他们,不要惊动他们,不论发生什么事,都不准这样做。命令完毕。

助理主教决定采取主动,第一个进入矿井。他并不灵巧,但他像埃及獴一样蜷缩着先伸进双腿,然后再将身子钻进去。难闻的气味像一把锤子一样几乎把他击倒。当他的眼睛适应了黑暗,看见了埃万赫利娜·兰吉雷奥的尸体,不由得惊叫一声。其他人都围了上去,扶他从里面出来,把他扶到树荫下,让他休息一下。这时,何塞·雷阿尔凑合着用报纸做了几个火把,建议大家用手帕蒙住鼻子,一个一个地进入矿井,身体下蹲,以便看一看姑娘那腐烂的尸体和零碎的骨头、头发和破衣。他们只翻动了一下石头,就发现了一具具尸骨。从洞里出来,谁也说不出话来。他们脸色发青,全身颤抖,互相望着，像是要弄清这里究竟有多少尸体，只有何塞·雷阿尔有足够的勇气把洞口封起来，他担心狗会进去吃掉尸骨，也担心那些凶手看到洞口已被打开，知道自己已暴露，便会销毁罪证。然而，他这样做毫无用处，因为两百米以外的地方，警察在辎重车里用从欧洲带来的望远镜监视着他们，并用从美国运来的红外线探测仪探视洞内的一切。几乎在助理主教进去的同时，上校也就知道了洞内的一切。但是，我的将军的指令是十分明确的：不要与神甫们纠缠，等着他们走下一步棋，看看他们还要搞什么鬼名堂。不管怎么说，这只不过是几具没有人认领的尸体。

委员会很早就回到城里，在发誓不作任何评论以后，便各自离去。他们将在晚上会见主教，向他报告执行任务的情况。

这天晚上，主教房子的灯光一直亮到天明。秘密警察爬上街道两旁的树木，拿着从远东搞来的、可以在黑暗中透过墙壁看到屋里一切的仪器，此时也不知如何是好。我们还不知道他们在搞什么名堂，我的将军。现在已经戒严了，他们还聊着天，喝着咖啡。如果您下令，我们就冲进去，把他们全都抓起来。您说什么？混蛋，不准你们胡来！

天亮了，客人们分头走了，主教把他们送到门口。只有他面无惧色，他内心坦荡，没有丝毫的胆怯。他躺了一会儿，吃完早饭便打电话给最高法院院长，请他尽快接见他的三位代表，他们将带去一封非常重要的信函。一个小时以后，那封信已经在法官的手里了。他希望远远地离开这迟早会爆炸的定时炸弹，到世界的另一端去。

烦请面交最高法院院长先生

院长先生：

几天以前，一教徒在忏悔时，告诉神甫他在某地发现若干具尸体，并说出了该地的地名。该神甫经教徒本人同意，将此事报告了教会当局。

为证实这一情况，由《事件》和《星期》杂志主编和全国人权办公室官员组成的委员会已于昨日前往所指地点。该处系一业已废弃之旧矿井，位于离洛斯利斯科斯不远的山坡。

到达该地，我等将挡住矿井的杂物清除，证实确有数目不详之尸体多具。此事既已证实，我等即行中断对该事的调查，因弄清所获消息是否确切乃我等之目的，我等决不做属司法调查范围内之事。

然则，我等认为，根据该地特点及尸体堆积情况(我等已证实确有其事)，即可看出，有大量受害者的消息完全属实。

鉴于此消息会引起公众的不安，我等直接报告国家最高司法当局，望最高法院采取措施，尽快进行详细调查。

谨致

敬礼

助理主教　阿尔瓦罗·乌尔巴内哈

教区副主教　赫苏斯·瓦尔多维诺斯

律师　埃乌洛吉奥·加西亚·德拉罗沙

法官很了解主教。他猜想这不是闹着玩儿的，主教已准备面对面地战斗了。在这种情况下，他一定得到了所有头面人物的支持，否则，像他这样机灵的人，是不会没有把握便把这堆白骨放在自己手里，并诉诸法律的。无须多少经验，他便可知道凶手们是在镇压机关的庇护下干的，因此，教会才不相信司法机关，亲自出面干预。他擦干了前额和脖子上的汗珠，服用了几片治疗气闷和心跳过速的药片。司法机关听命于将军指示这么多年以后，真相终于要大白于天下了，这，他倒有点担心。这么多年来，他们利用权势，让教区的律师败诉；他们还为新发明的种种罪案制定新的法律。我本该急流勇退，体面地退下来，安安稳稳地种我的玫瑰，免得背着这沉重的罪疚与耻辱载入史册。这负担使我夜不成眠，白天也受尽折磨，尽管我做这一切并不为了个人的野心，而是按将军上台伊始向我提出的要求，为祖国效劳。但是，现在已经晚了，这该死的矿井就像我的坟墓一样在我脚下打开。只要主教出面干预，这些死尸就不会像其他死人那样一声不吭了。我本应在军事政变的那天，即在他们轰炸总统府、关押部长、解散议会和人民希望有人能挺身而出维护宪法的时候就辞职。那天，我应该借口说自己已年老多病需回家休息，而不应听命于军官委员会，对我属下的各级法院进行清洗。

最高法院院长想先给主教打个电话，同他达成谅解，但他很快醒悟过来，这件事已超出了他的权限。他拿起电话，拨了个绝密的号码，与将军直接通起话来。

尽管在洛斯利斯科斯矿井周围拉起了铁丝网，警盔和警靴密密匝匝，但仍无法封锁消息。它一传十，十传百，传得家喻户晓，以致深深地震动了全国。士兵们将好奇的人们赶得远远的，但不敢像阻止那些关心这一屠杀丑闻的外国记者和观察员那样，阻止主教和他的随行人员来到那儿。星期五早上八点钟，侦探部门的人员戴着面具和橡皮手套，根据最高法院的指示开始挖掘证据。这时，最高法院也得到了将军的指示：挖开那该死的矿井吧，挖出那堆死尸，告诉舆论界，我们定要严惩凶手。然后，我们再等着瞧，人们的记性不会太好的吧。这时，一辆卡车运来了一车黄色塑料大口袋和一批建筑工人，清理了土石。他们按照严格的顺序将结果都一一记录在案：完全腐烂、上面覆盖着一条暗色披巾的女尸一具，鞋一只，头发一绺，下肢骨一块，肩胛骨一块，肱骨一块，脊椎骨一块，带着上肢的胸骨架一副，裤腿一只，头颅骨两个（一个完整，另一个缺下巴），镶着金属套的牙齿一颗，脊椎骨、肋骨若干副，带着衣服碎片的骨架一只，还有几件颜色各异的衬衣和袜子，髂骨一块，再加上几具骨架。所有这一切都装在三十八个口袋里，封好口，点好数，装上卡车。他们要转运数次才能运到医学院。亲临现场的部长根据找到的头颅的数目，数了一下，共十四具尸体，但他没有排除如果再仔细地挖掘，会在更深的地层中再发现尸体的可能性。有人开了一个令人心惊的玩笑：如果再往下挖，定会出现征服者的骨骼、印加人的木乃伊和史前人的化石。但是，谁也没有心思笑，人们一个个心情都很沉重。

人们一大早就来到这里，站立在荷枪实弹的士兵围成的界线外。最先来的是住在当地的死者的遗孀和子女，他们每人在臂上都缠着黑纱，表示哀悼。以后，洛斯利斯科斯的所有农民几乎都来了。中午时分，从首都的郊区开来许多汽车。周围的气氛异常悲戚，像是大难即将临头一样，连鸟儿都停止了飞翔。他们已等待了好几个小时，白日的光线已经暗淡，使周围景物变得模糊不清。装尸体的塑料袋一个个都装满了。站在远处的亲属们极力想认出一只鞋、一件衬衣、一绺头发，眼力好的人对他身边的人说：那是一个头盖骨，上面的头发还是白的，可能是弗洛雷斯老爹，你们还记得他吗？现在他们又装好一个口袋，但是还没有结束，还在往外搬。据说，要把尸体运到莫尔格去，在那里我们可以站在近处看。那要付多少钱？我也不知道，我们总要付点钱吧。认出了自己的亲人也要收费？不，这应该免费……

整个下午都在不断地来人，把一座小山都占满了。人们听着铁镐和铁锹挖地的声音，看着官方的卡车来来往往，警察、官员和律师们在交头接耳，那些不被允许靠近的记者则在吵吵嚷嚷。日落时，人们一起大声念诵着追悼亡灵的经文。有人用床单搭了个临时帐篷，准备无限期地留在那里，但是，宪警们在其他人效法以前便用枪托把他轰走了。这一切都发生在主教出现以前不久。主教乘着大主教辖区的汽车越过了士兵警戒线，士兵示意让汽车停下，他也毫不理会。他从汽车上下来，大步走到卡车面前，用严峻的目光数着口袋。这时，在场的那位部长在一旁对他解释。当最后一辆装着黄色塑料袋的车子开走，警察命令众人离开该地的时候，夜幕已经降临，人们开始在黑暗中往回走。人们互相谈论着自己的不幸，他们明白了所有人的悲剧都大同小异。

第二天，在医学院的办公室里挤满了从全国各地赶来的人，他们都怀着能找到自己亲人的尸体的希望。但是，他们的要求遭到了拒绝，除非有新的命令，像将军说的那样，因为把尸体挖出来是一回事，而把它们拿出来让所有的人去看，又完全是另一回事了，这里可不是集市。这些混蛋想干什么，快把这件事给了结了，上校，免得我失去耐心。

“那我们怎么对付舆论界，怎么对付那些外交官和新闻界人士呢?我的将军?”

“同以往一样，上校，战时不改变战略，要向罗马皇帝们学学……”

在教区的街道上，成百的人举着他们失踪的亲人的画像坐在那里，他们不知疲倦地咕哝着，他们在什么地方?这时，一些以工人身份出现的神甫和身着长裤的修女正在教堂斋戒，他们也出来支持人们的要求。星期天，在讲道台上宣读了主教起草的致辖区教徒的信。人们在这么长的时间里第一次敢于与邻人一起哭泣，他们互相打电话，共同议论数不胜数的事例，组织宗教游行，为受害者进行祈祷。在当局尚未觉察的时候，不可抑制的人群举着旗子以及要求自由、面包和正义的标语，走上了街头。人们像涓涓细流一样，从城郊的各个村落拥出来，慢慢地聚拢在一起，队伍逐渐壮大，成了黑压压的一片。他们高唱着宗教歌曲，高喊已经多年没有喊过的、似乎已永远忘却了的口号。人民聚集在教堂里、墓地上，这是直到那时警察尚未携带武器进入的唯一的地方。

"我该拿他们怎么办，我的将军？"

"同以往一样，上校。"他从地下掩体的深处说。

与此同时，电视台仍在竞相播放平常的节目，有轻音乐、各种竞赛、彩票抽奖和爱情娱乐片，报纸上刊登球赛的结果，以及国家元首为一个新的银行奠基剪彩的消息。但是，在短短几天里，矿井发现尸体的消息及有关照片通过电传打字机传遍了全世界。新闻通讯社得到了这些消息，又把它们发回国内。这样，尽管当局进行了新闻检查，还对此事进行了荒诞的解释，却再也未能封锁住这件丑闻。所有的人都在电视屏幕上看见那个矜持的播音员在朗读官方的说法：这些尸体都是被他们的同伙处决了的恐怖分子。但是，没有人怀疑那些都是被杀害的政治犯。在集市的蔬菜水果摊上，在学校的学生和教师中间，在工厂的工人中间，甚至在资产阶级的沙龙里都在谈论着这恐怖事件。资产阶级中的某些人这才发现，国内居然有些事办得并不妙。这么多年来只能关起门窗说的话，第一次走上大街给大声地喊了出来，人们也说出了心中越来越大的积怨，它震动了众人的心灵。只有那些冷漠无情的人面对这一切才会无动于衷，贝阿特丽丝·阿尔坎塔拉就是其中之一。

星期一吃早饭的时候，贝阿特丽丝见她的女儿在厨房里看报，发现她手臂上布满了红斑。

“你出疹子了。”

“这是过敏，妈妈。”

“你怎么知道的？”

“弗朗西斯科告诉我的。”

“啊，现在摄影师也会诊断了，我们还有什么用呢？”

伊雷内没有做声。她母亲凑上前去看了看红肿的地方，证实了这的确不是传染病，可能还是那小子说得对，只是春天常见的皮肤过敏。她放心了，拿起一张报纸瞄了一眼，她的眼睛看到了横贯头版的大字标题：“失踪者，哈哈哈！”她吸了一口橙子汁，心里感到吃惊，因为这标题就连她这样的人都觉得刺眼。然而，她又不愿去听那到处都在谈论的洛斯利斯科斯发生的事情。她抓住这个时机，同罗莎和她的女儿谈了起来：那样的事情，在爱国军人为反对马克思主义毒瘤而发动的战争中是很自然的，任何战争都会有伤亡，最好还是忘掉过去，重建未来，一切从头开始。不要再去谈论什么失踪者了，权当他们已经死了吧，还是彻底地解决合法问题吧。

“为什么你不去做爸爸做过的事？”伊雷内搓着两只手问。

贝阿特丽丝没有听出女儿讽刺的口吻，她正在高声朗读一篇文章：“重要的是尽力医治创伤，克服对立情绪，在进步的道路上前进。有鉴于此，继续寻找尸体已无意义，多亏武装部队的行动，国家进入了新阶段。紧急时期之所以能顺利度过，是因为当局宽宏大度，在各个方面运用必要的权力建立了秩序，重建了民众的生活。”

“我完全赞同这一说法，”贝阿特丽丝说，“为什么还要到矿井里去认这些尸体，去寻找凶手呢？这都是几年前的老账了，人都死了好多年了。”

现在人们终于能享受舒适和安逸，能随意购买物品了，不像以前为买一只小公鸡还得排队，现在找个保姆也容易得多了，过去那种有害的社会主义狂热已经结束，民众应该多干事，少谈政治。埃斯庇诺沙上校说得好（她背了出来）："让我们为这个美丽的国家共同奋斗，它有那么美丽的太阳，那么美好的事物，那么美好的自由。"

罗莎在洗碗池那里耸了耸肩，伊雷内感到浑身痒得难受。

"你别抓了，会抓破的。等古斯塔沃来了，你就要变成麻风病人了。"

"古斯塔沃昨天晚上回来了，妈妈。"

"噢，你为什么不早告诉我呢？你们什么时候结婚？"

"永远也不结婚。"伊雷内回答说。

贝阿特丽丝将杯子停在盘子和嘴唇中间。她很了解自己的女儿，知道在什么时候她的决定是不可更改的。她眼睛里的炯炯目光和说话时的语调都告诉她，女儿身上的红斑不是谈情说爱引起的，而是另一种性质的问题。她回忆了最近几天的情况，猜想在伊雷内的生活里一定发生了什么不寻常的事情，这些天她的作息时间很不正常，白天都不在家，回来时累得筋疲力尽，汽车上满是尘土。她没有穿那条吉卜赛裙，也没有戴那串女巫用的玻璃珠，却穿得像小伙子一样。她吃得很少，半夜常惊叫着醒来。但是，贝阿特丽丝此时远没有把这些情况同洛斯利斯科斯的矿井联系在一起。她想再询问她一下，但姑娘站着喝完了咖啡，边走边说她要到城外采访，晚上才回来。

"都是那摄影师搞的鬼，这我敢肯定。"女儿出门时，贝阿特丽丝大声地说。

"心想到哪儿，腿就往哪儿迈。"罗莎说。

“我给她买了体面的嫁妆，她倒给我说出这样的话来。她同古斯塔沃相爱了这么多年，到最后还是吹了。”

“俗话说，福兮祸所伏，太太。”

“真讨厌，罗莎！”贝阿特丽丝用力关上门，走了出去。

罗莎对她在前一天晚上所看到的一切保持沉默。上尉离开了那么长时间回来时，伊雷内这姑娘像对待陌生人那样对待他。我只要看到她的脸色就知道，我不能给她穿结婚礼服了，而我准备在晚年抚育蓝眼睛黄头发的小宝宝的打算也付之东流了。俗话说，凡人只能提出建议，上帝才能做出决定。如果一个女人送面颊过去的目的并不是让未婚夫亲吻嘴唇，那么连瞎子也能看出来，她已经同他绝情了。她把他带到客厅，尽量坐得离他远一点，默默地看着他，这就意味着她想在那里直截了当地告诉他， 正如上尉听到她说的那样：我感到十分抱歉，我不同你结婚了，因为我爱着另一个人。她就是这么说的，他什么也没说，可怜虫，我很可怜他。他红着脸，下巴颤动着，像孩子一样几乎要哭出来。我是从门缝里看到他的。我这样做并不是出于好奇（请上帝原谅），而是因为我有权利了解我家小姐的事情，否则，我怎么去帮助她？我照料她，爱护她，胜过伺候和爱护她的亲娘， 这我没有白干。我看到那小伙子坐在沙发的边缘，手里拿着用纸包着的礼品盒，心里不由得一阵阵发紧。他刚理过发，此时真不知道把他对伊雷内这么多年的爱向何处倾注。依我看，他是个好小伙，高高的个子，潇洒的风度，就像王子一样，服装总是穿得笔挺，身子直溜溜的，真有绅士气派。但是，美男子的外表也不能博得伊雷内的欢心，因为姑娘注重的不是这些，特别是现在她已爱上了摄影师。熟睡着的虾是会被水流冲走的。古斯塔沃不该让她那么长时间一个人待着。我真摸不透这些摩登青年，我们那会儿可没有这么自由，一切都有定规：女人在家要少说话，未婚妻要绣着被单在家里等着，哪儿能坐在男人的摩托车后座上呢。上尉应该预防这种事情，真不该放心大胆出外去旅行。我从一开始就看出来了，还对他说：久离必忘情。可我的话谁也听不进去，还那样看着我，好像我是个蠢女人，可我一点儿也不傻，姜还是老的辣。我知道，古斯塔沃已经清楚一切都无法挽回了，没有什么办法可想了，爱情已经死亡，已经被埋葬了。当他把礼品盒放在客厅的桌子上的时候，他的手在出汗，他问这是不是她最后的决定。他得到回答后，连头也没回便走了，也没有问一问他情敌的名字，似乎他心里已经知道，非那个弗朗西斯科·雷阿尔莫属。我爱着另一个人，这是伊雷内说的一切，这就足以使我也记不清楚维持了多少年的未婚夫妻的关系土崩瓦解了。我爱着另一个人，我家小姐这么说，她的眼睛里闪烁着我从未见过的光芒。

一星期后，洛斯利斯科斯的消息已让位给其他的新闻，为了满足公众的好奇心，新的令人震惊的事件又给推了出来。正如将军预言的那样，这件丑闻开始被人遗忘了，已经不占据报纸的头版了，只是几份严格控制发行的反对派的杂志，还在继续刊登有关报道。事实就是这样。但伊雷内决心继续寻找证据，补充新的细节，以维持公众对这件事的关注。她相信，人民的呼声终将战胜怯懦。找到凶手，弄清死者的名字，已成了她执着的追求。她知道，一步不慎或由于命运的不济，都会让她付出生命的代价。但是，她决心不让那些罪行因检察机关作祟和法官们为虎作伥而烟消云散，尽管她曾答应过弗朗西斯科，自己将待在幕后，但她的正义感使她再也沉不住气了。

伊雷内给伐乌斯蒂诺·里维拉军曹打了电话，说要就公路上出现的一起交通事故写一篇通讯报道，请军曹吃午餐。她知道这样做的危险性，仿佛走了一步难以避免的险棋，因而，出门时，没有将此事告诉任何人。军曹在回话时犹豫了许久，这就清楚地表明，他也在怀疑这只不过是个借口，其实她是要同他讨论别的问题。然而，他也觉得矿井出现尸体一案应该弄个水落石出，因而，愿与她合作。

他们约好在离民众广场两个街区他们曾见过面的地方会面。附近的街道上散发着煤炭味和烤肉香味。到了门口，军曹穿着便服在屋檐下等候。伊雷内费了很大劲才认出他来，而他却对她记得十分清楚，并先用眼色向她打了个招呼。他总是吹嘘他眼力好，习惯于留意那些最细微的特征，这是他当警察所必备的条件。他发现了姑娘外表上的变化，他暗暗问自己，她的那些叮当响的手镯、迎风飘舞的裙子和眼皮上的妆容怎么都不见了。在他初次认识她时，这一切曾给他留下了很深的印象。站在他面前的这个头上打着辫子、穿着卡其布裤子、肩上挎着一个大书包的女人，同上次见到的她几乎都不像了。他们在院子尽头、茂密的三色堇树荫下一张僻静的桌子旁坐了下来。

在喝汤的时候，伊雷内·贝尔特兰一口也未尝。军曹提到了这个地区交通事故的一些伤亡数字，他不停地用眼角打量这位请他吃饭的姑娘。他发现她有点不耐烦了，但他在弄清她的目的之前不准备顺着她的思路进行这次谈话。她似乎看见一只金黄色的、吃起东西喳吧喳吧响的小猪崽正躺在土豆汤四溢的食槽边，鼻嘴上沾着胡萝卜，耳朵上是欧芹枝，这使伊雷内想起了兰吉雷奥家宰的那头猪，一阵恶心直涌到她的嗓子眼。自她进了矿井那天起，胃里老是翻腾着，很恶心。她只要一吃东西，头脑中就会浮现出那腐烂的尸体，鼻子似乎闻到了恶臭味，重又感受到那天晚上感受到的恐惧。幸好这时他们停止了谈话，她极力把视线从她客人那沾着油花的八字胡和那排大牙齿上移开。

“我想您已经听说在洛斯利斯科斯矿井里发现尸体了吧。”她想单刀直入开始这次谈话。

“是的，小姐。”

“据说，其中的一个死者是埃万赫利娜·兰吉雷奥。”

军曹又饮了一杯葡萄酒，并把一小块猪肉塞进嘴里。她预感到主动权已握在她的手中，因为如果伐乌斯蒂诺·里维拉不愿谈这方面的事，他就会拒绝这次会晤了。他肯来这里，就充分证明他是做好了准备的。她等他痛饮了几杯后，便开始运用她当记者的本领和女性的魅力，让他开口说话了。

“那些捣乱分子，操他奶奶的。请原谅我言语粗鲁，小姐。这个任务是我们执行的，这是件非常光荣的事情。那些平民老百姓为一点事就会暴乱，可不能轻易相信他们，要用铁拳对付他们，这是我们拉米雷斯中尉说的，但这并不是要非法杀人，我们并没有格杀勿论。”

“没有格杀勿论，军曹？”

没有，他不同意这么说，说这是祖国叛徒们的诽谤，是妄图贬低我的将军政府的那些苏联人的污蔑。如果相信这些流言蜚语，那太过分了。在一座矿井里发现几具尸体，并不能说所有的军人都是凶手。他并不否认有一些狂热分子，但是把罪责推到所有人的身上是不公正的。再说，武装部队就是干些坏事，也比让他们回到军营，把国家放到政客们手里要好得多。

“您知道如果我的将军垮了台会发生什么事？连上帝都不会同意的。那时，马克思主义者就会起来，用刀对付所有的士兵和他们的老婆孩子。我们都是上了名单的，他们要把我们全部杀掉，这就是我们因履行了职责而付出的代价。”

伊雷内默默地听他说着，但是过了一会儿，她便失去了耐心，决定逼迫他把真相和盘托出。

“请听我说，军曹，别再绕圈子了。为什么不告诉我您自己头脑里想的？”

这时，他好像正等待着这个信号似的，立即撤除了他的防线，向她重复了他以前对普拉德里奥·兰吉雷奥说过的关于他妹妹的事情，他还谈了他的猜疑，这是他从未对别人说过的。他说起了那个不祥的清晨，胡安·德·迪约斯·拉米雷斯中尉带走了女犯人以后，又回到了军营。这一天，他的左轮枪里少了一颗子弹。他们使用过随身携带的武器，必须向值勤班长报告，并在武器使用簿上登记。在军事政变的最初几个月中，军曹解释说，登记得乱七八糟，几乎弄不清警察署的步枪、卡宾枪和左轮枪到底用了多少弹药。但是，一旦一切都正常了，原有的规定又开始执行了。因此，当中尉必须做出解释时，他说他打死了一只疯狗。在值勤日志上写着，根据本人的意愿，姑娘于当天早晨七时被释放。

“根据我笔记本上所记，这不是真的，小姐。”军曹满嘴都是饭食，把那个封面破烂不堪的小本子递给了她。“您瞧，这儿什么都有，我还写上了我们今天要见面这件事，我还记下了几星期前我们的谈话。您还记得吗？我什么都没有忘，所有的一切都在这里。”

伊雷内把本子拿在手里，觉得它像石头一样重。她见这本子上面沾满灰尘，立即清楚地感到预感要兑现了。她几乎要请他把本子毁掉。但是，她放弃了这个念头，尽量让自己理智行事，在最近几天里，她常常有些莫名其妙的冲动，使她都有些怀疑自己的理智了。

军曹告诉她，拉米雷斯在他自己对此事的交代上签了字，并命令伊格纳西奥·普拉沃也这样做。那天夜里逮捕埃万赫利娜·兰吉雷奥的事他对谁也没有说,他手下的人也没有去问他,因为他们太了解他那毒辣的手段了,不愿像普拉德里奥那样被关到禁闭室里去。

“兰吉雷奥生前是个好小伙子。”军曹说。

“生前?”

“据说他已经死了。”

伊雷内·贝尔特兰差一点惊讶得叫出声来。这消息打乱了她的计划。她的下一步计划本想找到普拉德里奥,说服他去法庭作证。可能他就是控告中尉、披露屠杀事件中的洛斯利斯科斯案件的唯一证人。由于他要为妹妹报仇的决心很大,他便不顾一切后果了。军曹叙述了关于普拉德里奥从山崖上摔死的流言,尽管根据事实他并没有肯定,因为谁也没有看见过他的尸体。在开始喝第二瓶葡萄酒的时候,里维拉完全解除了戒心,开始滔滔不绝地讲起他的种种猜测。不错,祖国的利益应置于第一位,但这件事与此毫不相干,这件事首先出于正义感。我说,尽管他们威胁我,说我会失去工作,最后会像我的兄弟们那样回家种地,我仍决心和他们干到底。我要去法庭,在国旗和《圣经》面前宣誓,我要向新闻界说出真相。因此,我把一切都记在我的本子上:日期、时间、所有的细节。我一直把它放在衬衣口袋里,我喜欢将它贴身放在胸前,甚至带着它睡觉,因为有一次他们想偷我的本子。小姐,这上面记的跟金子一样值钱,它们是一些人想抹去的罪证,但我已经对您说了,我是永远也不会忘记的。如果必要的话,我要把它交给法官,因为应该为普拉德里奥和埃万赫利娜伸张正义,他们是我的亲戚。

军曹还能清楚地回想起埃万赫利娜失踪的那天晚上发生的一切,就好像在看一部电影。拉米雷斯中尉驾驶着汽车奔驰在公路上，他吹着口哨（当他紧张的时候总是吹口哨），他可能在辨认着道路，尽管他很熟悉这个地区，知道这个时候遇不到其他车辆。他驾驶很谨慎，计算着通过大门的时间，同在门口值勤的伊格纳西奥·普拉沃小队长打过招呼后四五分钟就上了公路干线，往北驶去。几公里以后，他拐弯上了去矿井的道路。这条道不好走，没有铺路面，坑坑洼洼，因此他回来的时候车子脏得要命，轮子上全是泥土。他想中尉一定把车停到离矿井最近的一个地方了。他没有关车灯，因为他需要两只手干，用手电就很不方便。他来到车的尾部，揭开帆布，看见了姑娘的侧影。他一定阴鸷地笑了一下，他的部下对他的这个表情既熟悉又害怕。他把埃万赫利娜的头发从脸上拨开，细细地瞧着她的侧面、脖子、肩膀和中学生般的乳房。他觉得尽管她身上布满了瘀血和伤疤，她仍然很美，就像在星光下看到的所有少女一样。他感到两腿之间有一股熟悉的热流，他呼呼地喘着粗气，狡黠地笑了，我真是个畜生，他轻轻地说。

“请原谅我的坦率，小姐。”伐乌斯蒂诺·里维拉吮吸着最后几根骨头，中断了他的叙述。

胡安·德·迪约斯·拉米雷斯中尉摸了一下姑娘的胸脯，也许他相信她仍在呼吸。他有多走运，她便有多倒霉。军曹似乎在亲眼看着他那该死的上司取出武器，把它放在手电旁的工具箱上。他解掉皮带，拉开裤子拉链，猛地扑到她身上。他那样用力是完全没有必要的，因为他没有遇到反抗。他急速地插了进去，把她压在货车的金属板面上，挤压着，搓揉着，咬着她，把她压在足有八十公斤重的身躯下面。他用武装带和沉重的靴子挽回了那个星期日她把他打翻在她家院子里时他失去了的男性尊严。里维拉军曹一想到这里就火冒三丈，因为他也有个与埃万赫利娜一样年纪的女儿。他干完了那事以后，大概在埃万赫利娜身上休息了一会儿，直到发现她一点儿也不动，也不哼哼，眼睛睁得大大地望着天空，仿佛对她自己的死露出惊恐的神情。这时，他穿好衣服，拉住她的双脚，把她拽到地上。他找到手电和武器，用手电光照了照她的头，举起枪筒，打开保险，在她近处开了枪。这时，他想起了那天早晨他也是用同样的表情给他第一次枪毙的那个人补上一枪的。他用铁镐和铁锹打开矿井的入口，用彭丘包上尸体，胡乱拖拉着，一直拖到右边的通道里，用瓦砾和石头盖上，然后就走了出来。在离开之前，他堵上矿井的入口，用脚踩平土地，用土盖上已呈黑色的血迹和开枪后留下的其他痕迹。他还仔细地查看了那个地方，捡起了子弹壳，把它放进军上衣口袋，以便向按军规负责控制弹药的单位汇报。他可能在这个时候编出了有关疯狗的谎言。他把帆布叠起来，放在汽车后部，把工具放在一起，把枪放进枪套。最后，他环视四周，证实没有留下任何痕迹，便上了汽车，驶上回警察署的公路，一路上还吹着口哨。

"我已经对您说过，小姐，他神情紧张的时候总是吹口哨，"里维拉军曹说，"我承认我所说的这一切都没有证据，但是我可以对着我那已经安息的母亲发誓，事情的经过大致就是这样。"

"矿井里别的死者都是些什么人?是谁杀死的?"

"我不知道，您去问问本地的农民，他们那里就失踪了许多人，您可以到弗洛雷斯家去……"

"您能肯定您在法庭上敢重复您刚刚说过的这些话吗?"

"是的，我敢肯定。射击的鉴定报告和埃万赫利娜的尸体解剖报告都会证明我讲得有道理。"

伊雷内付了账，悄悄地把录音机放进她的背包，告别了她的客人。当她同他握手的时候，感到了她拿到那个小本子时同样的异常感觉，她没有看他的眼睛。

伐乌斯蒂诺·里维拉没有能在法官面前提供证词。就在那天晚上，一辆白色轻便货车将他撞倒后逃走了。他当场毙命，在场的唯一证人伊格纳西奥·普拉沃说，一切都在一瞬间发生，他既没有注意到汽车的牌照，也没有看清司机的脸。那个小本子再也没有出现过。

伊雷内找到了弗洛雷斯的家。那是一间用木头和锌板建成的房子，同当地其他房子一样，这是贫苦农民的居住区。这家原是贫苦农民，在土地改革中获得了几公顷土地，后来又被剥夺走了，只给他们留下了一个小小的菜园子。横穿平原的、把一小块一小块土地都连在一起的那条长长的路是全村农民建成的。当时，甚至连老人和孩子都搬砖运石，参加了修路。但是从这条路上驶来了军用车辆和推土机，将所有的房子都一间间地推倒了。军警让男人们排成长长的一行，任意从五个人中抓出一个来，把他给枪毙了。他们还朝家畜开枪，烧毁牧马场，以示惩罚。他们走后，血流成河，惨不忍睹。在这个地方小孩少得很，因为许多人家在几年以前就没有男人了。只要有孩子出世，总要热烈庆祝一番，还给孩子们取上死者的名字，让谁也不要忘记他们。

伊雷内刚到的时候，还以为房里没人居住，因为这房子破烂不堪，显得很凄凉。她叫了一会儿门，可狗叫都没听到一声。她正要转身离开，却从树林里走来一个身穿灰色衣衫的妇女，她站在林子里几乎无法辨认出来。她说弗洛雷斯太太和她的女儿在集市上卖蔬菜。

离洛斯利斯科斯广场不远就是市场，那里人声喧闹，色彩缤纷。伊雷内在桃子、甜瓜、西瓜等新鲜水果摊子中间寻找。她走过摆满新鲜蔬菜的无数摊点，跨过小山般的土豆堆和嫩玉米堆，绕过卖马刺、马镫、鞍具和草帽的柜台，以及一排排放在地上的红色和黑色陶器、鸡笼、兔笼。处处是叫卖声和讨价还价声。再往前去是肉摊，还卖卤菜、鱼、海贝和各种各样的奶酪，香气四溢。她漫无目标地慢慢走着，欣赏着，闻着大地和大海提供的种种产品的芳香，还不时地停下来尝一颗刚摘下来的葡萄和已成熟的草莓，看看在蚌壳内的活蛤蜊和由卖主亲手做的千层饼。她陶醉了。心想，在有这么丰富物产的地方不可能存在什么邪恶的东西。但是，就在这时她终于找到了埃万赫利娜·弗洛雷斯，她这才想起她是为什么来到这里的。

由于这个姑娘同迪格娜·兰吉雷奥非常相像，伊雷内立即感到她非常亲近，好像早就认识她，并有机会了解她似的。同她母亲和她兄弟一样，她的头发又直又黑，浅色的皮肤，大大的黑眼睛，她的腿很短，身体健康结实，充满活力，说起话来言简意赅，常用双手做手势以加重说话的语气。与她母亲迪格娜·兰吉雷奥不同的是她性格活泼，在表述自己的见解时沉着镇定，无所畏惧。看起来，她似乎比另一位阴差阳错地占据了她的位置，替她死去的埃万赫利娜要大些、成熟些，也发育得好一些。在她十五岁的生活中经历过的痛苦远远没有使她变得逆来顺受，反而赋予了她勇敢和无畏的个性。她笑起来，脸上粗糙的皮肤就会发生变化，变得很有光彩。她对她的养母很有感情，总将她看成自己的保护者，尽量使她免受新的痛苦。她们一起照料这个小摊点，把她们家菜园子里的蔬菜拿到这里来卖。

埃万赫利娜坐在一只柳条小凳上讲述起她的往事来。她的家比其他家庭遭受了更大的灾难，因为在第一次铲平房屋之后不久，警察又抓走了他们家里的人。在以后的几年里，幸存的孩子们懂得，寻找被抓走的人是毫无意义的，连谈论他们的事也非常危险。然而，这姑娘具有桀骜不驯的性格，当她知道洛斯利斯科斯矿井里发现了尸体的时候，希望能得到她养父和她的兄弟们的消息。因此，她接待了这位不相识的女记者，准备同她谈谈。她的母亲与她相反，坐在一旁沉默不语，用不信任的目光看着她。

“弗洛雷斯夫妇不是我的亲生父母。但是，他们养育了我，因此我爱他们就像他们是我的生身父母一样。”姑娘说。

她能说出她生活中不幸事件发生的日期。五年前十月的一天，从大路上驶来了一辆宪兵队的吉普车，车停在他们家门前。他们逮捕了安东尼奥·弗洛雷斯，命令是由普拉德里奥·兰吉雷奥负责执行的。他不好意思地敲了敲门，因为命运的纽带将他和这个家庭紧紧地连在了一起，这种关系与血缘关系一样紧密。他客客气气地说，请他去只是作一般性的询问。他让被捕者穿上坎肩，并让他走到汽车前，丝毫也没有碰他。弗洛雷斯太太和她的孩子们看见金合欢葡萄园的庄园主坐在司机的旁边，他们都很奇怪，因为他们从来也没有和他产生过矛盾，即使是在动荡的土地改革那个时期。因此，他们都想象不出他为什么会出卖他们。安东尼奥·弗洛雷斯被带走以后，邻居都来安慰他们家人，房子里挤满了人，一小时以后，在众目睽睽之下，来了一辆满载着武装警察的轻便货车，他们以战斗队列从车上下来，叫喊着去抓她的四个哥哥。他们挨着打，稀里糊涂地被装上了汽车，他们身后的路上扬起一阵尘土。目睹了这一切的人无不被这一暴行吓得目瞪口呆，因为他们兄弟几个谁也没有参加过什么政治运动，他们唯一的错误大概就是参加过工会。他们中的一个甚至都不住在这个地区，在首都的建筑队当工人，这天是来看望他的父母的。农民们想这一定是弄错了，便坐下来等着他们被送回来。农民们都认识这些宪警，都能叫出他们所有人的名字，他们都是在这个地区出生的，在同一所学校上学。普拉德里奥·兰吉雷奥第二次捕人时没有来，他们便猜测是让他留在警察署里看管安东尼奥·弗洛雷斯了。以后他们在他下班后去找他，问了他好几个问题，但他们什么也没有弄清，因为从兰吉雷奥家的大儿子那里连一句话都套不出来。

“这事发生以前，我们的日子过得很平静。我们一家都是干体力活的，家里不缺衣少食。我父亲有一匹好马，他正在攒钱，准备买一台拖拉机，但是当局突然来找我们的麻烦了。这样一来，一切都变了。”埃万赫利娜·弗洛雷斯说。

“万事自有天定。”弗洛雷斯太太嘟囔着，她想到那个该诅咒的矿井里可能有她的六个亲人。

她们也寻找过。好几个月，她们与那些寻找失踪亲人的人在一起，到处询问却毫无结果。人们劝她们还是只当亲人死了吧，劝她们在死亡证明书上签字，这样她们就有权利得到一笔孤儿寡母抚恤金。您还能再找一个丈夫，太太，您模样儿还挺俊的呢，人们对她说。要办这些手续既费时间又很麻烦，而且费用很高。她们用完了所有的积蓄，还欠了一身债。那些文件到了首都的办公室便石沉大海，随着时间的流逝，她们的希望也像肥皂泡一样渐渐破灭了。幸存的孩子们不得不辍学，到邻近的庄园去找工作，但是没有人敢收留他们，因为上面有命令。于是，他们打点行装，带着少得可怜的几件衣物，沿着不同的道路去那些谁也不了解他们情况的地方寻找工作，整个家庭四分五裂了。这么多年下来，家里只剩下弗洛雷斯太太和她那错换来的女儿。埃万赫利娜的养父和几个哥哥被人抓走的时候她才十岁。每当她闭上眼睛，就会看到她的亲人们被拖拽、流血的情景。她的头发脱落了，人也瘦了，走起路来昏昏欲睡，醒着的时候也像傻子一样，引来学校里其他孩子的嘲笑。弗洛雷斯太太考虑到最好还是让她离开这个充满痛苦回忆的地方，便把她送到另一个村子她舅舅的家里。舅舅是个做木柴和煤炭买卖的商人，生意兴旺，能给她提供舒适的生活。但是，姑娘因为没有母爱，情况就更糟了。于是她又给送回老家。以后很长一段时间，什么办法也安慰不了她，但当她满了十二岁，月经初潮时，她再也不郁郁寡欢了，突然成熟了，一夜之间变成了大人。卖掉那匹马，并在洛斯利斯科斯集市上摆上一个蔬菜摊是她出的主意；不再通过军人转手给失踪的亲人送食物、衣服和钱的主意也是她拿的，因为这么长时间以来没有他们仍活着的任何迹象，他们不会在人世了。姑娘每天工作十个小时，她运送蔬菜和水果，然后出售。她还要在筋疲力尽地上床休息以前学习六小时，在一位自愿教她的老师为她准备的本子上写作业。她再也不哭了，并且开始用过去时[1]谈论她养父和哥哥们的事，她想慢慢地让母亲明白，她们再也见不到这些亲人了。

打开矿井的那天，她手臂上戴着黑纱，站在士兵们后面，挤在人群中。她在远处看着那些黄颜色的大塑料袋，揉着眼睛想发现某种熟悉的东西。有人告诉她，如果不对牙齿和找到的某块骨头或衣物作鉴定的话，是不可能认出尸体是谁的。但她坚信，倘若她能在近处看看这些尸骨，那她的心会告诉她是不是就是他们。

“您能带我去看看那些尸体吗?”她请求伊雷内·贝尔特兰。

“我尽量争取，但很不容易。”

“他们为什么不把我们亲人的尸体还给我们?我们只是想为他们挖个坟墓，让他们安息，放上鲜花，为他们祈祷，在亡人节里陪伴他们……”

“你知道是谁逮捕了你父亲和哥哥吗?”伊雷内问。

1 西班牙语里谈到已故者的情况时用过去时。

“是胡安·德·迪约斯·拉米雷斯中尉，还有他手下的九个人。”埃万赫利娜·弗洛雷斯毫不犹豫地说。

伐乌斯蒂诺·里维拉死后三十个小时，伊雷内在杂志社门口遭到了枪击。她下班的时候已很晚了，一辆停靠在对面人行道旁的汽车启动了马达，加快速度，像一阵阴风似的从她身边擦过，在消失之前射出一梭子自动步枪子弹。伊雷内感到身上挨了重重一击，不知发生了什么事情，便一声未吭地跌倒在地。她呼吸微弱，疼痛难忍。她在一瞬间头脑还相当清醒，摸到了在她身边不断积聚的鲜血，但很快就昏了过去。

看门人和其他几个在场的人一开始没有弄清这是怎么一回事。他们听见了枪声，但并不能肯定这是枪声，还以为是摩托车轮胎的爆炸声或一架飞机飞过的响声。他们见她倒下，立即跑过去抢救，十分钟以后，伊雷内已躺在一辆响着警报器、闪着红灯的救护车里了。她的腹部被子弹穿了无数个孔，鲜血咕噜咕噜地直往外冒。

两个小时以后，弗朗西斯科·雷阿尔知道了这个消息。说来正巧，他正打电话到她家请她吃晚饭，他们已经有好几天没有单独在一起了，对女友的炽烈爱情已使他心急如焚了。罗莎在电话里哭着告诉了他这个消息。这是他一生中度过的最漫长的一个夜晚。他在医院走廊的一条长凳上坐下。坐在贝阿特丽丝身旁，对着急救室的门口。他心爱的人就在里面，在死亡的阴影中挣扎着，她被送进手术室几个小时以后，谁也没有想到她还能活着。她身上插满了管子，等待着死亡的到来。

外科医生打开她的腹腔，翻看着她的内脏，每缝补一针都会发现新的伤口需要缝合。医生们给她输了好几公升血和生理盐水，给她注射了抗菌素，最后把她平放在床上，身上插着各种导管，让她沉沉入睡，免受疼痛的折磨。在值班医生的默许下，忍受着巨大痛苦的弗朗西斯科被允许进去看她几分钟。她没有穿衣裤，躺在微弱的白色灯光照耀下的病房里，鼻子上接着一个氧气袋，几根导线连在心脏监视器上，仪器上隐约可见的符号给人以希望。还有几根针头插在她的静脉里，她的脸苍白得像床单，眼睛上有两块紫血斑，腹部缠满了绷带，从里面引出许多根排泄管。弗朗西斯科深深地叹了口气，在那里站了很长时间。

“都是你的过错，自从你闯进了我女儿的生活，问题就一个接一个地出现了。”贝阿特丽丝一看见他就骂起来。

她在精神上已完全垮了，失去了自制力。弗朗西斯科对她十分同情，因为他第一次看见她毫不矫揉造作，流露出真实的感情，有人情味儿。老太太倒在一条凳子上，一直哭干了眼泪。她不明白发生的一切，她希望就像警察说的那样，只是件普通的犯罪案件，她可接受不了她女儿正在遭受政治迫害这样的说法。她丝毫也没有想到她女儿会参与矿井那些死尸的发掘，她更不愿去设想她女儿参与了反对当局的那些可疑的活动。弗朗西斯科找来了两杯茶，他们坐在一起默默地喝着茶，心里怀着同样的伤感之情。

贝阿特丽丝·阿尔坎塔拉在上一届政府执政期间曾同许多人一样敲打着平底锅走上街头，以示抗议。她支持军事政变，因为她认为这比那个社会主义政权要好上千百倍。那天飞机轰炸总统府的时候，她打开一瓶香槟酒以示庆祝。她身上燃烧着爱国主义热情，但她还没有激动到把她的首饰捐赠到重建祖国的事业中去，因为她担心捐赠的首饰会像谣传中说的那样，落到军官们的妻子身上。她很快就适应了新的秩序，好像她就是在这政权中出生的一样，她也学会了不提那些最好不要知道的事情，不问世事对于她心灵的平静是必不可少的。在医院里的这个忧郁的夜晚，弗朗西斯科几乎要对她谈起埃万赫利娜·兰吉雷奥和洛斯利斯科斯矿井的尸体、成千的受害者（其中也包括她女儿）的事，但是，他可怜她，不想在她精神痛苦的时候，再将那个一直支撑着她心灵平静的精神支柱彻底摧毁。于是，他只是询问了一下伊雷内童年和少年的情况，他好奇地、专心致志地听着她讲她的趣事，而且，越多、越详细越好。热恋中的人对自己的意中人都这样。他们就这样谈论着过去，时间就在眼泪和互相诉说心里话的过程中过去了。

在那个痛苦的夜晚，伊雷内有两次几乎都要死去，把她拉回到生者的世界上来简直是个奇迹。当医生们紧张地在她身边忙碌，用心脏起搏器使她的心脏复苏的时候，弗朗西斯科·雷阿尔感到他都要失去理智，仿佛回到远古时代去了，好像自己身处山洞、黑暗、无知和恐怖之中。他仿佛看见妖魔把伊雷内拖向黑暗，他绝望地想着，只有魔法、某种偶然的因素或神的力量才能使她免于一死。他想祈祷，但是他却怎么也想不起来儿时从母亲嘴里学来的祈祷词。他恍恍惚惚地企图用爱情的力量去挽救她，用他们在一起时的光焰驱散死亡的黑暗，用他对幸福的回忆祛除不幸的命运。他祈求出现奇迹，把他的血、他的灵魂和他的健康都给予她，让她活下去。他千百次地呼唤着她的名字，请求她不要轻易认输，要继续搏斗下去。他在走廊的长凳上悄悄地对她说着话，痛苦地哭着，他觉得时间长得像几个世纪。他等待着她，寻找着她，爱着她。他回忆起她的雀斑、她那孩子般的小脚、灰色的眸子、馥郁的衣衫、细嫩的皮肤、纤细的腰、清脆的笑声，以及在交欢以后躺在他怀里时忘却一切的宁静。他就这样像精神病患者一样在牙齿缝里咕哝着，忍受着痛苦和煎熬，一直到清晨。医院开始了一天的工作，他听见打扫卫生时的开门声、电梯声、软底鞋发出的走路声和器具放在金属托盘上的撞击声，还有他心脏急速跳动的声音。这时，他感到贝阿特丽丝·阿尔坎塔拉的手放在他的手上，这才想起她还在身旁。他们疲惫地相互看了看，他们在相似的情况下度过了几个小时。她的面容枯槁，脂粉全都脱落，那些美容手术留下的细微伤痕都露了出来。她的眼睛红肿，长长的头发浸着汗水，衬衣也皱巴巴的。

“你爱她吗，孩子？”她问。

“很爱。”弗朗西斯科·雷阿尔回答道。

这时，他们拥抱在一起，他们终于找到了共同语言。

连续三天，伊雷内·贝尔特兰都处在死亡线上。三天以后，她苏醒过来，用眼神请求医生让她用自己的力量去与死亡进行战斗，或者让她痛痛快快死去。医生给她拿掉呼吸器，肺部的呼吸渐渐稳定下来，脉搏的节律也渐渐正常了。于是，他们把她送到一个单间，弗朗西斯科·雷阿尔可以留在她身旁。姑娘处在镇静剂作用下的昏睡中，接连做着噩梦，然而仍能感到他就在身边。当他离开的时候，她便用婴孩般柔弱的声音呼唤他。

这天下午，古斯塔沃·莫兰特来到医院。他是看了耽误了很长时间才发表的警事报告才知道的。当局把这次事件说成是一般性的凶杀案，这种说法只有贝阿特丽丝·阿尔坎塔拉才会相信，就像她把入侵她家的那次事件只当成是警察的胡作非为一样。可上尉当然心里有数。他请了假，离开他服务的那个部队，来探视他以前的未婚妻。他是穿便服来的。司令部要求上街少穿军服，避免给人留下全国到处都是军人的印象。他敲了敲病房的门，弗朗西斯科开了门，对他的到来感到意外。他们用眼睛互相打量着对方，想弄清对方的目的，直到伊雷内的一声叹息才将他们吸引到她身边。伊雷内一动也不动地躺在高高的床上，就像一尊白色大理石少女雕像，躺在她自己的石棺上，只有发梢闪闪发亮。她的两只胳膊上都插着针管，呼吸微弱，双眼紧闭，眼皮下出现灰暗的阴影。古斯塔沃·莫兰特看到这个女人，只觉得一阵恐惧传遍全身，使他不寒而栗。这女人的青春曾使他着迷，而现在，却只留下了仿佛会在这间屋子里像蒸气一样消失掉的可怜身躯。

“她还能活吗？”他喃喃地问。

一直在她身边守护了几天几夜的弗朗西斯科·雷阿尔已经能看得出哪怕是最细微的好转的征兆，他记得她叹了多少次气，知道她睡得有多深，他也观察着她短暂的面部表情的变化。他感到欣慰，因为她已无需借助氧气瓶而能自行呼吸，也能轻微地活动一下指尖。他知道，对于上尉来说（她垂危时他不在场），见到这种情景是很伤心的。他完全忘记了对方是个军官，他仅仅把他看作是为所爱的女人感到痛苦的一个普通人。

“我想知道发生的一切。”莫兰特沮丧地低下头恳求道。

弗朗西斯科·雷阿尔向他叙述了事情的全部经过，甚至连他本人参加了尸体发掘这一细节也没有略去，他希望他对伊雷内的爱能够战胜他对军队的忠诚。就在发生了枪击事件的当天，几个武装人员闯进了伊雷内的家，把他们所见到的一切都翻了个遍，他们用刀割开床垫，甚至把化妆品瓶子和厨房用品都打翻在地。他们带走了她的录音机、笔记本、记事本和她的通讯录。临走前，他们还给了克莱奥一枪，使它倒在血泊里奄奄一息。当时贝阿特丽丝不在家，那时候她正在医院走廊上守着她那垂危的女儿。罗莎试图阻止他们，但胸口挨了一枪托，憋得她直到他们离开才喘过气来。他们走后，她把狗裹在她的围裙里，让它在她怀里死去。那些人还对“上帝慈善之家”扫视了一番，这使房客和女护理员们惊恐万状。他们发现这些胆战心惊的老人连生活都不能自理，不会去过问政治，于是便很快撤离了。第二天早晨，他们闯入杂志社，拿走了伊雷内写字台里的所有物件，甚至那台旧打字机上的色带和用过的复写纸也都拿走了。弗朗西斯科还向上尉讲了埃万赫利娜·兰吉雷奥之死、里维拉军曹的突然死亡、普拉德里奥的失踪、弗洛雷斯一家的遭遇，以及军警对当地农民的屠杀，也讲了胡安·德·迪约斯·拉米雷斯的情况和他想到的一切。他这样做的同时，将多年来一直作为自己座右铭的“谨慎”二字抛在了一边。他把这么长时间以来强压在心头的怒火都发泄了出来，向上尉展示出政府的另一张嘴脸（这是军官没有看到的嘴脸，因为他是局外人），请他不要忘记那些受折磨的人、那些死尸、那些一贫如洗的人和那些像做买卖一样瓜分祖国的富人。这时，上尉脸色苍白、一声不吭地听着，过去他是从来不允许别人在他面前说这些话的。

在莫兰特的头脑里，弗朗西斯科的这番话与他在军校学习时学到的道理产生了尖锐的矛盾，他第一次同这个政权的受害者待在一起，而不是待在那些行使极权的人们中间。他正好给触到了痛处，他忍受着痛苦，特别是在这位躺在病床上、他所钟爱的一动也不动的姑娘身旁，她此时的形象犹如连续敲击的丧钟一样，震撼着他的心灵。他一生中无时无刻不在爱她，而此时他更爱她了，因为他已经失去了她。他回想起他们在一起长大的那些日子，他的结婚计划和使她幸福的打算。他默默地向她诉说着他们以前没有机会倾诉的一切，他责备她对他太不信任，她为什么不把这一切都告诉他？要不然，他可以帮助她，用他的双手去挖开那个该死的坟墓，这不仅是为了帮助她，而且也是为了武装部队的名誉。决不能让罪犯逍遥法外，否则国家就会完蛋。既然他们自己也无法无天，那么，当初拿起武器说上届政府不合法而将其推翻的做法也就没有任何意义了。伊雷内，这些违法乱纪的人只是少数几个军官，他们应该受到惩罚。但是，军队的纯洁性是无可非议的，在我们的队伍里有许多像我这样准备为真理而斗争，准备扫除残砖碎瓦，清除一切垃圾，需要时愿为祖国献出生命的人。你抛弃了我，亲爱的，也许你从来也没有像我爱你那样爱过我，因此你离开了我，没有给我机会来证明我不是这些暴徒的同伙，我的手是干净的，我从无坏心，这你是了解我的。军事政变时，我在南极，我使的是计算机、黑板，我管理档案，制定战略，除了打靶外，我没有放过枪。我还以为，为了战胜贫穷，国家需要政治上的调整，需要建立秩序和纪律。我怎么会想到，人民会仇恨我们？我对你说过许多次，伊雷内，这个过程是艰巨的，但是，我们能够克服危机。尽管我不十分肯定，但现在也许已经是军队回到军营、恢复民主的时候了。为什么我没有看清事情的真相？你为什么不及时告诉我？为了让我醒悟，你不需要付出挨上一梭子弹的代价，你不应该这样离开我，让我白白地无限地爱着你，让我将来过没有你的日子。你从小就追求真理，正因为如此，我是那么爱你，也是为了追求真理，你现在无声无息地在死亡线上挣扎。

上尉长时间地望着伊雷内，窗外的阳光消逝了，房间内慢慢地暗了下来，周围的一切都变得灰蒙蒙的，躺在床上的姑娘的身影也模糊不清。莫兰特准备离去了，他相信他再也不会像爱她这样去爱任何人，他要积聚全部力量完成他的使命。他弯下身，吻了吻她那干裂的嘴唇，抚摩着她，头脑里深深地记下了她那张受折磨的脸。他闻着她皮肤上散发出来的药味，猜着她这时一定更瘦小了。最后，他又抚摩了一下她乱蓬蓬的头发。出去的时候，“死神的未婚夫”的眼睛是干涩的。他目光严峻，坚定了决心。他将永远爱她，但他再也不会来看她。

“别让她一个人待着，他们还会来害她的。我保护不了她了。应该把她从这里转移出去，躲起来。”这就是他说的话。

“对。”弗朗西斯科说。

他们长时间地、紧紧地握着手。

伊雷内康复得极其缓慢，她忍受着巨大的痛苦，似乎永远也不会痊愈了。弗朗西斯科精心照料她，就像以前给她欢乐一样。他白天一直守在她身边，晚上就睡在她床边的一张沙发上。平时他的睡眠平静而深沉，但在这段时间里，他就像偷食的野兽一样睡得警觉，只要她呼吸稍有变化，或者她一翻身，呻吟一声，他都会惊醒过来。

这个星期已停止给她输液了，让她吃流食。弗朗西斯科小心翼翼地、一汤匙一汤匙地喂她。看见他那么着急的样子，她笑了，好像很长时间都没有这样笑过，脸上露出他认识她时被她迷住了的那种妩媚的表情。他欣喜若狂地蹦跳着跑到医院的走廊里，跑到街上，在来往的车辆中间穿行，躺倒在广场边的草坪上。这么多天来强忍着的感情闸门打开了，他毫不掩饰地笑着，哭着，全然不顾正在阳光下散步的退休老人和带着婴儿的保姆吃惊地看着她。他母亲也来到这里同他分享喜悦。伊尔达一连几小时默默地织着毛线，守在病人旁边。她逐渐意识到她的小儿子也是要走的，因为不论是他，还是他所爱的那个女子的生活，再也不会同以前一样。雷阿尔教授给伊雷内带来了协奏曲唱片，让房间里充满音乐，重新给她以生活的乐趣。他每天都来看她，坐在那里给她讲愉快的故事，但一点也没有提起西班牙内战、他在集中营的经历、流亡的艰辛和其他令人伤感的话题。他非常疼爱她，所以，对贝阿特丽丝·阿尔坎塔拉，他也不再发脾气了。

不久，伊雷内在弗朗西斯科的搀扶下可以走上几步路了。她苍白的脸色说明她身体仍然不适，但她还是要求减少给她服用的镇静剂的剂量，她需要恢复清醒的头脑和对周围一切的兴致。

弗朗西斯科终于像了解自己那样了解伊雷内了。在那些漫长的不眠之夜，他们相互倾诉着自己的生活，一起回忆着每一件往事，倾吐现在的每一个幻想，憧憬着未来的每一个打算。他们袒露着各自的隐私，不仅把肉体无保留地献给了对方，也把心灵奉献出来。他替她用海绵擦身，搽上香水，用梳子梳理她杂乱的头发。他给她翻身、替换床单，给她喂饭，还帮她大小便。他对她的每一次护理，对她的每一个表情，每一个眼神都显示出她已是属于他的了。他从未发现她有任何羞涩感，她总是毫无保留地把她那遭受病痛折磨的躯体展现在他面前。伊雷内就像需要空气和阳光那样需要他，她呼唤他，觉得他日日夜夜在自己身边，很自然。当他从房间里出去，她双眼盯着门口等待着他；在疼痛使她难以忍受的时候，她寻找着他的手，低声喊着他的名字，请求他的帮助。他们相互敞开了心扉，建立了牢不可破的联系，这使他们能忍受生活中已降临的痛苦。

一经医生允许探视伊雷内，她在杂志社的朋友就都来看望她了。那位女星相家披着演戏用的长袍，黑头发散乱地披在肩上，手里拿着一个装着礼物的神秘瓶子。

“你们用这种油膏给她从头到脚涂抹全身，这是治疗虚弱的灵丹妙药。”她介绍说。

人们向她解释，这次受伤是中了自动步枪的子弹，但毫无用处，她坚持认为这是黄道十二宫的缘故：天蝎座在呼唤死神。人们又说伊雷内与这个星相不符，她也置之不理。

记者、编辑、画师和模特都来到医院。一位清洁女工给病人拿来了几袋茶叶和一包糖。她以前从未来过私人医院，以为病人们像在穷人医院里那样会挨饿，需要送点吃的。

“在这里就是死了也是愉快的，伊雷内小姐。”女工看到整洁的房间、桌上的鲜花和电视机，惊诧地嚷嚷道。

“上帝慈善之家”里能够活动的房客也在女护理员的陪伴下轮流来看她。姑娘不在，养老院就像长时间地停了电，使人感到漆黑一团。老人们忧伤地等待着她的糖果、信件和欢声笑语。一些人得知了她的不幸以后，随即便遗忘了，因为在他们健忘的头脑里是记不住坏消息的。只有何塞菲娜·比安奇确切地知道发生了什么事情，她非要常去医院不可，而且总要带礼物去见伊雷内：有时是花园里采的一束花，有时是自己箱子里一件老式披肩，有时则是她用潇洒的英文写的一首诗。她披着暗淡的网眼纱，系上陈旧的饰带，身上散发出玫瑰香水味，看起来透明得像上个世纪的幽灵，轻飘飘地来到医院。惊愕不已的医生和护士盯着她的衣服，仿佛看到了她过去的为人。

伊雷内被枪击的第二天，消息在报刊上发表以前便通过秘密途径传到了马里奥的耳里。他立即去医院帮忙。他第一个发现医院已被监视，一辆装着茶色玻璃门窗的汽车不分昼夜地停在大街上，警察局的密探若无其事地在医院大门附近走来走去，从他们的新领带、运动衣和藏着武器的人造革外套这一身打扮就可辨认出来。虽说出现了密探，但弗朗西斯科认为这次谋杀准是军事部队或拉米雷斯中尉本人干的。如果是上面下的命令，那只要直接闯进手术室杀死她就行了。而这种不露声色的监视正好说明他们不敢肆无忌惮地蛮干，他们要伺机行事。马里奥在地下工作方面颇有经验，他为伊雷内能行走的时候制订了逃跑计划。

可这时候，贝阿特丽丝·阿尔坎塔拉还是固执地认为，差点要了她女儿命的那梭子弹原本是打向另一个人的。

“那是个流氓干的，”她说，“他们想杀死自己的同伙，没料想误伤了伊雷内。”

她一连几天打电话给她的朋友，把她的这个想法告诉他们，她不让人们对她女儿有任何猜疑。她还顺便告诉他们她丈夫的消息。经过这么多年的寻找，忍受了那么多的痛苦，侦探们终于在偌大的世界上找到了他的下落。欧塞比奥·贝尔特兰当年对巨大的家宅和妻子的责备感到厌倦，也不想闻羊肉的气味，更受不了债主的催逼，那天下午出走了。走了不久他便明白，他还来日方长，重新开始犹未为晚。于是，他在冒险精神的激励下，换了一个响亮的假名，口袋里装着为数不多的钱，脑袋里装满了美妙的幻想，便动身去加勒比地区了。最初一段时间，他像吉卜赛人一样生活，有时他甚至害怕被人遗忘。然而，他凭着对财富的灵敏嗅觉，利用他发明的椰子收割机，很快便发了财。这个古怪的机器设计得并不怎么科学，却引起了当地一位百万富翁的兴趣。很快，这种收割椰子的机器便遍布热带地区。它摇动着臂膀，晃动着椰子树。贝尔特兰又一次过上了他已经习以为常的纸醉金迷的豪华生活。他生活得很幸福，与一个比他小三十来岁、褐色皮肤、大屁股的轻佻女人姘居了。

“从法律上讲，这老不要脸的还是我的丈夫，我要夺走他的一切，包括他呼吸的空气，要做到这一点有的是好律师。”贝阿特丽丝·阿尔坎塔拉对她的女友说。这时，她对如何抓住这个很容易逃跑的冤家更为关心，而对女儿的健康，却不放在心上了。她感到很得意，因为她证实了欧塞比奥·贝尔特兰是个不要脸的东西，可不是污蔑她的人所说的那样，是个左派分子。

贝阿特丽丝并不知道国内发生的事情，因为她看报只看那些令人愉快的消息。她不知道，经过对牙齿和其他个人特征的分析，已经辨认出洛斯利斯科斯矿井的尸体，他们原是当地的农民，是在军事政变后不久被拉米雷斯中尉逮捕的，其中还有埃万赫利娜·兰吉雷奥，那个会制造奇迹的姑娘。贝阿特丽丝也不知道，尽管有禁令，公众舆论的呼声仍然震撼了全国，报道拉丁美洲军事独裁统治下的失踪者的消息又一次登在全球各报的第一版上。只有她一个人，在听到城里各个地方敲打平底锅的时候，以为人们是在支持军政府，对上届政府，她也这么干过。她根本无法理解人民是以其人之道还治其人之身。当她听说一些律师支持死者家属以私闯民宅罪、劫持罪、非法勒索罪和杀人罪控告拉米雷斯中尉和他的部下时，反而要主教对这些罪行负责，还说教皇应该将他免职，因为教会只能进行精神活动，根本不能干预肮脏的尘世俗事。

“他们控告那可怜的中尉，说他是杀人犯，罗莎，但谁也不去想想，是他帮助我们摆脱了共产主义。”这位太太那天上午在厨房里说。

“干坏事的人迟早会遭到报应。”罗莎一边从窗子那儿看着勿忘我花，一边平静地说。

胡安·德·迪约斯·拉米雷斯和他所在的宪警部队的一些人被送上了法庭。洛斯利斯科斯的罪行又一次成了报纸上的新闻，因为这是军事政变以来武装部队的成员第一次被带到了法官面前。举国上下都松了一口气，人们想象着那执掌政权的铁板一块的统治集团中露出了一道裂痕，幻想着独裁统治的终结。与此同时，将军则镇定自若地为祖国解放者纪念碑放下了奠基石，他丝毫也没有露出隐藏在墨镜后的企图。他不回答记者们谨慎地提出的问题，如果向他当面提出那个问题，他便会做出鄙夷的手势。一个矿井里出现十五具尸体不值得那么大做文章。当人们提出别的指控，指出别的新增的坟墓时，他会若无其事地耸耸肩，什么道路上出现的送葬行列呀，什么在海边被海浪卷上来的裹着尸体的口袋呀，还有什么骨灰、骨架、一具具尸体，甚至子弹从双眼中间穿过、在母亲怀里吃奶的婴孩们的尸骨呀，这都是外国人在胡说八道，它有损于国家的主权，与家庭最崇高的道德标准相悖，也与传统不符。祖国是至高无上的，让历史对我做出评价吧。

“我们怎么对付现在这件麻烦事，我的将军？”

“同以往一样，上校。”他从地下第三层的蒸汽浴室回答说。

中尉在法庭上的供词在报上用大字标题发表，这使伊雷内·贝尔特兰突然重新产生了活下去、斗争下去的愿望。

洛斯利斯科斯警察署的中尉在法庭上说，政变后不久，金合欢庄园的庄园主控告弗洛雷斯家对国家安全构成威胁，因为他们与一个左派政党有联系，他们都是一些积极分子，计划袭击军营，因此我决定逮捕他们，法官阁下。我逮捕了他们家的五个成员，并以其他罪名(从拥有武器到吸大麻)，又抓了九个人。我是根据安东尼奥·弗洛雷斯身上搜出的名单进行逮捕的。我还搜查到了一张警察署平面图，这是他们罪恶目的的证据。我们通过正常审讯得到了他的供词：他们接受了从海上潜入我国的外国代理人进行恐怖活动的指示，但是他们提供不出细节，而他们的证词我认为是自相矛盾的。您知道这是些什么样的人，阁下。我们在后半夜逮捕了他们，把他们送到首都的体育场去，这儿在那一天用来充当犯人的拘留所。最后，一名犯人要求同我谈谈，这样我便知道那些嫌疑犯还犯了私藏武器罪，他们把武器藏在一个废弃了的矿井里。我把他们押上一辆卡车，带到上述地点。当道路不能通车的时候，我们和那些双臂捆绑着、受到严密监视的积极分子下了车，我们开始步行。在黑暗中行进时，我们受到发自不同方向的火器的出其不意的袭击。我没有别的办法，只有下令自卫。我不能向您提供许多细节，因为天很黑，但我能向您肯定，在几分钟里，双方的火力十分密集。射击停止后，我重新组织好我的队伍，开始寻找犯人。我们以为他们可能都逃跑了，但发现他们都在地上，全都死了，尸体横七竖八地躺在那里。我不能准确地说出他们是被我们的子弹打死的，还是被偷袭我们的人打死的。我考虑再三，为了避免我手下的人和他们的家属遭到报复，决定谨慎行事。我们把死尸藏到矿井里，并立即用瓦砾、石头和泥土把入口堆上。我们没有用砖石将洞口砌起来，因此我对这一点无法交代。洞口一封死，我们就发誓严守秘密。我愿承担我作为小队长应承担的责任，但我也应说清楚，我手下的人当中没有人受伤，只是我们在崎岖的山地上爬行时受到一些轻微的擦伤。我曾下令搜索附近的地区，寻找偷袭者。但是，我们没有找到他们的踪迹，也没有见到弹壳。我承认，在我写报告时说把犯人押到首都去，这是不符合事实的，但我要说我那样写是为了保护我手下的人免遭可能的报复。那天晚上死了十四个人。令我吃惊的是，他们还提到了一个据说是叫埃万赫利娜·兰吉雷奥·桑切斯的女公民。她在洛斯利斯科斯警察署被拘留了几个小时，但随即被释放了，如“值勤日志”上记载的那样。这就是我要说的一切，法官先生。

不论是在法庭上，还是在公众舆论界，对发生的事件的这种说法都产生了同样的怀疑。由于法官既不能接受这种说法，又不愿使自己处于尴尬的境地，便将此案移交给军事法庭。躺在床上已日渐康复的伊雷内·贝尔特兰看到惩罚罪犯的可能性已越来越小，便请弗朗西斯科立即去“上帝慈善之家”。

“你把我这张字条交给何塞菲娜·比安奇，”姑娘求他说，“她替我保管着很重要的东西，如果没有被搜去，她会给你的。”

但是，他不愿让她一个人留在那里，在她的一再坚持下，他只好告诉她，他们受到了监视。在这以前，他一直向她隐瞒着这件事，怕吓着她。但他发现她已经知道了，因为她听后没有一点吃惊的表示。伊雷内内心深处已经知道死亡随时可能发生，她明白要避开它是很困难的。只有当伊尔达和雷阿尔教授来接替他陪伴病人的时候，弗朗西斯科才脱身去见那位老太太。

罗莎出来给他开门，但行动十分困难，她的三根肋骨被打断了。她消瘦了许多，看起来很疲乏。她带他穿过花园，在路过不久前刚翻掘过的那块地的时候，她指着地说这就是埋葬克莱奥的地方，就在从天窗掉下来的孩子的坟墓旁。

何塞菲娜·比安奇在她的房间里，斜靠在床上。她穿着一件针织宽袖衬衣，一条精巧的披巾披在肩上，一条带子系着银丝似的发髻。在她的手可以够得着的地方，有一面磨光了的银镜和一个摆满了各种小瓶子的托盘，瓶子里有糯米粉、貂皮毛画笔、蜡色香脂、鹅毛刷、骨叉和玳瑁，她正在化妆，这是她六十多年前就养成了的习惯，一天也没有停止过。在早晨明亮的光线中，她的脸看起来像一个日本面具，一只颤抖的手腕正在描绘着嘴角的纹路。她的眼皮抖动着，在白色粉底上显露出蓝色、绿色和银白色。老演员开始没有认出弗朗西斯科，她正沉浸在遥远的回忆中，也许在回想首场演出的晚上，幕布尚未拉开时她正站在舞台中间的情景。她转动了一下那双沉浸在回忆中的眸子，慢慢地回到现实中来。她笑了笑，两排整整齐齐的假牙使她显得年轻了。

在与伊雷内交朋友的这些日子里，弗朗西斯科学会了了解老年人的心理，他发现爱是与他们沟通心灵的唯一钥匙，因为对他们来说，理性是座迷宫，很容易迷失方向。他在床边坐下，抚摩着何塞菲娜·比安奇的手，同她一起回忆那甜蜜的时刻。催促她是没有用的。她正在回想她生活中最辉煌的时代。那时，楼上包厢里挤满了她的崇拜者，在她的化妆室里堆放着一束束鲜花。她在整个大陆巡回演出，每次总是需要五个搬运工来替她把行李从火车和轮船上搬上搬下。

"出了什么事，孩子？美酒、飞吻、笑声都到哪里去了？爱慕我的那些男人又到哪里去了？为我欢呼鼓掌的人群呢？"

"全都在这儿，在您的记忆中，何塞菲娜。"

"我已经老了，但还不傻，我知道我现在已孤苦伶仃了。"

她看见了装着照相机的手提箱，想在死以前留个影，以作纪念。她戴上人造宝石项链，系上丝织头绳，披上紫红色披巾，拿起羽毛扇，露出了上个世纪的笑容。她把这个姿势摆了好几分钟，但她很快就累了，便闭上了眼睛，呼吸困难地靠在床上。

"伊雷内什么时候回来？"

"我不知道，她给您一张字条，她说您给她收藏着一点东西。"

老太太用老年人的手指接过纸条，她看也不看就放在她的胸前。

"你是伊雷内的丈夫？"

"不，我是她的恋人。"弗朗西斯科说。

"也好，那我可以告诉你，伊雷内就像只小鸟，飞来飞去，不愿在一个地方久留。"

“我会照顾好她的。”弗朗西斯科笑了。

她递给他三盘录音磁带，她是把它们藏在一个镶着小玻璃珠的皮夹子里的。伊雷内自己也说不清为什么要把这些磁带交给女演员，她这样做的唯一原因，是由于老人家心眼儿好。她当时还不可能知道有人要杀死她，会闯入她的家和办公室寻找这些东西，她只是掂量出它们作为物证拥有的价值。她把它们交给老太太是想让她也参与当时还不是十分神秘的活动，让她生活得有点意义。这是她像对待“上帝慈善之家”的其他房客那样发自内心的举动。譬如她为他们庆祝并非真有其事的生日，组织他们游玩，表演节目，做礼物或假造亲人的信函。一天晚上，她去看何塞菲娜·比安奇，发现她很悲伤，嘟囔着说，活着还不如死了好，因为她没有了爱，没有人需要她。她的身体在最近一个冬天变得瘦弱了。当她看到自己体弱多病、老态龙钟的样子，常常陷入忧郁之中，尽管她头脑尚清醒，记忆力也好。伊雷内想转移她对孤独的注意力，让她对别的事情感兴趣，便把磁带交给了她，说这些磁带十分重要，请她把它们收藏起来。这个任务使老太太十分高兴，她擦干了眼泪，答应要健康地活下去，尽力帮助她。她以为她是在收藏一件爱情的秘密物品。这样，开始时像是在做游戏，最后却达到了她的目的。录音磁带不仅没有让好奇的贝阿特丽丝·阿尔坎塔拉看见，也躲过了警察的搜查。

“你告诉伊雷内，请她回来。她答应在我死的时候帮助我的。”何塞菲娜·比安奇说。

“这个时候还没有来到，您还可以活很长时间，您还很健康、很结实。”

“你听着，孩子，我曾像一个老太太一样生活着，我也要这样死去。我感到有点疲倦，需要伊雷内来。”

“她现在不能来。”

“人老了，谁也不尊重我们了，还把我们当作任性的小孩，这是最糟糕的。我按照我自己的方式生活，我什么也没缺过，为什么不让我干干净净地去死？”

弗朗西斯科亲切地、怀着敬意地吻了吻她的双手。离开的时候，他看见女护理员们在花园里照顾那些房客。他们一个个老态龙钟、孤苦伶仃地坐在轮椅上，有的披着羊毛披肩，有的拿着小玩意儿。他们有的耳朵听不见，有的已经失明，活像一具具木乃伊。他们远离现实、远离当今地度着晚年。他走上前去与他们告别。上校胸前挂着铁皮制的勋章，同往常一样向只有他自己才能看见的迎风飘扬的国旗致敬；这个王国里最穷的寡妇腋下夹着一个装有一文不值的宝贝的罐头盒；那位半身不遂的老人仍在等待邮件，尽管他心里从一开始便猜到伊雷内在编造回信，以使他高兴，他也就假装相信了她的谎话，不使她失望。她没有再回到“上帝慈善之家”来，他便没有什么东西可资幻想了。另一位老人在门口挡住了弗朗西斯科。

“听我说，年轻人，现在他们在挖掘坟墓，您相信我的儿子、儿媳和小孙子的尸体会出现吗？”

弗朗西斯科不知如何回答才好，他迅速逃离了这个痛苦的老人世界。

伊雷内·贝尔特兰的那几盘录音磁带录下了她同迪格娜、普拉德里奥·兰吉雷奥、伐乌斯蒂诺·里维拉军曹和埃万赫利娜·弗洛雷斯的谈话。

“请你把它们交给主教，供他们在审讯宪警时使用。”她对弗朗西斯科说。

“那上面有你的声音，伊雷内。如果他们辨出了你的声音，那你准会被他们杀害的。”

“他们要害我，早晚都会达到目的。你应该把它们交出去。”

“我得先让你脱险。”

“那你就去通知马里奥，今天晚上我就出院。”

晚上，造型师带着他那有名的化妆箱来了。他将病房的门插上，开始为他们剪头发，染头发，还替他们重画眉毛，给他们戴上眼镜，化上妆，留上胡子，施展了他的全部化装手段，直到他们完全变了模样。他们两人惊讶地对视着。经过化装，谁也认不出谁来了，他们难以置信地笑了，看到这副新面孔，他们几乎要从头相爱了。

“你能走吗，伊雷内？”马里奥问。

“不知道。”

“你得自己走才行。我们来试试看，站起来……”

伊雷内慢慢地从床上下来，谢绝了朋友们的帮助。马里奥脱去她的睡衣，看到缠满了绷带的腹部以及胸前和腿上消毒剂留下的红斑，几乎要叫出声来。他从他那神奇的箱子里取出一块泡沫塑料，让伊雷内装成孕妇，他把泡沫塑料一头系在她的双肩，一头系在她的大腿间，因为不能系在她的腰间。他立即给她穿上孕妇穿的玫瑰色的衣服，套上平跟拖鞋，吻了她一下，说了一声祝她交好运，便告别了。

接着，伊雷内和弗朗西斯科便走出了医院，没有引起照料了他们那么多日子的工作人员的注意。他们从停在街上的那辆装有茶色玻璃窗的汽车前面走过，不紧不慢地走到街角，在那里上了造型师的汽车。

“你们就躲在我家里，等到能出远门时再说。”马里奥说。

他把他们领到他的公寓，打开镶铜的玻璃大门，赶走安哥拉猫，让狗躺到角落里去。他滑稽地鞠躬，以示对他们的欢迎。但他没有来得及完成整个动作，因为伊雷内一声没吭地倒在了地毯上。弗朗西斯科张开胳膊把她抱起来，跟着主人来到为他们准备的房间，那里为病人准备了一张铺着精美床单的大床。

“你冒着生命危险救了我们。”弗朗西斯科感动地说。

“我给你们弄咖啡去，我们都想喝了。”马里奥说着走了出去。

伊雷内在这个舒适安静的环境里休息了几天，恢复着体力。马里奥和弗朗西斯科轮流照顾她。主人为了给她解闷，给她念有趣的故事，玩扑克牌，讲述他生活中数不清的轶事、美容厅的趣事、他的恋爱史，以及他旅行中的见闻和他被当矿工的父亲遗弃的痛苦遭遇。他发现她特别喜爱动物，便把那只黑狗和那几只猫弄到这间屋子里来。每当她问起克莱奥，他就改变话题，因为他不愿让她知道它的悲惨结局。他为他的女友准备病人吃的饭菜，夜间也守护着她，也和弗朗西斯科一起继续给她治疗。他还关上房间的窗户，拉上沉重的窗帘，拿走报纸，关上电视，不让外界的嘈杂打扰她。在警车呼啸而过，直升机像史前巨鸟一样轰鸣，远处传来敲打平底锅的声音或机关枪射击声时，他便放大唱机的音量，不让她听见外面的声音。他把巴比妥酸放进汤里，逼着她休息。他还避免在她面前提起那些使独裁政权不得安宁的事件。

马里奥去告诉贝阿特丽丝·阿尔坎塔拉，她女儿已经不在医院里了。他本来想向她解释，为了救她必须把她送到国外，但是他刚说了一句话，就知道她是不可能了解现状的。这位太太总是生活在一个不现实的世界里，在这个世界里，所有的不幸都会一笔勾销。于是，他只好这样告诉她：伊雷内和弗朗西斯科已经旅行度假去了。考虑到姑娘的健康状况，这本是个不可信的谎话，但母亲还是相信了，因为任何谎言只要对她有利，她都信。马里奥冷冷地望着她，对这个自私自利、冷酷无情的女人感到恼火。她热衷于高雅的礼仪，躲在这个听不见任何不满呼声的封闭的客厅里。他想象着她仿佛同她那些被人遗忘的老人一起坐在皮筏上，漫无目的地漂浮在平静的海面上。贝阿特丽丝同这些老人一样已远离现实，早已失去了她在这个世界上的位置。她那脆弱的自信心被新时代的猛烈风暴一吹便会迅即崩溃，她那穿着丝绸内衣、岩羚羊皮外套的苗条身影就像在哈哈镜中照见的那样，原是个畸形人。他没有道别便走了出去。

罗莎没有更改她的旧习，还站在门外听着他们谈话。她给马里奥做了个手势，让他跟她走进厨房。

“我家小姐怎么样了?她在哪儿?”

“她很危险，我们必须帮助她离开这儿。”

“流亡到别的国家?”

“是的。”

“愿上帝替我保佑她，照顾她。我以后还能看到她吗?”

“独裁政权垮台的时候，她就会回来。”

“请您把这个替我带给她，”罗莎把一小纸包土递给他，“这是她的花园里的土，让它伴随着她。请您告诉她，勿忘我草开花……”

何塞·雷阿尔陪埃万赫利娜·弗洛雷斯去辨认她父亲和兄长们的尸体。伊雷内曾同他说起过她，请他帮助她，因为她相信姑娘需要他的帮助。他们走了，在调查部的院子里，那些黄色塑料袋里的尸体已经铺在两张粗制长木桌上：破损的衣服、一块块骨头、一绺绺头发、一个生锈的钥匙和一把梳子。埃万赫利娜·弗洛雷斯慢慢地看着这些可怕的展览物，默默地指出每一件熟悉的东西：那件蓝色坎肩、那只破损的鞋、那个牙齿稀少的头颅。她绕着桌子走了三圈，仔细地察看着，一直到找到了她每个亲人的东西，并证实她的六个亲人都在那里，一个也不少。只有从浸湿了衣衫的汗水上才能看出她每迈出一步付出的巨大努力。神甫走在她身边，不敢去碰她。两位陪审团的官员在作记录。最后，姑娘看了记录，在上面签了字。然后，她抬起头，迈着大步走了出去。走到街上，听到在她身后关上大门的声音后不一会儿，她又恢复农村姑娘的样子，何塞·雷阿尔拥抱了她。

“哭吧，孩子，这样你会好受些。”他对她说。

“我以后再哭，神甫，现在我还有许多事要做。”说完，她用手擦干眼泪便急速地走了。

两天以后，她被传讯到军事法庭，向法庭提供证词。她穿着劳动服，胳膊上戴着黑纱(就是在挖开洛斯利斯科斯矿井那天她戴的那条黑纱)，她本能地意识到这是戴孝的时候了。审讯是秘密进行的，她的母亲、何塞·雷阿尔以及受主教委托的教区律师都不准入内。一名士兵把她带到一个宽敞的走廊，脚步声像钟声一样回荡，由此通向法庭的审判庭。那是一个十分明亮的大厅，只挂着一面旗子和一幅胸前斜佩着总统丝织绶带的将军的彩色画像。

埃万赫利娜毫无惧色地走到高级军官们前面，她看着他们的眼睛，口齿清楚地重复了她以前对伊雷内·贝尔特兰说过的一切，威胁利诱都不能改变她的说法。她毫不犹豫地指出了胡安·德·迪约斯·拉米雷斯中尉和参加逮捕她亲人的每一个人，因为这么多年来，他们的样子已经牢牢地印在了她的脑海里。

"您可以走了,女公民。需随时接受本法庭的传讯,不得离开这座城市。"一个上校命令道。

还是那名士兵把她带到出口。何塞·雷阿尔在外面等她。他们一起走在街上,神甫发现一辆汽车跟踪着他们。由于他早有准备,便拉住姑娘的一只胳膊,推拉着她一起混进了人群。他们躲进最近的一座教堂,从那里同主教取得了联系。

埃万赫利娜·弗洛雷斯逃脱了暴政的魔爪,在夜幕掩护下,被送到了国外。她身负重任,在以后的那些年月里,她忘记了自己出生的宁静乡村,周游世界,揭露祖国的不幸。她出席联合国大会、记者招待会、电视讨论会,出现在议会里、大学讲坛上,到世界各地谈论失踪的人,免得人们忘记这些被暴力吞噬的男人、女人和儿童。

洛斯利斯科斯矿井的尸体被辨认出来以后,死者家属要求把尸骨还给他们,让他们体面地埋葬起来。由于担心发生社会动乱,不愿再看到民众的骚动,当局拒绝了他们的要求。于是,这些人和新发掘的秘密坟墓中的受害者的亲属们拥进教堂,在祭坛前宣布,从那个时候起开始绝食,直至他们的请求得到满足。他们已经消除了恐惧,决心冒着生命(这是他们拥有的最后的东西了,因为其他的一切都已被剥夺)危险干下去。

"那些人乱哄哄地在干什么,上校?"

"他们在打听失踪的人,我的将军。"

"去告诉他们,他们既没有死,也没有活。"

"我们拿那些绝食的人怎么办,我的将军?"

"同以往一样,上校,你别再拿这些混账事情来打扰我了。"

警察企图用水龙头和催泪瓦斯把他们从教堂赶出去,但主教和其他一些进行绝食、声援他们的人站在大门口,而红十字会、人权委员会和国际新闻界的观察员在现场拍着照片。三天以后,高压不能持续下去了，街上的抗议声穿透了总统地下掩体的墙壁。将军气急败坏地命令将尸体还给他们。但是，在最后一刻，当家属们带着花圈和燃着的大蜡烛等在那里时，装着尸骨的卡车接到上司的命令改变了路线，把那些大口袋倒进了一个合葬墓穴中。只有埃万赫利娜·兰吉雷奥·桑切斯的尸体因停放在莫尔格进行尸检，被她的父母领回。他们把它送到希利洛神父的教堂，简单地安葬了。这孩子至少有了个坟墓，上面常有鲜花，当地的农民还是相信她的那些小小的奇迹的。

洛斯利斯科斯矿井变成了一个吊丧的地方。在何塞·雷阿尔的带领下，一队长得望不见头的人们去那里悼念。他们边走边唱着弥撒曲，喊着抗议的口号，举着十字架、火炬以及他们亲人的画像。翌日，军队用带刺的铁丝网和铁门封锁了这个地区。但是，不管是带刺的铁丝网，还是躲在机枪掩体里的士兵，都不能阻止那些凭吊的队伍。这时，他们就用炸药炸掉了这座矿井，想把它从历史上给抹掉。

弗朗西斯科和何塞·雷阿尔把伊雷内的录音带交给了主教。他们知道，这些录音带一旦送到军事法庭，伊雷内便会暴露，会被逮捕，因此，要尽快将她转移到安全的地方。

“还需要多少天才能出逃?”何塞问。

“还要一个星期她才能自己行走。”

他们就这样说定了。主教让人复制了录音带，七天以后把它们分送到各报社，将母带交给了检察官。他们想销毁证据，可已经晚了，因为谈话的记录已经见诸报端，发向全世界，掀起了一致的谴责浪潮。在国外，将军的名字遭人唾弃，他的大使们只要公开露面，西红柿和臭鸡蛋便雨点般地飞向他们。面对这抗议浪潮，军事法庭根据相互矛盾的证词、确定犯罪方式的化验报告和伊雷内·贝尔特兰提供的录音带，宣布胡安·德·迪约斯·拉米雷斯中尉和他部下中参与屠杀的其他人为杀人犯，他们还发出传票，让女记者在不同的场合出庭作证。尽管政治警察四处寻找她，但未能找到。

人们对这个判决仅仅高兴了几个小时，因为罪犯在最后一刻又被临时颁布的大赦令赦免，无罪释放了。人们被激怒了，他们走上街头，举行游行示威，就连防暴警察和作战部队也无法阻止街上愤怒的人群。在祖国解放者纪念碑的施工工地前，人们放出一头巨大的、戴着肩章、披着斗篷、佩着绶带、戴着将军帽的肥猪。这头畜生在人们的唾沫、脚踢和辱骂声中狂奔乱跑，一旁的士兵瞪着愤怒的眼睛使出浑身解数才堵住了那头猪，捡起那些已经被踩扁了的神圣标志。最后，他们不得不在喊叫声、棍棒声和牛角号声中把它击毙，这头猪便成了倒在血泊中的一具可怜的死尸。它的标志、它的军帽和暴君的斗篷漂浮在污血中。

拉米雷斯中尉被晋升为上尉，他心安理得、志得意满地到处转悠。有一天，他听说城南的大街小巷出现一个衣衫褴褛、两眼无神、饥肠辘辘的大汉，此人在寻找杀死他妹妹的凶手，谁也不去注意他，都说他是个疯子。但上尉知道这复仇者是冲着他来的，他开始感到，只要普拉德里奥·兰吉雷奥还活着，他就没有安宁的日子。

在离首都很远的一个地方军营里，古斯塔沃·莫兰特密切注视着事态的发展，并把他的计划付诸实施。当他掌握了这个倒行逆施的政府的全部非法活动后，便在他的战友中开展秘密活动。他的幻想已经破灭，开始相信专制独裁并非发展道路上的过渡阶段，而是社会不公正发展道路上的最后阶段。他再也无法忍受镇压机器的所作所为了。长期以来，他一心想着祖国的利益，原来却是忠心耿耿地为这个机器效劳。恐怖活动根本不像在军校课堂上讲的那样能建立秩序，而只能制造仇恨，它必然会引起更严重的暴力。几年的军事生涯使他对政府的内幕有了深刻的认识，他决定利用这一点来推翻将军。他认为这个重任落在了年轻军官们的身上。他以为并不是只有他一个人怀有不满情绪，因为经济的失败、社会不平等的加剧、政权的暴虐和领导层的腐败，使许多军人进行思考，他相信，还有许多人同他一样，希望改善武装部队的形象，使它摆脱困境。如果他不是那么大胆和易于冲动的话，或许还能达到目的。但是，莫兰特极易感情用事，他低估了情报机关（它的触角他是十分了解的）的作用。他被捕后仅仅活了七十二小时。最老练的谍报人员也未能让他供出参加叛乱的人的名字，他们将他折磨至死，还在清晨象征性地向他的尸体背后开了一枪，以儆效尤。尽管严密封锁了消息，这件事还是传了出来。弗朗西斯科·雷阿尔得知了这个消息后，对“死神的未婚夫”产生了敬意。既然在军队中还有这样的人，他想，那还有希望。起义不会永远遭到遏制，它会在军营里发展、壮大，一直到用武力也不能将它镇压下去为止。那时，士兵们就会与受苦受难的民众联合起来，一个崭新的祖国就会诞生。

“你这是在做梦，孩子，尽管有像莫兰特那样的军人，但武装部队的本质并没有改变。军国主义已经给人类带来了无穷的灾难，应该把它连根扫除了。”雷阿尔教授说。

伊雷内·贝尔特兰终于能够走动了。何塞·雷阿尔为她和弗朗西斯科弄到了假护照，上面贴着他们新面貌的照片。他们已经完全变了模样。她留着染了色的短发，戴着隐形眼镜以改变眼睛的颜色。他则蓄着浓密的胡子，戴着眼镜。起初，他们费了很大劲才互相认出来，但不一会儿，便习惯了这些化装过的脸孔，反而忘记了他们相爱时的模样。弗朗西斯科试图回想起伊雷内当初那使他陶醉的头发的颜色。他们就要离开这个他们熟悉的世界，加入到这个时代特有的游民——流放者、移民、政治避难者——的难民大浪潮中去。

在他们出走的前夕，雷阿尔一家去向他们告别。马里奥一连几个小时在厨房关起门准备晚饭，他不让任何人帮忙。他在餐桌上摆上鲜花和水果，铺上最好的桌布，以减轻一些大家共有的伤感情绪。他放着典雅的音乐，点燃了蜡烛，酒里放上冰块，装出一副其实并没有的高兴模样。然而，他却无法使他们不去谈论即将到来的别离和他们俩离开这个避难所会遇到的种种危险。

"孩子们，你们越过了边境，我想你们应该去看看我们在特鲁埃耳的家。"伊尔达·雷阿尔突然这么说。大家都大吃一惊，他们还认为，这件事和其他一些事情一样，早该从她记忆中消失了。

其实，她什么都没有忘记。她向他们讲述了黄昏时分阿尔巴拉辛[1]群峰巨大的阴影，就同绵延在她的第二祖国的国土一边的山峰一样。她也谈到冬天里那些盘绕在葡萄架上的光秃凄凉的葡萄藤，它们正在吸收养分，以便等到来年夏天大结葡萄；她还谈起那儿干燥的气候和山区陡峭的岩石；谈起她自己的家，说她有一天跟随去前线的丈夫离开了那里。那是一所既高雅又简陋，用石头、木材和瓦片盖起来的房子，小小的窗子上装着铁格子，房子里有高大的壁炉，镶嵌在墙里的穆德哈尔式[2]陶瓷盘子像眼睛一样观察着岁月的流逝。她还准确地记得下午烧火时柴火的气味，茉莉花和窗下香草的芳香，还有那清净的井水、亚麻布制的箱子和床上铺的羊毛毯。她回忆往事后，接下去是长时间的沉默，仿佛她的心灵又回到

1 西班牙特鲁埃耳省的山谷。

2 古代居住在西班牙基督教国王统治区的伊斯兰教徒常用的一种建筑风格。

了以前的家园。

“那房子还是我们的，它在等待着你们。”她最后说，用这些话抹去了逝去的时间和距离。

弗朗西斯科思索着迫使他父母离开家乡流亡异国的奇怪命运，经过了这么多年，这命运又以同样的原因落到了他的身上。他想象着打开家门时自己的表情，就像他母亲五十年前把门关起来时的神情一样。他感到时间总是在循环往复。他父亲猜到了他的心思，便对他讲述了离开自己的土地，寻求新的生活对他们的含义。他们曾忍受艰辛、挫折，但从中汲取精神力量，千百次地站起来奋斗，适应异乡的生活，这一切也都需要勇气。他们每到一地都站稳了脚跟，哪怕只待了一个星期、一个月。漂泊最会消耗人们的意志力。

“你们要珍惜现在的时光，不要为过去忧伤，也不要过于憧憬未来，丧失自己的精力。留恋过去，思念故乡会耗尽精力，摧垮意志，这都是流亡者的失误。到了那儿，你们应该像准备永远居住在那里一样定居下来，要有定居的准备。”雷阿尔教授说。他的儿子想起，从老演员的嘴里也听到过同样的话。

教授把弗朗西斯科叫到一边。他非常激动地拥抱了儿子，眼睛里充满了忧伤，身子颤抖着。他从口袋里取出一件小物品，不好意思地递给了他，这是他的计算尺，它象征着他们分离的痛苦。

“留个纪念吧，孩子，它当然不能用来计算怎么过日子。”他声音嘶哑地说。

的确，他就是这么看的。他经历了漫长的生活旅程，明白生活是无法用它来计算的。他从未想过自己哪一天会筋疲力尽、凄楚悲伤，因为他的一个儿子已经死去，另一个儿子又要流亡国外，孙子们已去遥远的村落，而何塞——他唯一在身边的儿子又受到政治警察的威胁。弗朗西斯科想到了“上帝慈善之家”中的老人们，他低头吻了吻父亲的前额，强烈地希望能改变不幸的命运，不要让他的父母孤独地死去。

马里奥看到人们情绪低落，便决定开饭。他们站在桌子旁边，眼睛湿润，双手颤抖，但终于一起举起了酒杯。

“为伊雷内和弗朗西斯科干杯，祝你们交好运，孩子们。”雷阿尔教授说。

“为你们的爱情不断加深干杯。”伊尔达补充说。她不敢看他们，不愿露出她的痛苦。

在一段时间里，他们努力做出高兴的样子，称赞菜肴的精美，感谢这位可贵的朋友的盛情款待。但是，不一会儿，忧郁的情绪像阴影一样又扩散开来，笼罩在他们所有人的心头。饭桌上只听得见杯盘和餐具的叮当声。

伊尔达坐在她最喜欢的儿子身旁，眼睛盯着他，要把他脸上的特征、他的目光、眼睛周围的鱼尾纹和那双有力的大手都永远地铭刻在自己的记忆里。她手里拿着刀叉，盘子里的菜肴却丝毫未动。她强忍着内心的痛苦，极力不让眼泪流出来，但是，她却无法掩饰内心的悲伤。弗朗西斯科用一只胳膊搂住母亲的肩膀，吻着她的太阳穴，他同她一样动情。

“你要是出了事，我可受不了，孩子。”伊尔达在他耳边小声说。

“不会出什么事的，妈妈，你放心吧。”

“什么时候我们才能再见面？”

“我相信我们很快就会见面的。在这之前，我们的心是在一起的，就像我们以前那样……”

晚饭在一片岑寂中用完了。他们坐在客厅里对视着，微笑着，可都是苦笑。戒严的时间快到了，该告别了。弗朗西斯科把他们送到大门口。这时街上静悄悄的，没有行人，大门都已关上，邻近的窗子没有任何灯光。他们的说话声和脚步声产生的沉闷回音像不吉利的征兆一样在这悲凉的氛围中震荡。他们必须加快步伐才能及时回到家里。他们神色紧张地、默默地进行了最后一次拥抱，父子俩紧紧地长时间地拥抱在一起，这中间包含了无声的祝福和关照。之后，弗朗西斯科的双臂拥抱着他瘦弱的母亲，她那可亲的面颊埋在他的胸口。她终于痛哭起来，那双纤细的手抽搐着，揉搓着他的外套，像一个绝望的孩子紧紧地抱着他。何塞将她分开，强拉着她转过身去，头也不回地往前走去。弗朗西斯科看见父母亲那萎缩消瘦、摇摇晃晃的身影在昏暗的街道上远远离去。他看见哥哥的身影却又壮实又坚定。他了解自己的危险，但敢于面对自己的命运。当他们在街角消失的时候，一阵悲痛袭上他的心头，眼泪像断了线的珍珠一样从双眼中涌了出来。他一屁股坐在门槛上，面颊埋在双手中间，沉浸在深深的哀伤中。伊雷内见到他在那里，默默地坐在了他的身边。

弗朗西斯科·雷阿尔从来也没有统计过，在这些年里，他帮助过多少绝望的人。开始的时候，他是单独行动的，但是，慢慢地在他周围聚集了一些可靠的朋友，他们紧密地团结在一起，并帮助遭受迫害的人躲藏起来，在可能时通过各种途径让他们越过国境。最初，这只是出于人道主义，他认为这是应尽的义务。但是，随着时间的推移，支持这种行动的是他巨大的激情。他冒这种危险时心情是复杂的，既怀着愤恨，又感到极大的快乐。他有时会像赌徒一样被胜利冲昏了头脑，不断地接受命运的挑战。但是，即使是在需要大胆干的时候，他也没有忘记小心与谨慎，因为他知道任何一时的小小冲动，都会让他付出生命的代价。他计划着每个行动，甚至每个细节也不疏忽，极力使它平平稳稳地成为现实。正因为如此，他才能历尽艰险，却比别人更好地生存下来。政治警察一点也没怀疑他那个小小的组织。马里奥和他的哥哥何塞有时也和他一起工作。当他们抓住神甫的时候，只是询问他在教区和村镇里的活动，他在那里伸张正义、反对当局的勇气是出了名的。造型师则拥有很大的靠山，校官们的太太都到他的美容厅去，还常常有装甲旅游车接他去地下宫殿，第一夫人在她豪华的寓所等候着他。他帮她挑选衣服和首饰，为她设计最新的发型，以表现她的高傲和权力。他还帮她在挑选国外进口的用来布置房间的罗马酒椰纤维、埃及的大理石和刻花玻璃灯具时出主意。出席马里奥的招待会的都是政府知名人士，而在他的古玩店的屏风后，他又和一些纨绔子弟在进行着某种交易，内容涉及明令禁止的一些寻欢作乐的风流韵事。政治警察奉命保护他走私、贩毒和其他一些不引人注目的丑行，殊不知这位高贵的美容师却在他们鼻子尖下愚弄着他们。

弗朗西斯科曾经领导他的小组进行艰巨的工作，但从来也没有想过，有朝一日他本人也会用这个小组来帮助伊雷内和他自己脱离险境。

上午八点钟，一辆装着用来布置马里奥家阳台的奇花异草和矮干树木的小型货车来到了。三个身穿长裤、头戴安全帽和消毒面具的工人卸下热带小树、盛开的山茶花、中国的金橘树，然后在喷雾器里灌满了灭虫剂，戴上保护用具，往树上和花上喷起药来。他们当中的一个人在走廊上观察动静，其他两个人看见房主人的一个手势，便脱下了工作服。伊雷内和弗朗西斯科穿上他们脱下的工作服，用面具遮住脸，不慌不忙地走到司机那里。他们没有让任何人看见便离开了那里。他们在城里转了几个圈子,换坐了一辆又一辆出租汽车,直到一个街角,见到一个真诚的老太太。她给了他们一辆小汽车的钥匙和驾驶执照。

“到现在为止,一切顺利。你的感觉怎么样?”弗朗西斯科坐在驾驶盘前问道。

“很好。”伊雷内说。她的脸苍白得像一层白雾。

他们沿着往南方去的公路出了城。他们的计划是找到一个山口,在毫不留情的封锁圈尚未将他们围捕到以前越过国境。伊雷内·贝尔特兰的名字和她的特征已掌握在全国各地的警察手中。这两个青年知道,如果落到邻国政府手里,一样难以活命,因为各国政府互相交换情报,引渡犯人甚至尸体。在这些交易中,往往在一个国家出现了几具尸体,而邻国却有这些尸体的身份证明。这样,在辨认受害者的时候,常常会发生混乱,会出现这样的情况:在一个国家被通缉的人在另一个国家,以另外的名字被杀害了,亲属得到的往往是一个陌生人的尸体,埋葬的当然也不会是亲人。弗朗西斯科知道,他们应该尽快去大陆上某一民主国家或到达他们最终的目的地——“母国”,从美洲逃出去的人最后都是这么称呼西班牙的。

他们将行程分作两个阶段,因为伊雷内仍十分虚弱,不能承受那么多小时一动也不动的旅行,她会晕车,也忍受不了疼痛的折磨。我亲爱的,多可怕啊,你最近几个星期以来瘦了许多,在阳光照射下,你那些雀斑失去了金黄色。尽管你剪去了王后般的长发,你仍像以往那么漂亮。我不知道怎样才能帮助你,我愿替你忍受痛苦,该死的命运让我们忍受着内心的恐惧和煎熬。伊雷内,我多么想让你回到那无忧无虑的日子里去,同你一起带着克莱奥漫步在山丘上,坐在树荫下看着我们脚下的城市,在世界的顶峰喝着葡萄酒，享受着自由和幸福。那时候我从来也没有想到今天会把你带到这没有尽头的噩梦中来，每根神经都绷得紧紧地观察着一切，对一丁点儿响声都会十分紧张。自从那梭子弹差一点把你分成两半的那个时候起，我便不分白日黑夜坐卧不宁。伊雷内，为了不让你受到伤害，为了保护你免遭痛苦和暴力的折磨，我必须成为强者，成为不可战胜的人。当我看到你疲惫不堪地靠在椅背上，随着车子的颠簸闭着眼睛摇摇晃晃的时候，我心里就感到难受，我是多么想照顾你，生怕失去你。我要永远留在你身边，保护你，陪伴你，让你过上幸福的日子……

晚上，他们在村镇的一个小旅馆里投宿。姑娘那虚弱的身体，她那蹒跚的步履和昏昏欲睡的样子感动了经理，他把他们送到房间里，坚持要给他们弄点吃的。弗朗西斯科帮伊雷内脱去衣服，宽松一下起保护作用的绷带，并帮她躺下。经理让人送来了一碗汤和一杯甜桂花做的温热的酒。但她连看一眼的力气都没有了。她太虚弱了。弗朗西斯科躺在她旁边，她用双臂搂着他的身子，把头依偎在他肩上叹了口气，很快便进入了梦乡。他没有动，在黑暗中露出幸福的微笑。他们在一起的时候，他总有这样的感觉，几个星期以来，他们亲密无间的感情对他来说仍然是那么美妙，他了解这个女子藏得最深的秘密，她那双在欢愉时变得放荡不羁，在做爱时变得湿润、露出感激的眼神的眼睛，对他已没有什么神秘的了。他与她在一起时那么多次地抚爱她，现在他闭上眼睛便熟知她的一切，他相信，直到他生命的最后一刻，他也能回想起她那柔软的身躯上的任何部位。尽管如此，一旦她到了他怀抱里，他就会产生他们第一次交欢时的那种激情。

第二天早上，伊雷内起来时情绪特别好，好像晚上的休息完全消除了她的疲劳。然而，她良好的精神状态并不能遮掩她蜡黄的皮肤和眼睛四周的病态。弗朗西斯科给她送来了丰盛的早餐,希望能恢复她的体力,但她几乎一口都没尝。她看着窗外,估计着春天已经过去了。她处在死亡线上那么长时间,生活对她又有了新的价值。她感到世界的一切是那么美妙,对每天细小的事情都感兴趣。

他们很早就上车出发了,他们要在路上走许多小时。他们穿过一个阳光明媚的村子,那里运蔬菜的车子穿梭般地开来开去,到处都是卖甜食的商贩,还有自行车和货物堆到车顶的汽车。教堂的钟声响了,两位老年妇女戴着吊孝的面纱、手拿《圣经》在街上急促地走着。一队小学生在女教师带领下,唱着“小白马带我离开这儿,带我回到我出生的地方”的歌曲朝广场走去。空气中飘荡着刚出炉的面包的清香和蝉儿与田鸫的大合唱。一切看起来都整洁宁静、秩序井然,人们都在和平的环境里忙着他们的日常工作。弗朗西斯科和伊雷内一度怀疑起自己的神志是否清楚,或许他们在发高烧,或许他们陷入了可怕的幻觉,实际上并没有任何危险在威胁着他们。他们问自己是不是在杞人忧天。但是,这时他们触摸到口袋里灼手的伪造证件,看见了他们化了装的面孔,想起了矿井里的哀号声。他们并没有神经错乱,是这个社会变得颠三倒四了。

他们在路上奔波了那么多个小时,最后却无法看清周围的景致,这儿的一切对他们来说都是一模一样的。他们感到自己像两个遇难的外星人。警察在公路上的关卡常常中断他们的旅行。每当他们递上证件,他们就会像触电一样感到一阵惊恐,使他们汗流浃背,全身无力。哨兵漫不经心地瞟一眼照片,便向他们做个手势,让他们继续前进。但在一个岗亭前,他们被迫下车,被留在那里询问了十分钟,还被仔细地搜查了汽车。当伊雷内以为他们就要被捕,惊得几乎要叫起来的时候,军曹却放他们通行了。

“你们要当心点,这地区有恐怖分子。”他提醒他们。

他们好长时间没有能说出话来，他们从未感到危险离得这么近。

“恐惧感比爱和恨更强烈。”伊雷内心有余悸地说。

从那个时候起，他们就以嘲弄的态度来对待恐惧了。他们开着玩笑，以驱散心中不必要的担心。弗朗西斯科猜想恐惧是伊雷内唯一想加以掩饰的东西，从表面看，她从不知什么是胆怯或羞愧，完全自由地表达着自己的感情。但是，她心里却十分爱面子。她对那些软弱的表现感到羞愧，这些表现要是在别人身上，她是不能容忍的，而她自己却不承认有这样的表现。当她发现自己身上产生了这种恐惧感后，便感到十分厌恶，并企图在弗朗西斯科的眼前遮掩过去。这是一种心底里的恐惧，完全不同于以往的那种惊慌害怕的感觉，那时她常常用笑声掩饰过去。对于那些日常的可怕事情，诸如宰猪或在一间着了魔的房子里听见大门吱吱作响，她从不装出勇敢的样子。然而，这次新的发自内心的恐惧感却使她感到羞愧，它常常侵扰着她，使她在梦中惊醒，醒后颤抖不止。有时候，她强烈地感到自己是在做噩梦，常常不知道自己是活着在做梦还是在梦中活着。弗朗西斯科在见到她感到羞愧和胆怯的一瞬间，正是最爱她的时候。

他们终于离开公路干线，走上山路，最后来到一个旧温泉疗养地。以前，这里以它神奇的泉水而闻名于世，但现代药学的发展已将它遗忘了。这座楼房仍让人们回忆起它光辉的过去，在本世纪初它还接待过高贵的家族和为身体健康远道而来的外国人。楼房虽遭遗弃，但它那有栏杆和雕花的宽敞大厅、那古色古香的家具、青铜灯具和缀着穗子和丝绒球的帘幔仍都保持着魅力。人们给他们安排了一间有一张大床、一个五斗柜、一张桌子和两把椅子的房间。电灯在一定的时间就会熄灭,然后得点燃蜡烛。太阳下山后,温度骤然下降,这种情况在山区是常有的。这时,他们就用香气扑鼻的松树枝点燃壁炉。从窗外还飘进来一股在院子里燃烧的枯叶和粪便的刺鼻臭味。除了他们俩和管理人员以外,住在那里的人都是患有不同疾病的病人和退休疗养的老人。那儿的一切都是慢悠悠的,显得十分安静,不论是疗养的病人在走廊里慢慢走动的脚步,还是把泉水和有疗效的稀泥抽到由大理石和钢铁制成的大浴池里去的有节奏的机器隆隆声,都是如此。白天,一行满怀希望的病人拄着拐杖、裹着浅色床单、像幽灵一般沿着山岭爬到火山口。在火山口的四壁喷出一股股热流,散发出一阵阵浓密的含硫的蒸汽。坐在一边的病人们便消失在浓雾之中。傍晚时,疗养所的钟声响了,它那洪亮的声音回荡在山林里、悬崖上,一直传到隐蔽的山洞里。这是让风湿病患者、关节炎患者、溃疡病人、疑病症患者、过敏性疾病患者和一些难治的老年病患者返回的信号。他们严格按照作息时间就餐。餐厅相当宽敞,喇叭里放着流行歌曲,空气中弥漫着从厨房里散发出来的香味。

“唯一使人感到不足的是我们此时并不在度蜜月。”伊雷内被这个地方迷住了,她生怕联系人会很快出现,带他们越过边界。

因长途跋涉而筋疲力尽的他们,一倒在那张大床上便紧紧地拥抱在一起,沉沉入睡了。晨曦微露时,他们便醒来了,这是一个阳光灿烂的早晨。弗朗西斯科看到伊雷内的脸色好多了,还说饿得很,觉得很高兴。他们有节制地做了爱,便穿上衣服,走出门去呼吸山间的空气。大清早疗养的病人成群结队地往火山口走去。当他们在忙于治疗各自的疾病时,这两个年轻人却在悄悄地接吻,倾诉着衷肠。他们时而亲亲热热地沿着火山上的崎岖小道漫步，时而依偎着坐在林中铺满腐殖质的芬芳的土地上，时而消失在火山口那黄色的雾气中。他们就这样亲亲热热地，一直到中午。这时，一个穿着粗制皮靴、披着黑色彭丘、戴着宽檐帽的山里人来了，他牵来了三匹坐骑，还带来了一个坏消息。

"他们已发现了你们的踪迹。你们必须立即出发。"

"他们抓住谁了？"弗朗西斯科问道，他为他的哥哥、为马里奥和其他朋友担心。

"谁也没有抓到。是你们前天晚上过夜的那家旅馆的经理对你们产生了怀疑，告发了你们。"

"你能骑牲口吗，伊雷内？"

"能。"她笑着说。

弗朗西斯科把一条又宽又结实的带子系在伊雷内的腰部，让她更好地承受骑牲口时的颠簸。他们收拾好行装，上路了。他们成单行行走在一条几乎难以辨认的小路上，从这里通向两个边防哨位之间的一个被人遗忘的山口。这是一条眼下已无人行走而走私者时常出没的小径。沿途荆棘丛生，原来的路面已完全被覆盖，向导只凭树上刻下的记号辨别方向。他已不是第一次（恐怕也不是最后一次）利用这条崎岖小道救了被迫害的人的性命。沿途的落叶松、橡树和罗汉松让行人隐没其中，有些地方茂密的枝叶在顶端连成一片，盖得严严实实，滴水不漏。他们马不停蹄地一连走了好几个小时。在整个路途中，他们没有遇到任何人。这里潮湿、岑寂、寒冷，没有人影，像一座长满植物的迷宫，只有他们几个人在里面行走。不久，他们就来到一个冬雪覆盖的地方，低低的云层，四周弥漫着摸不到的茫茫雾气，看不到周围的东西。他们走出这层浓雾，巍峨的山峦便突然出现在他们眼前。起伏的山脉一直延伸到远方，沿途是重峦叠嶂、白色的火山山顶和陡峭的悬崖峭壁。每到夏天，山上的冰雪便会消融。有时候他们还能看见十字架，那是游人在筋疲力尽后遇难的地方。每到这样的地方，向导总要庄严地画十字，以慰亡灵。

向导骑着牲口走在前面，伊雷内居中，弗朗西斯科骑马断后。他的眼睛始终没有离开他心爱的人，警惕地注视着她，没有放过她的任何疲乏或痛苦的表示。但姑娘丝毫也未露倦色，她任母骡迈着慢吞吞的步子，眼睛出神地望着周围奇妙的自然景观。但她的心在流泪，她正在告别着她的祖国。在她的内衣口袋里藏有一小包她家花园里的泥土，这是罗莎让她在大海的另一边种植勿忘我草用的泥土。她在想，她失去了多么重要的东西，她不能再漫步童年时常走的街道，听不到家乡人说话的悦耳腔调，看不到黄昏时远山的侧影。家乡的河流再也不会为她歌唱，她也闻不到厨房里铁苋菜的香味和雨水在房顶上蒸发时散发的气味。她不仅失去了罗莎、母亲、朋友、工作和她的过去，她也失去了祖国。

"我的祖国……我的祖国……"她哭泣着。弗朗西斯科给马加了鞭，来到她的旁边，握住了她的手。

夜幕拉开后，他们决定宿营过夜。天黑了，他们不能再往前走了，因为前面到处是崎岖的山路、陡峭的悬崖和无底的深渊。他们不敢点燃篝火，害怕国界附近有巡逻队。向导同他们一起分享了几片咸肉干、压缩饼干和装在他的褡裢里的烧酒。他们用厚厚的彭丘把自己盖得严严实实的，蜷缩着身子，睡在牲口边。他们像亲兄弟一样依偎着，睡在一起，但是寒冷还是浸入到他们的骨髓。他们整夜都冷得发抖，头顶是灰黑色的凄凉的夜空，耳边是森林里飒飒的风声、吱吱的虫鸣声和其他数不清的声音。

天终于亮了。朝霞像一朵火花一样冉冉升起，慢慢地驱散了黑夜。天空明净如镜，在他们眼前迅即呈现出异常绮丽的自然景象，宛若重新出现了一个天地。他们站起身来，掸掉毯子上的积霜，活动一下麻木了的腿脚，喝完余下的烧酒，以便振作起精神。

“那儿就是国界。”向导指着远处的一个地方说。

“那我们就在这里分手吧，”弗朗西斯科说，“那边有朋友在等着我们。”

“你们恐怕得步行了，顺着树上的印记走，就不会迷路了，这条路很可靠，祝你们交好运，朋友……”

一阵拥抱后，他们分手了。向导牵着牲口回去了，年轻人朝着那条把这无边的大山和火山分开的无形的边界线走去。他们像是两个航行于云山雾海中的船员，在周围一片寂静中感到自己十分渺小、孤独和脆弱。同时，他们也感到他们的爱情已具有新的含义，达到了新的高度，它将是他们在流亡中唯一的力量源泉。

在清晨金色的阳光下，他们停下脚步，最后看了一眼他们的土地。

“我们还会回来吗？”伊雷内喃喃地问道。

“一定会回来的。”弗朗西斯科说。

在以后的岁月中，这句话一直指引着他们的道路：我们一定会回来的，我们一定会回来的……

译后记

拉丁美洲文学在十九世纪拉丁美洲获得独立以后就出现了辉煌。无论是浪漫主义小说与诗歌，还是自然主义小说，无论是现代主义诗歌，还是现实主义小说、地域主义小说或印第安主义小说，都展现出其独特的风格。在相当长的一段时间里，这些文学作品并不为世界文坛关注。二十世纪四十年代，阿根廷作家豪尔赫·路易斯·博尔赫斯的作品开始被译成英文和法文，在美国和欧洲出版。他的作品引起了欧美文坛的高度重视。

二十世纪六十年代，西班牙文学代理人卡门·巴尔塞斯隆重推出了加西亚·马尔克斯的《百年孤独》、巴尔加斯·略萨的《城市与狗》、胡里奥·科塔萨尔的《跳房子》以及卡洛斯·富恩特斯的《阿尔特米奥·克罗斯之死》。这几部作品在西班牙巴塞罗那同时出版，造成了“文学爆炸”的态势，让本已繁花似锦的拉美文学以它特有的魅力展现在世界各国读者面前，为当时比较沉寂的世界文坛带来了活力。

在我国，自二十世纪七八十年代以来，一大批拉美文学作品被译成中文出版，受到中国读者的欢迎。博尔赫斯神秘的交叉小径中迷宫式的时间，胡安·鲁尔福阴曹地府里栩栩如生的农村众生，加西亚·马尔克斯笔下神奇的飞毯和奇异的炼金术，卡洛斯·奥内蒂令人恍惚的时空观和复杂的心理描写，巴尔加斯·略萨的“教堂”中前后跳跃的对话，卡洛斯·富恩特斯充满了痛苦和欢乐的“最明净的地区”，胡安·多诺索那位自以为换上了鬼怪器官、神情颓丧的翁伯特，阿莱霍·卡彭铁尔的加勒比地区巴洛克式的异彩纷呈的传说，罗亚·巴斯托斯那超越时空、集善恶于一身的独裁者，罗贝尔特·阿尔特的穷困潦倒的七个疯子，胡里奥·科塔萨尔的结构奇特、有数种阅读方法的“跳房子游戏”……这些令人耳目一新的文学佳作将人们带进了拉丁美洲这块既古老又年轻的大陆，领略那里丰富多彩的人文景观。

这些作品给中国读者耳目一新的感觉，极大地影响了中国众多中青年作家以及数以万计的读者。一批在二十世纪八十年代崛起的拉美作家也引起了中国读者的极大兴趣。智利女作家伊莎贝尔·阿连德就是其中一位杰出的代表。她以魔幻与现实交相辉映的《幽灵之家》、《爱情与阴影》和《夏娃·月亮》赢得了广大中国读者的青睐。她被人亲切地称为“穿裙子的加西亚·马尔克斯”。

伊莎贝尔·阿连德于一九四二年出生在秘鲁首都利马。她的父亲托马斯·阿连德当时任智利驻秘鲁的外交官，是后来的智利民选总统萨尔瓦多·阿连德的堂弟。一九四五年她的父母离婚，母亲带着三个年幼的孩子回到智利圣地亚哥外祖父的家中生活。

一九五三年她的母亲与职业外交官拉蒙·乌依多布洛结婚，她随父母先后旅居玻利维亚和黎巴嫩。在玻利维亚时，她在一所美国人办的私立学校上学；在贝鲁特时，她则上了一所英国人办的私立学校。一九五八年，因苏伊士运河危机，她随父母回到智利，在祖国结束了她的中学学习生涯，这时她认识了日后成为她丈夫的理工科大学生米盖尔·弗利亚斯。

一九六二年，她与弗利亚斯结婚，次年生下了女儿保拉。一九六四至一九六五年，她与丈夫和女儿生活在比利时和瑞士。一九六六年她回到智利，这一年，她的儿子尼科拉斯出生。一九六七年，她开始从事文字工作，为《保拉》杂志撰文，并成为该杂志的编辑。与此同时，她还为幽默专栏撰稿。一九七四年，她为儿童刊物《曼帕托》写稿，发表了两篇短篇小说。一九七〇年，萨尔瓦多·阿连德当选为智利历史上第一位社会党总统。伊莎贝尔的继父被任命为智利驻阿根廷大使。她在智利圣地亚哥电视十三台和七台工作。一九七三年，她的剧作《大使》在圣地亚哥上演。

一九七三年九月十一日，星期二，皮诺切特将军发动军事政变，推翻了社会党人萨尔瓦多·阿连德领导的民选政府，建立了长达十七年的军事独裁统治。在保卫总统府的战斗中，伊莎贝尔的堂伯父阿连德总统以身殉职。这次政变彻底改变了伊莎贝尔的生活，她不得不流亡国外。

一九七五年，伊莎贝尔与丈夫和两个孩子流亡委内瑞拉，在加拉加斯生活了十三年。在那里，她为《民族报》撰稿，并在一所中学担任管理工作。一九八一年，她得知九十九岁的外祖父病危，于是开始给他写信，这封信最后成了于一九八二年出版的《幽灵之家》。

一九八七年她与弗利亚斯离婚。一九八八年她与威利·格尔登结婚，定居美国的加利福尼亚圣拉法埃尔。一九九〇年智利恢复了民主。在阔别了十五年后，伊莎贝尔回到智利，从埃尔文总统手里接受了加夫列拉·米斯特拉尔文学奖。

一九九三年十月二十二日由《幽灵之家》改编的电影首映。一九九四年《保拉》出版，《爱情与阴影》被搬上银幕。

二〇〇一年九月十一日星期二，即智利发生军事政变二十八年后的这一天，纽约的最高建筑双塔楼被摧毁，“九一一”事件震惊了全世界，又一次改变了女作家的生活。已经在美国定居十二年的伊莎贝尔开始对自己是美国人的身份表示认同，尽管她反对布什政府的对外政策。

伊莎贝尔创作的长篇小说《幽灵之家》(一九八二)和《爱情与阴影》(一九八四)的面世，被认为是拉美“文学爆炸”后继续辉煌的一个标志，同时也证明了这位拉美女作家已在世界文坛占有不可低估的一席之地。

《幽灵之家》是一部气度恢宏的全景式小说。作者以自己的外祖父母家庭为原型，以犀利而不失幽默的笔触，讲述了拉美两个家族近一个世纪的兴衰史，从一个侧面展现了拉丁美洲的变幻风云。

《无限计划》(一九九一)的主人公乔治是个美国人。他的父亲是位学自然科学的博士，为完成自己“永无止境的计划”，曾在第二次世界大战时乘着卡车走遍了北美。乔治继续父亲的这个“无限计划”，经历了贫困、性的革命、越南战争撕心裂肺的痛苦和政治的激进主义。

《保拉》(一九九四)是一部文字清新、感情真挚、情趣盎然的小说。一九九一年十二月伊莎贝尔的女儿保拉患了重病，不久便不省人事，在长达一年的时间里都处于昏迷状态。作者为了唤醒女儿的意识，决定向她叙述自己家庭富有情趣的往事。于是，她在马德里医院的走廊里、病床边，在旅馆内和在加利福尼亚的家中，以自己对女儿全部的爱写出了这部小说。她把自己曾想对女儿说却没来得及说的话，以动听的话语娓娓道来。这本书一出版便成为畅销书，受到读者的普遍欢迎。

《财富之女》(一九九九)讲述的是一个智利姑娘在十八世纪末加利福尼亚淘金热中经历的传奇故事。埃里萨从智利的瓦尔帕拉伊索出发去加利福尼亚寻找恋人霍阿金。在这块充斥着单身男人和妓女的地方，埃里萨从一个天真无邪的姑娘变成了一个非凡的女人。她得到了中国医生陶赤恩的帮助，经历了各种神奇与困境。

《棕色肖像》(二〇〇〇)延续了上一部小说的故事，时间是十九世纪下半叶。埃里萨和陶赤恩的外孙女阿乌罗拉出生在有异国情调的旧金山，后回到智利，生活在外祖母帕乌丽娜家。她参加了维护妇女权利的斗争，并用自己的照相机追溯过去。这部小说再现了《财富之女》和《幽灵之家》中的人物，它们可以说是这位女作家的第一个三部曲。

《佐罗，一个传奇的开始》(二〇〇一)的故事发生在十九世纪初的加利福尼亚南部，那时还是西班牙殖民统治时期。传说中的佐罗是一位印第安的传奇女子多依布尔尼娅和西班牙贵族阿莱汉德罗·德拉·维加所生的儿子迭戈·德拉·维加，以后他变成了具有传奇色彩的“佐罗”(西班牙语 Zorro 意为“狐狸”)。这个形象集印第安的魔幻和西班牙的生活习惯于一身，作者赋予了“佐罗”安东尼奥·班德拉斯[1]的形象、切·格瓦拉的正义感、罗宾汉的行侠仗义和彼得·潘那颗永远年轻的心。作者认为，当今世界需要非常多的佐罗，

1 西班牙著名影星，在影片《爱情与阴影》中饰演男主角。

这位维护穷人、高举理想主义火炬的英雄对唤醒民众能起到振聋发聩的作用。

《感官回忆录》(一九九七)和《我虚构的祖国》(二〇〇一)是伊莎贝尔具有心灵震撼力的两部散文集。前者是在作者心灵受到强烈震撼之后写成的。在日日夜夜看护女儿的近一年时间里,伊莎贝尔把自己关在房间里,终日与痛苦为伴,直到一天晚上她梦见自己掉进一个满是汤汁的池子里,第二天晚上她又梦见自己吃了西班牙著名影星安东尼奥·班德拉斯,班德拉斯与木瓜拌在一起被卷在墨西哥玉米饼里。这个奇特的梦使她明白,痛苦已经结束了,因为她把食欲和性欲当成良药。在她看来,食欲和性欲能让物种生存与繁衍,美好与战争也会因它们而生。《感官回忆录》就是抒发爱恋之情、赞美人类美好情感的书。

《我虚构的祖国》则是一部具有自传色彩的散文集,已经定居加利福尼亚的女作家以满腔思念之情回忆自己最亲近却已有距离感的祖国——智利。

这次由译林出版社出版的《爱情与阴影》是伊莎贝尔·阿连德的第二部小说,于一九八六年十月在西班牙巴塞罗那出版。出版后立即在读者中引起巨大反响,仅在最初的两年中,便连续出了八版,并被译成多种文字,成为西班牙和欧美一些国家读者最喜爱的书籍之一。西方文坛对这本书也给予了较高评价,认为它不仅是这位智利女作家创作生涯中新的里程碑,还是西班牙语文学中一部具有影响力的作品。

《爱情与阴影》以女记者伊雷内和摄影师弗朗西斯科的爱情为主线,讲述了不同境遇和不同经历的三个家庭的故事。弗朗西斯科的父亲是大学教授,原籍西班牙,西班牙内战结束后,几经周折由西班牙流亡到智利定居。伊雷内与弗朗西斯科相识后，因志趣相投，很快就有了感情。迪格娜是个农妇，丈夫是马戏团演员。在迪格娜生孩子时，由于医院工作上的不负责任，她不得不将错就错，将另一个产妇的女儿当作亲生女儿抚养，取名埃万赫利娜。孩子到了十五六岁，癫痫病频频发作。奇怪的是，每当她发病时，还会出现房屋震动，家畜、家禽飞舞，家具跳动等“奇迹”。当地人以为这是神灵显圣，便把埃万赫利娜当成圣女，纷纷来求她保佑。伊雷内和弗朗西斯科闻讯后便去采访，恰恰碰上一伙军人在中尉拉米雷斯的带领下去抓埃万赫利娜，说她妖言惑众。谁知埃万赫利娜癫痫病发作，显了“神通”：中尉和他的士兵被她的“神力”打翻在地，洋相百出。中尉恼羞成怒，派人逮捕了她。从此，埃万赫利娜便失踪了。

伊雷内和弗朗西斯科出于正义感和对姑娘的同情，四处奔走，寻找埃万赫利娜。他们终于在一个废弃的矿井内发现了埃万赫利娜的尸体。同时他们还发现了十几具无名尸体。他们拍了照，决定将此事公布于众，以揭露军人的暴行。当局为了平息局势，不得不逮捕了拉米雷斯，但很快又将他释放。

伊雷内因此事遭到暗算，身受重伤，后经弗朗西斯科的精心照料，起死回生。他们知道再也无法在国内生活下去，便在秘密组织的帮助下，恋恋不舍地离开了祖国。

这部作品笔触犀利而幽默。作者生动地描绘了不同职业、不同阶层的普通人的生活，从不同的角度把他们的生活和爱情，特别是他们内心的情感——在军事独裁统治下对正义和自由的渴望——细腻生动地再现出来，深深地拨动了读者的心弦。小说的主题思想十分严肃，展开的社会场景广阔而深刻，但在叙述中却充满了生活的情趣，富有人情味。如雷阿尔教授夫妇的信仰虽然不同，经历尽管坎坷，却相敬如宾，乐观豁达，家庭气氛浓郁；农妇迪格娜的善良和对子女的爱表现了普通农民的正直朴实；主人公伊雷内和弗朗西斯科诚挚的爱情以及他们对自由、正义和幸福的追求都是那么执着；而颇具神秘色彩的埃万赫利娜和她的疾病则给予读者更大的想象空间。所有这一切在作者笔下都显得十分和谐自然，这种和满的气氛把军人的暴行、独裁的罪恶衬托得更加鲜明。

作者在揭露军人令人发指的暴行时，并未采取自然主义的手法，而是着重剖析不同的个人的内心及其家庭和社会环境，较为深刻地揭示出独裁统治给各个阶层的人们，包括那些军人所带来的恶果。

作者在书中还采用了许多魔幻现实主义的写作手法。如对埃万赫利娜这个人物的刻画就很有特色。她的癫痫病初发的那天，成千上万只青蛙爬满了附近的公路。在作者笔下，迪格娜这位农妇把自己的母爱都倾注在错领的女儿身上。她并不像无知的村民们那样认为女儿的病是魔鬼附身或神灵显圣，而推测是精神上或身体上的原因所造成。读者在这神奇的气氛中感受到的并不是人们的迷信和愚昧，而是对天真的有病的姑娘的同情和对那些倒行逆施的军人的仇恨。书中神幻般的描述与记者伊雷内的噩梦相辉映，使读者对这块具有强烈魔幻色彩的大地上发生的悲剧作出更加深刻的思索。

小说最后一章的篇名为“甜蜜的祖国”。在全书的结尾，伊雷内和弗朗西斯科披着金色的晨曦，越过了国境。他们最后一次瞭望祖国。伊雷内低声问道：“我们还会回来吗？”弗朗西斯科肯定地说：“一定会回来的。”在以后的岁月中，这句话一直在他们耳边萦绕。这再一次表露出作者对祖国强烈的眷恋之情。

陈凯先